武當

神魔

무당신마

양경 신무협 장편소설

11

ORIENTAL FANTASYSTORY & ADVENTURE

dream books
드림북스

무당신마 11(완결)

초판 1쇄 인쇄 / 2016년 5월 3일
초판 1쇄 발행 / 2016년 5월 13일

지은이 / 양경

발행인 / 오영배
책임편집 / 편집부
펴낸 곳 / (주)삼양출판사 · 드림북스

주소 / 서울시 강북구 도봉로 173
대표 전화 / 02-980-2112 팩스 / 02-983-0660
편집부 전화 / 02-980-2116 팩스 / 02-983-8201
블로그 / blog.naver.com/dreambookss

등록번호 / 제9-00046호
등록일자 / 1999년 3월 11일

ISBN 979-11-313-0578-2 (04810) / 979-11-313-0209-5 (세트)

* 지은이와 협의하에 인지는 생략합니다.
* 잘못된 책은 구입한 곳에서 바꾸어 드립니다.

이 도서의 국립중앙도서관 출판시도서목록(CIP)은 서지정보유통지원시스템홈페이지
(http://seoji.nl.go.kr)와 국가자료공동목록시스템(http://www.nl.go.kr/kolisnet)에서
이용하실 수 있습니다. (CIP제어번호: 2016010733)

양경 신무협 장편소설

ORIENTAL FANTASYSTORY & ADVENTURE

무당신마

11

dream
books
드림북스

목차

第一章

천진을 지키는 건 겨우 오십여 척도 되지 않는 군함이다.

아무리 선고가 높고 다수의 함포로 무장하고 있다 한들, 해군 전체의 전력으로 보자면 하잘것없이 미약한 전력이다.

그건 수적과 해적을 총동원한 이현의 전력에 비해서도 마찬가지다.

피는 좀 보겠지만, 제압하는 데 그리 어려울 것은 없다.

그럼에도.

이현은 곧장 돌격을 명령하지 않고 대기를 명령했다.

대치가 이루어졌다.

그리고.

해가 떨어졌다.

달조차 뜨지 않은 밤이 되었다.

쏴아아아아.

칠흑 같은 어둠이 내려앉아 시계(視界)를 가리니 파도 소리
는 더욱 선명해졌다. 저 멀리 천진의 항구에서는 도깨비불 같
은 횃불이 밝혀졌다. 몇몇은 못 박힌 듯 고정되어 있고, 몇몇
은 바쁘게 움직인다. 예상치 못한 이현의 기습적인 반격을 당
한 해군의 혼란이 고스란히 드러나고 있었다.

저들도 아는 것이다.

지금의 이 기묘한 대치가 그리 오래 가지 않을 것임을.

그리고 그리 오랜 시간이 지나지 않아 대치가 끝나면 곧 전
쟁이 벌어질 것임을.

눈앞에 다가온 전쟁에 그들은 다급했고, 또한 필사적이었
다.

그리고 이현도 안다.

오래 시간을 끌 수 없다.

장강의 입구를 차단했던 해군들이 다시 돌아오면 위험해지
는 건 이현과 그의 수하들이다. 아니, 그보다 더욱 본질적인
문제는 아직 강남에서 황군의 주력과 맞서 그들의 발을 묶고
있는 무림 연합에 있었다. 그들이 무너지면 지금 이 바다 위에
떠 있는 이현과 그의 수하들은 아무것도 하지 못하게 된다.

이현과 황태자.

작금의 상황은 양측 모두에게 양날의 검이었다.

어느 한쪽의 균형이 무너지는 순간 걷잡을 수 없게 된다.

전부. 아니면 전무가 되느냐를 건 싸움이다.

팽팽한 긴장감이 밤바다 위에 내려앉았다.

그리고 그 위에서 이현은.

"두껍아 두껍아 헌 집 줄게! 새 집 다오. 두껍아 두껍
아……."

흙장난하고 있는 청화와 소동들의 노랫소리를 듣고 있어야
했다.

"시끄러 이년아! 흙은 또 어디서 구했어!"

당연히 이현은 짜증을 냈다.

기껏 무게 잡고 있었다. 오랜만에 느껴 보는 이 팽팽한 긴장
감 속에서 분위기도 좀 잡고, 과거 혈천신마였을 때의 느낌도
되살리고 그러려고 했다. 하지만 청화와 소동의 흙장난 속에
과거의 느낌도 기껏 잡은 무게도 다 소용없게 되어 버렸다.

흥이 깨졌다.

아니, 것보다.

망망대해 배 위에서 어떻게 또 흙은 구해서 장난을 치고 있
는지 이현은 도저히 이해가 가질 않았다.

그런 이현의 짜증에.

"응? 몰라? 저기 많던데? 그런데 있잖아? 이 흙 진짜 신기해! 완전 까매! 냄새도 시큼하고."

청화가 순진한 눈망울로 대답하며 두 손 가득 시커먼 흙을 내밀었다.

그리고.

"이 미친년이!"

이현이 소리 질렀다.

청화가 내민 시커먼 흙.

"그거 화약이잖아 정신 나간 년아! 다 죽고 싶어 환장했나?"

화약이었다.

오왕부를 쓸어버리면서 노획했었던 화약을 이번에 전부 가지고 왔다. 어차피 강남에 남아 싸우는 무림인들이야 화포를 쓸 수 있는 것도 아니니, 쓸 수 있을 때 쓰는 편이 나았으니까.

어쩐지 망망대해 배 위에서 흙장난을 하고 있다 했다.

보나 마나 선저 창고에 쌓아 놓았던 화약을 발견하고 주워 와서는 지금까지 장난질을 쳐 댄 것이 분명했다.

"히익! 지, 진짜? 이거 화약이야? 진짜진짜 터지는 거야?"

매사에 천하태평이었던 청화도 이번만큼은 새하얗게 질릴 수밖에 없었다.

청화도 화약이 무엇인지 안다.

불붙이면 그대로 터지고, 일단 터지면 아무리 무공 고수라도 무사하기 힘든 위험한 물건.

황실과 무림의 싸움에서 무림이 무력하게 후퇴를 거듭해야 했던 이유도 이 화약 때문이었다. 여태껏 그 화약을 흙이라며 가지고 놀았으니 오죽 놀랐으랴.

"하여간 저건 왜 데리고 와서는!"

이현은 혀를 찼다.

그런 핀잔에 청화도 가만히 있지만은 않았다.

"네가 데려왔잖아!"

손가락을 들어 이현을 가리켰다.

사실이다. 이현이 데리고 왔다. 청화와 소동들은 물론, 무당 파의 무인들까지.

물론, 목적은 있었다.

당장 무당파 무인들과 동행한 것은 청성진인이 먼저 찾아 와 요청했기 때문이다.

황궁을 치는 데 함께하고 싶다는 이유에서였다.

이현으로서는 거절할 이유가 없는 요청이었다. 개개인의 무 위는 적조의혈단보다 무당의 무인들이 훨씬 나았으니까.

그리고 소동들과 청화는.

"안 그랬으면 니들 다 뒈졌어!"

지키기 위해서였다.

이미 강남은 물러설 대로 물러선 상황이다. 사도련 총련도 황군의 손에 넘어간 지 오래.

그런 상황에서 청화와 소동들을 내버려 두고 올 수도 없었다. 이번에 천진을 접수하고 나면 청화와 소동들은 수적과 해적들의 배에 머물게 할 작정이었다. 어차피 싸우는 데에는 도움도 안 되니까. 그리고 최악의 순간이 와도 도망칠 곳은 있으니까. 모처럼 만의 배려였다.

그래서.

"그러니까! 그러니까 네가 데리고 왔잖아! 나 지키려고!"

이어지는 청화의 대답에 이현도 할 말을 잃었다.

맞는 말이다.

맞는 말 하는데 더 이상 무어라 하겠는가.

이상하게 당당하지만, 그걸 지적해 봐야 소용없다. 아니, 지적해 봐야 또 유치한 말싸움이나 계속될 것이 뻔했다.

그리고 때마침.

"준비 끝났습니다."

정만이 다가왔다.

"옥분은?"

"지금 마지막 확인 중입니다. 저도 같이 가는 것이 어떻겠습니까?"

정만의 물음에 이현은 고개를 저었다.

"됐어. 혼자 가는 게 편해."

그리고 자리에서 일어섰다.

그런 이현에게 또 한 사람 다가오는 이가 있었다.

청성진인이다.

"함께 가는 것이 어떻겠는가? 하나보다는 둘이 낫지 않겠
느냐."

청성진인의 얼굴은 평소보다 굳어 있었다.

이현의 스승인 청수진인과 사형제 지간 아니랄까 봐 항시
웃는 얼굴이었던 그의 모습은 찾아볼 수 없었다.

때가 때였으니 그도 웃고 있을 수만은 없으리라.

염려가 엿보이는 그 물음에 이현은 이번에도 고개를 저었
다.

"됐습니다. 우르르 몰려가 봐야 괜히 거치적거리기만 하지.
혼자가 편합니다."

"정 뜻이 그렇다면…… 알겠다만. 무리하진 말거라."

확고한 이현의 의지에 청성진인도 더는 무어라 하지 않고
물러섰다.

꼬옥.

이번에는 청화다.

거친 이현의 검지 손가락을 꼭 잡은 청화가 올려다보며 말
했다.

"다치면 안 된다? 절대! 절대절대 다치면 안 돼. 다치면 절대

용서 안 할 거야! 알겠어?"

조금 전까지 투닥거리던 모습은 어디로 갔는지 올려다보는 두 눈엔 걱정이 가득하다.

그 모습에.

피식!

"죽으러 가냐?"

웃음이 나왔다.

쓸데없이 심각한 분위기가 걷히고.

끼익 턱! 끼익! 턱!

어둠이 내려앉은 바다 위에 작은 조각배 하나가 물살을 가르며 천진을 향해 나아갔다.

*　　*　　*

"절대로 상륙을 허용해서는 안 된다! 이곳이 뚫리면 황궁이 위험하다!"

이현이 이끄는 대함단이 천진 앞바다에 위용을 드러낸 뒤로 백인장들을 비롯한 지휘관들은 쉬지도 않고 같은 말만 소리쳐 댔다.

"목청으로 싸우나!"

천진의 해군이자 열 명의 군사를 책임지는 십장(什長)인 우석구는 지금 시끄럽게 떠들어 대는 목소리가 불만이었다.

하는 건 소리치는 것밖에 없다. 결국 바쁘게 뛰어다니는 건 죄 없는 졸병들이다. 하다못해 능력이라도 있으면 말을 안 한다. 능력은 쥐뿔도 없다.

지금 천진엔 능력 있는 간부가 없다. 능력 좀 있다 싶은 이들은 죄다 장강을 틀어막는 데 동원되기 위해 차출되었다. 남아 있는 간부급은 대부분 병부 누구의 사촌, 친척으로 구성된 이들이다. 사실상 전투에서는 전혀 필요 없는 인간들이라 판정 받아 남아 있는 인간들이다. 그러니 능력이 있을 리가 없다.

함포 사거리 계산은커녕 닻줄 하나 제대로 맬 줄 모르는 인간들이 태반이다. 비록 십장에 지나지 않지만 그래도 백전노병인 우석구의 입장에서는 그런 인간들의 명령을 들어야 한다는 것 자체가 고역일 수밖에 없었다.

방금 전에도 그랬다. 천진 주둔지 내에 시야를 확보하겠답시고 창고마다 횃불을 걸어 두라는 명령이 웬 말이란 말인가.

해군의 주력 무기는 두말할 것 없이 군함이다. 하지만, 그만큼이나 중요한 무기는 따로 있다.

화포다. 화포는 특히나 지금과 같이 적을 상대로 지역을 지키기 위해서는 군함보다 중요한 무기다. 그리고 그 화포를 운용하기 위해서는 화약이 필요하다.

당연히 지금 천진의 창고에는 화포를 운용하기 위한 화약이 가득 쌓여 있다. 당장 지금과 같이 기습을 받았을 때 화포를 운용하기 위해서이기도 했지만, 반대로 장강을 틀어막고 있는 주력군에 보급을 하기 위해서이기도 했다.

그리고 화약 주위에서는 화기를 엄금해야 한다. 조그마한 불씨에도 무섭게 반응하는 게 화약이었으니까.

그런데 윗선에서는 주둔지 내 시야 확보라는 이유로 화약이 가득 쌓인 창고에 횃불을 걸어 두라고 한다.

재수 없어 불똥이라도 옮겨 붙는 순간 다 죽는 거다.

그 명령을 필사적으로 막은 것이 방금 전이다.

그나마 해군으로 오랜 세월을 복무해 온 경력이 없었더라면 씨알도 안 먹힐 소리였다.

"하여간 창고 근처에 가기만 해 봐! 내가 아주 죽여 버리려니까!"

우석구는 일부러 들으라는 듯 크게 소리쳤다.

비록, 창고에 횃불을 다는 건 우석구를 비롯한 경험 많은 십장들이 결사반대를 외친 덕에 무산됐지만, 높으신 분들이란 것들은 원래 능력이란 쥐뿔 없어도 자존심은 더럽게 높은 족속들이다. 앞에서는 그러겠노라 해 놓고 뒤에서는 또 무슨 수작을 벌일지 알 수가 없다.

어쩌면 우석구 몰래 횃불을 달아 놓을지도 모른다.

그래 놓고는 막상 사고가 나면 모르쇠로 일관할 것이다.

만약 아무 일 없이 밤이 지나간다면? 보나 마나 본인이 횃불을 달아 놓아 적이 침투하지 못했노라고 되지도 않는 공치사를 해 댈 것이고.

이러나저러나 골치 아프다.

덕분에 우석구는 눈앞에 펼쳐진 이현의 대함단을 보고도 그들을 경계하기보다는 지휘관들을 경계하는 데 열을 올릴 수밖에 없었다.

완전 콩가루다.

"젠장! 당나라 군대도 아니고!"

병사들을 이끌어야 할 이는 무능하다. 자고로 무능한 지휘관은 적보다 무섭다고 했거늘, 지금이 딱 그랬다.

우석구가 투덜거리며 막 창고 모퉁이를 돌았을 때다.

'역시 이 빌어먹을 높으신 놈들!'

창고 문이 열려 있었다.

열린 문틈 사이로 보이는 창고 안에는 어스름하게 사람 그림자가 비쳤다. 보나 마나 미련 못 버리고 설쳐 대려는 높으신 인간들이 또 수작을 부리려는 것이 분명했다.

"야 이 자식아! 어서 안 나……!"

화난 우석구는 소리를 지르려고 했다.

그런데 목소리가 끝까지 이어지지 않는다.

"……이런! 죽일 생각까진 없었는데. 나도 모르게. 미안!"

우석구가 본 어스름한 그림자의 정체가 모습을 드러냈다.

목소리는 태연했다. 걸음걸이 또한 태연하기 짝이 없었다.

그리고.

"……!"

상대는 우석구도 익히 아는 얼굴을 하고 있었다.

'무, 무당신마?'

무당신마 이현이다. 지금 천진 앞바다를 장악한 대함단의 주인. 그리고 황실과 전쟁을 벌이고 있는 무림의 가장 강한 일인.

'무당신마가 여긴 왜?'

놀람 다음에는 의문이 들었다.

대체 무당신마가 왜 창고에 숨어든 것일까.

당장 해답을 구할 수는 없다.

'아, 알려야 해!'

그러나 당장 무엇을 해야 할지는 잘 알고 있었다.

무당신마가 숨어들었음을 알려야 한다.

그러나 우석구의 그런 목적은 이루어지지 않았다.

'……왜?'

목소리가 나오지 않는다. 고개가 자꾸만 아래를 향한다. 억지로 힘을 줘 보지만, 목은 좀처럼 의지를 따르지 않았다.

그리고.

푸확!

핏줄기와 함께 우석구의 머리가 바닥을 굴렀다.

마지막 목이 떨어지는 순간까지 우석구는 본인이 이미 죽었음을 인지하지 못했다.

"……."

이현은 그런 우석구의 떨어진 머리를 물끄러미 바라보았다.

일부러 조각배를 타고 우회해서 천진에 잠입했다. 그리고 은밀히 작전을 진행했다. 마지막 순간 우석구에게 발각되지 않았더라면 아무도 이현의 존재를 알지 못했을 것이다.

어쨌든 상관없다.

목적한 바는 모두 이루었으니까.

"불꽃놀이나 즐겨 볼까?"

이현이 중얼거렸다.

그리고 잠시 뒤.

펑!

화약고가 폭발했다. 하나가 아니다. 동시다발적으로 시작한 폭발은 이내 사방에서 이루어지기 시작했다. 불꽃이 허공을 수놓는다. 뜨겁게 타오르는 화마는 어둠 속에서도 사방을 붉게 밝히며 천진을 혼란으로 밀어 넣고 있었다.

그리고.

둥! 둥! 둥! 둥!

멀리 천진 앞바다에서 대기하던 대함단이 북소리와 함께 전진을 시작했다.

*　　　*　　　*

신강에서 신검은 이현의 버릇을 이야기해 주었다.

정면 돌파.

즉흥적이지만 결국 이현은 정면 돌파를 즐긴다고 했다. 맞는 말이다. 치밀한 작전이나 계산된 변수를 이용한 싸움은 이현과 어울리지 않았으니까.

그런 건 옥분이 몫이지 이현의 몫이 아니다.

그러나 이번엔 이현이 직접 정면 돌파가 아닌 기습적인 반격을 결정했다.

특별한 이유가 있었던 건 아니다.

괜히 신검의 말이 걸리기도 했고, 이것 말고는 방법이 없기도 했으니까.

애초에 이현은 워낙에 단순한 인간이었다.

그리고 그 결과.

"이것도 괜찮은데?"

이현은 나름 만족하고 있었다.

색다른 경험이었다.

사방에서 화염이 치솟는다. 화약이 불타며 생긴 특유의 냄새도, 시커먼 연기도 제법 분위기가 산다.

그리고 무엇보다.

"막아라!"

"절대 상륙하게 내버려 두어서는 안 된다!"

"불을 꺼라! 불부터 꺼야 한다!"

아비규환이 되어 버린 항구를 걷고 있는데 아무도 덤벼들질 않는다.

색다른 경험이었다.

혈천신마였을 때는 물론, 무당신마라는 별호를 얻었을 때도. 적을 만나면 반응은 단 둘뿐이었다.

죽자고 달려들거나, 죽자고 도망치거나.

이렇게 눈길조차 받지 않아 본 적은 없었다. 더구나 이렇게 당당히 적진 한가운데를 활보하고 있는데 말이다.

아니, 분주하게 움직이는 관병들 모두 이현이 이 자리에 있음을 전혀 상상도 못하는 눈치였다.

심지어.

"어이! 이봐! 거기! 거기서 뭣 하는 거야! 가뜩이나 정신없어 죽겠는데!"

대다수의 군졸과 달리 가슴팍에 붉은 수실로 차이를 준 사내가 다짜고짜 다가와 삿대질을 해 댔다.

"……그냥?"

그런 사내의 고함에 이현이 달리 할 말이 있을 리 없었다.

이 상황에서 내가 '무당신마다.'라고 대답하기도 그랬고, 그렇다고 '그냥 산보나 하고 있었다.'라고 대답하기도 마땅치 않았다. 굳이 거짓말까지 할 필요도 없었고.

그러니 애매모호한 대답과 함께 어깨를 으쓱할 뿐이다.

그런 대답에 사내의 눈썹이 치솟았다.

태평한 이현의 모습이 마음에 들지 않은 눈치다.

"너 대체 어디 소속이야! 하여간 신병들은 이래서 안 된다니까?"

가슴에 달린 붉은 수실도, 말하는 투도 보아하니 제법 계급이 있는 자인 듯했다.

그리고 무언가 착각한 것이 분명하다.

"지금은 위급 상황이니 넘어간다! 긴급이다! 너는 지금 당장 지휘실에 현장의 상황을 전하고 포격 허가를 요청한다 전하라!"

씨익!

이현의 입가가 올라갔다.

착각했다. 분명히.

적이 아닌, 아군으로. 그것도 신병으로 착각한 것이 분명했다. 무엇보다 이현을 웃게 한 건 사내의 입에서 흘러나온 지휘실이라는 말이었다.

"지휘실? 좋지! 지휘실이라……!"

이현이 잠입을 시도하면서 노렸던 것은 화약고와 군함을 불태우는 것이다.

이 하나만 성공해도 천진을 큰 피해 없이 접수할 수 있다.

이를 위해 미리 간저패를 통해 화약고의 위치가 어디인지를 확인해 두었다.

지휘부를 노리는 건 처음부터 염두에 두지 않았다. 유동적이기 때문이다. 적재되어 있는 화약고와 달리 지휘부는 언제든 유동적으로 바뀔 수 있는 요소다. 실제로 혹시 몰라 파악해 두었던 원래의 지휘실에는 아무도 없음을 확인하기도 했고.

짐작컨대 천진 앞바다를 대함단이 점령한 직후 지휘부의 위치를 바꾸었으리라.

전쟁에서는 간혹 있는 일이었으니까.

어찌 되었든.

그런데 예상치 못한 기회를 얻었다.

"지휘실이 어디 있지?"

이현이 물었다.

그 물음에 사내의 표정이 이상해졌다.

"뭐야? 어떻게 병사가 지휘부의 위치를 모를 수가…… 아니. 너 어디 소속이냐!"

처음에는 흥분했다. 그러다 이내 목소리가 무거워진다.

혼란 속에서 무심코 지나갔던 이현의 의복이 그제야 그의 눈에 들어온 듯했다.

애초에 터무니없는 실수다. 입고 있는 옷 자체가 군병들의 옷과는 전혀 다른 옷이었으니까.

"너 뭐하는⋯⋯!"

사내가 주춤 뒷걸음질 치며 물었다.

그 물음에.

"나? 무당신마. 지금 천진을 점령하는 중이시지. 자! 그럼 이제 지휘실이 어디인지 말씀해 주실까?"

스릉!

검을 뽑아 든 이현은 섬뜩한 웃음을 지으며 사내를 향해 다가갔다.

*   *   *

화약고에 불길이 치솟고, 군함이 화염에 휩싸이는 것.

그것이 신호였다.

그와 동시에 천진 앞바다를 장악한 모든 함선이 상륙을 시작했다. 일단 신호가 올라오고 난 뒤에는 큰 피해 없이 천진에 상륙할 수 있을 것이라고 옥분 또한 예상한 바였다.

그러나.

"이건 뭐 당나라 군대도 아니고……."

이렇게까지 쉬울 줄은 몰랐다.

그래도 나름 대응을 할 것이라 예상했다. 화포를 쏘아 접근을 막든, 아니면 병사들의 숫자를 앞세워 막든 할 줄 알았다.

그런데 그런 것도 없다.

죄다 따로 놀기 바쁘다. 누구는 불 끄러 다니기 바쁘고, 누구는 고래고래 소리만 질러 댄다. 그렇다고 유기적으로 움직이는 것 같지도 않다.

그러니 옥분이 예상했던 격렬한 저항은 찾아볼 수도 없다.

간간이 무기를 들고 덤비는 몇몇이 있긴 하지만, 그 수도 얼마 되지 않는다. 애초에 개개인의 무위는 무림인이 관병들보다 높다. 관병들의 조직적이고 유기적인 통일된 움직임이 사라진 이상 전혀 어려울 것 없는 상대다.

덕분에 무혈입성이나 다름없이 천진을 점령했다.

누가 무어라 하기도 전에 순식간에 기울어 버린 전황이니, 누구 하나 끝까지 남아서 저항하는 이들도 없다.

순순히 무기를 버리고 투항했다.

피를 보지 않고 천진을 점령했으니 이는 분명 좋은 일이었지만, 졸지에 예상치도 못한 포로가 잔뜩 생겨 버렸다.

많아도 너무 많다.

적조의혈단은 물론, 수적과 해적의 숫자를 더해도 제대로 통제하기 어려울 정도였으니까.

문득.

옥분은 지금의 이 상황에 기시감을 느껴야만 했다.

낯설지가 않다. 이 상황이.

"하여간 련주와 엮이면 왜 일이 이런 식으로 흘러가는 지……."

수적, 마적, 산적, 해적.

이현이 사적왕이라는 별호를 얻게 된 모든 일이 따지고 보면 이딴 식이다.

이쯤 되면 능력이라고 해도 좋을 정도다.

옥분은 어처구니가 없어 실소를 흘렸다.

그때였다.

"이현은? 어디 있는지 아시는지요?"

실소를 짓고 있던 옥분의 곁으로 청성진인이 다가와 물었다. 이번 상륙전에서 스스로 자청해 선봉에 섰던 청성진인이다. 썩어도 준치라고 이미 몇 번의 굴욕을 당한 무당이었지만, 그 저력은 아직 죽지 않았음을 청성진인과 무당의 무인들은 확실히 증명했다.

그야말로 격이 다른 무위였다.

그리고 그중에서도 선봉에 서서 휘하의 문인들을 지휘하는 청성진인의 모습은 옥분에게 큰 놀라움을 선사했다.

그만큼 적극적이었고, 압도적이었다.

원래도 함부로 대하기 어려운 상대였는데, 이번엔 혁혁한 전공과 함께 확실한 능력까지 보여 주었다. 그러니 더더욱 함부로 대하기 어려워졌다.

그런 청성진인의 물음에.

"글쎄요? 얼추 정리는 다 된 듯한데…… 도통 안 보이시는 군요."

옥분은 급히 주위를 훑으며 대답했다.

"정만! 련주님은 못 보셨습니까?"

"글쎄? 왜? 련주님께 무슨 일이라도 생긴 건가?"

한창 신나서 주변을 정리하고 있던 정만을 불러 물어보았지만 별 도움이 되지 않기는 마찬가지다.

아니, 오히려 더 짐만 될 뿐이다.

혹시나 이현에게 무슨 일이라도 생긴 것은 아닐까 하고 오해한 정만이 눈을 부릅뜨고 다가왔다.

두 팔을 걷어붙인 모습이 꼭, 농담으로라도 무슨 일이 생겼다고 이야기했다가는 어떤 사고를 쳐도 제대로 칠 기세다.

"아니오. 됐습니다. 그냥 장문께서 찾으시기에 물어봤습니다."

그 기세에 옥분은 급히 고개를 저어 정만을 진정시켰다.

그리고.

"흠…… 알겠네. 허면, 내가 직접 찾아보겠네."

결국 이현의 소재를 찾지 못한 청성진인은 직접 이현을 찾아 나서겠다고 한다.

"무슨…… 일이라도 있으신 겁니까?"

옥분의 눈에는 그런 청성진인의 모습이 조급해 보였다.

그래서 물었다.

"아니! 아닐세. 일은 무슨. 아무 일도 아니니 염려 마시게나."

청성진인이 고개를 저으며 부정했지만, 옥분의 눈엔 그 모습조차 부자연스럽게만 보였다.

그래서.

"같이 가시지요. 함께 찾아보는 편이 나을 듯합니다."

생각보다 너무 쉽게 천진을 수중에 넣었다.

그런 상황에서 천하의 이현이 화를 당할 일은 없을 것이다.

그건 옥분도 안다.

하지만 자꾸 조급하게만 보이는 청성진인의 모습이 마음에 걸렸다.

그렇게 청성진인과 옥분. 그리고 찰거머리 같이 따라붙은 정만은 함께 행방이 묘연한 이현을 찾아 나섰다.

그로부터 일다경.

이현을 어렵지 않게 찾을 수 있었다.

          *   *   *

네게 부탁을 해야겠다.

혜광이 돌아온 날. 그리고 혜광이 죽은 날.

그날 이현이 도착하기 전 황실에서 파견된 동창의 무인들에게 포위당해 있던 청성진인은 전음을 통해 혜광의 부탁을 받았었다.

긴 이야기다. 그리고 그 긴 이야기만큼이나 아직은 다 이해하지 못한 부탁이기도 했다.

그러나 한 가지 확실한 것은.

언제고 이현 그놈의 기세가 변하거든. 그땐 곁에서 지켜 주거라. 워낙에 제멋대로이니 어떤 사고를 칠지도 모를 일이고, 천성이 악한 놈이라 또 무슨 일을 당할지 누가 알까.

혜광은 이현을 걱정하고 있었다.

무당신마라는 이름을 얻고, 이미 무림제일인이라 인정받는 이현을 청성진인이 곁에서 지켜 주길 부탁할 만큼.

과연 지켜 줄 일이 있을까.

그건 알지 못한다.

하지만 확실한 것은 혜광의 말대로 이현의 기세가 변했다.

신강에서 돌아온 직후. 이현에게서 흘러나오는 기세는 무언가 곁에 다가서기 무서울 만큼 위험하고 음험한 기운이 섞여 있었다. 천진을 공략하는 이현의 행보에 함께한 것도, 지금 이현을 찾는 것도 바로 그 혜광의 부탁 때문이다.

　　내 부탁은 가혹하다. 어쩌면 너와 무당의 전부를 이
　현 그놈을 위해 버려야 할 게야.

마지막.

혜광이 죽기 직전. 청성진인의 귓가로 전해 오던 혜광의 전음이 머릿속을 맴돌았다.

그것이 못내 청성진인을 불안하게 했다.

그리고 그 불안을 안고 찾은 이현은.

"……아! 무슨 일이십니까. 나도 모르게 흥분해서."

웃고 있었다.

피를 뒤집어쓴 채로.

이현을 발견한 곳은 그리 크지도 작지도 않은 방 안이었다.

그 방 안에는 한편의 지옥도가 펼쳐져 있었다.

벽면 가득 붉은 핏자국이 낭자했다. 거칠게 떨어져 나간 살점이 바닥에 즐비했고, 핏물은 고여 웅덩이를 만들고 있었다.

잘린 의복. 그리고 여기저기 남은 살육의 흔적들.

오랜 세월 무림의 풍파 속에서 무당파를 지켜 온 청성진인조차 이 방에서 대체 얼마나 많은 목숨이 사라져 간 것인지 가늠할 수 없었다.

해체.

어쩌면 그런 표현이 가장 어울릴지도 몰랐다.

그런 끔찍한 참상 속에서 웃고 있는 이현. 그의 한쪽 손에 들린 피에 젖은 검과 다른 한 손에 움켜쥐어진 갈가리 찢긴 시체. 그 모습은 마치 지옥(地獄) 속에서 뛰쳐나온 악귀와 같았다.

그리고.

'살기를 다스리지 못하고 있구나!'

청성진인과 옥분. 그리고 정만이 왔음에도 아직 거두어지지 않은 이현의 자욱한 살기까지.

청성진인은 순간 찾아온 오싹한 압박에 숨조차 쉬기 어려웠다.

청성진인이 말했다.

"술이라도 한잔하지 않겠는가."

그 말을 건네면서도 청성진인은 떨리는 손을 숨길 수 없었다.

'사숙께서 부탁하신 것이 이것이었는가?'

$$*\qquad*\qquad*$$

청성진인의 요청에 두 사람의 독대 자리가 만들어졌다.

어차피 천진을 점령했으니 그 뒷일은 옥분을 비롯한 수하들의 몫이어서, 자리를 만드는 것은 그리 어렵지 않았다.

게다가 이현 또한 청성진인과의 독대를 원하고 있었다.

"……"

무거운 침묵이 어깨를 짓눌렀다.

"다친 모양이구나."

먼저 말문을 연 것은 청성진인이다.

"아! 흥분해서 살짝 베였습니다."

청성진인의 말에 이현은 제 팔뚝을 바라보며 피식 웃었다.

본인이 생각해도 어처구니없는 대답이다.

이현 같은 고수가 싸우다 흥분해서 적의 칼에 상처를 입는다는 건 말이 되질 않는 일이다.

아니, 차라리 상대가 강했다고 하는 편이 훨씬 설득력 있다.

그러나 사실이다.

상대는 강하지 않았고, 이현은 흥분했다. 그래서 베였다.

어찌 되었든 침묵으로 막혀 있던 말문에 물꼬가 트였다.

이번엔 이현이 입을 열었다.

"어디까지 아십니까?"

다짜고짜 던진 질문이다.

손안에 있는 술잔을 단번에 들이킨 후 던진 이현의 질문에 청성진인은 고요한 목소리로 반문했다.

"무엇을 말이냐. 사숙께서 흑사신마였다는 것을? 아니면, 네가 혈천신마였다는 것?"

"……다 아네."

그 반문은 반문인 동시에 대답이기도 했다.

이현은 고개를 끄덕였다.

혜광이 죽던 날.

혜광은 본인이 흑사신마였다는 사실을 온 무당산이 울리도록 소리쳤었다.

그래서 혹시나 했다.

청성진인과 무당의 장로들 또한 그 외침을 듣지 않았을 리 없었건만, 전혀 놀라거나 동요하는 기색이 없었다.

이상하게 여기긴 했다.

그러나 직접 이야기하긴 가볍지 않은 내용이었다.

그래서 묻어 두었다.

어차피 혜광이 누구였는지는 별 관심도 없었고, 자신의 정체가 탄로 난다 한들 지금에 와서는 아무런 소용이 없으니까.

끄집어내 봐야 좋을 것 없고, 그렇다고 끄집어내졌다고 해도 더 이상 나쁠 것 없는.

그냥 귀찮고 머리 아픈.

딱 그 정도 수준이었으니까.

그럼에도 이번엔 이현이 먼저 이를 언급했다.

"편히 이야기하려무나. 사숙께서 흑사신마셨다 한들, 내게는 그저 사숙일 뿐이니."

"저는요?"

"너는 파문제자이지."

담담한 목소리다.

마치 당연한 질문에 당연한 대답을 내놓는 듯 아무런 고민도 없이 나온 대답이기도 했다.

이상하게 그 대답에 마음이 놓인다.

지금은 존재하지 않는 세상의 이현이 누구였는지, 청성진인은 전혀 개의치 않는다는 의미였으니까.

그래서 편하게 이야기했다.

"전생이라고 해야 하나? 아니면 과거라고 해야 하나. 아무튼 복잡합니다. 그때 저는 이 몸뚱이가 아닌 다른 몸뚱이로 살았습니다. 야율한이라고. 혈천신마였습니다. 많이 죽였죠. 별호 보시면 대충 짐작하시겠지만."

"그래. 그렇다더구나."

"그때 저는 무당을 쓸었고, 무림을 피바다로 만들었습니다. 수틀리면 죽였습니다. 전 그게 앵속 때문인 줄 알았습니다. 그때 익힌 무공은 앵속을 피우지 못하면 버틸 수 없는 무공이었으니까. 뭐, 지금도 수틀리면 죽이는 건 여전하지만 그건 일단 넘어가고요."

혈천신마 때는 혼원살신공의 부작용을 이겨 내기 위해 앵속을 피웠다. 마약이다. 마약이니 당연히 심신에 어떠한 영향을 끼쳤으리라. 그때의 야율한이 지금의 이현보다 더욱더 잔혹하고 잔인한 인간이었던 것도 그 앵속 때문이었으리라 지금껏 생각해 왔었다.

"그런데 그게 아닌가 봅니다."

하지만 이제는 그 생각이 바뀌었다.

긴가민가했다. 그리고 지금에서야 확실히 느꼈다.

"오늘 제가 죽인 놈들은 여기 지휘부들입니다. 헌데, 죽이다 보니 재밌더군요."

재미.

이현이었을 때도. 중원을 피로 물들였었던 혈천신마였을 때도. 살인을 통해서는 느끼지 않았던 감정이다.

이번에 신강을 다녀온 뒤에 찾아온 변화다.

전조는 수 없이 있었다. 불쑥 불쑥 살기가 치솟고, 손이 멋대로 검을 향했다. 실수로 사람을 죽였다.

이현 같은 고수에게는 절대로 일어날 수 없는 일들이다.

그러나 그 일들이 일어나고 있다.

그리고.

"어쩌면 점점 더 미친놈이 될지도 모르겠습니다. 원래 이 몸뚱이의 주인이 그랬던 것처럼."

언젠간 살인을 하지 않고는 살아갈 수 없는 존재가 될지도 몰랐다. 마치 신검처럼.

네놈은 내가 그 어둠의 근원에서 떼어 낸 조각이다.

지난날 혜광이 죽기 직전 했던 그 말이 이현의 귓가에 어른거렸다.

第二章

천진이 수중에 떨어졌다.

이제 황성을 향해 빠르게 치고 달려야 한다.

그러나 그 전에.

해결해야 할 것들이 있었다.

우선은 포로들이다. 예상했던 것 이상으로 너무 쉽게 천진을 수중에 넣었다. 덕분에 포로가 생겨 버렸다. 그것도 잔뜩. 감당할 수 없을 만큼 많은 포로로 인해 옥분은 골머리를 앓을 수밖에 없었다.

거기에 대한 해결책은.

"그냥 풀어 줘."

이현이 제시해 주었다.

너무나 간단한 해결책이다.

"그랬다가 후환이라도 생기면 어떻게 하시려고 그러십니까!"

당연히 옥분은 반대했다.

포로로 사로잡은 병사들의 숫자가 한둘도 아니다. 그 많은 수의 포로들을 그냥 놓아주었다가 다시 적으로 만나기라도 하면 그땐 골치 아파진다.

"그러지 말고 포섭하시는 건 어떻겠습니까? 장한곤만 잘 이용한다면……"

아깝기도 아깝다.

수적. 마적. 산적. 해적.

지금 이현의 밑에 있는 직속 수하들이다. 그들 또한 이런 식으로 포로로 잡아 포섭한 이들이었다. 그러니 마냥 불가능하지만은 않다.

이들만 잘 포섭할 수 있다면 또 한 번 황실과의 전쟁에서 유리한 고지를 점할 수 있는 것은 당연지사다.

장한곤의 타고난 능력을 생각한다면 그리 어렵지는 않은 일이리라.

하지만.

"어느 천년에? 안 돼!"

그건 이현이 거부했다.

그때와 지금은 다르다. 그때는 시간적 압박이 없었지만, 지금은 시간적 압박이 존재한다.

그 촉박한 시간 내에 사로잡은 포로들을 포섭한다는 것은 쉬운 일이 아니었다. 아무리 장한곤의 타고난 능력이 있다고 해도 다르지 않다. 들어가는 시간이 줄어들 뿐. 들어가는 시간이 사라지는 건 아니다.

무엇보다.

"쟤들 끌고 황도는 언제 가려고? 다음 달에?"

설혹 짧은 시간에 포섭을 할 수 있다고 해도 문제다.

그럼 덩치가 너무 커진다.

행군에 있어 덩치가 커진다는 것은 곧 그만큼 행군 속도가 늦어진다는 것을 의미했다.

하루라도 시간을 당겨도 모자랄 판에, 늘릴 수는 없는 노릇이다.

"어차피 쟤들 놓아준다고 해서 당장 황실에 붙을 수 있는 것도 아니잖아. 그냥 놓아주는 편이 나아."

이현은 강경했다.

그리고.

"……요즘 저 몰래 따로 공부하십니까?"

의외로 듣고 보면 아주 틀린 말도 아니었다.

이전처럼 막무가내 식으로 터무니없는 고집을 피우는 것도 아니다.

그 모습이 옥분에게는 너무나 생소하다.

"아니면? 죽을 때라도 되신 겁니까? 사람이 왜 이렇게 변했습니까?"

옥분이 생각하기로 이렇게 이현이 변할 수 있으려면.

따로 남몰래 병법을 공부했거나, 아니면 하루아침에 사람 되는 것밖에 방법이 없다. 그리고 원래 하루아침에 사람 되는 건 죽을 날이 가까워졌을 때뿐이라는 것이 옥분의 생각이었다.

그런 막말에 가까운 물음에.

이현의 눈썹이 꿈틀거렸다.

화악!

진득한 살기가 삽시간에 옥분을 압박했다.

"뒤질래?"

그와 이어진 이현의 으름장.

진심이다.

옥분은 직감했다. 지금 이현이 내뿜는 이 무시무시한 살기도, 그의 입에서 나온 살벌한 물음도 모두 진심이다.

여기서 농담으로라도 조금만 고개를 끄덕거렸다간 정말 목이 날아갈 판이다.

"······노, 농담입니다! 농담! 왜 이렇게 사람이 극단적이십니까!"

맹렬하게 불타오르는 생존 본능에 옥분은 급히 상황을 수습했다.

그러고는 무의식적으로 목 언저리를 훑었다.

아직도 목이 서늘하다.

'무슨 사람이······.'

차마 두려워 입 밖으로 내뱉진 못했지만, 옥분의 등은 식은땀으로 가득했다.

그 짧은 순간 그가 경험한 이현의 살기는 그만큼 지독했다.

무언가 변했다.

이현이 신강에 다녀온 이후부터 시작해 홀로 천진 해군의 수뇌부를 도륙한 직후. 그리고 지금까지.

이현은 빠른 속도로 변하고 있었다.

무언가 콕 꼬집어 이야기할 수 있는 것은 아니다.

그저 느껴지는 분위기가 그랬고, 하는 행동들이 그랬다.

지금만 해도 그랬으니까.

원래 거칠고 포악한 이현의 말투와 성정은 옥분도 잘 알고 있었다. 하지만, 그럼에도 어느 정도 선이 있었다. 위급한 상황이 아니고, 이현의 심기가 불편한 상황이 아닌 평소에는 지금과 같은 일에 진심으로 살기를 내뿜진 않는다.

그저 험한 말과 함께 주먹만 들어 보일 뿐이었다.

그랬던 이현이 지금 진심으로 살기를 내 보였다.

미묘하게. 하지만 확실하게.

이현은 변해 있었다.

"……서둘러야 한다."

그런 옥분의 반응에 이현은 눈길을 거두며 중얼거렸다.

그 표정이 너무나 이상하다.

"뭡니까? 그 표정은? 아니. 왜 이렇게 조급해하시죠?"

미우니 고우니 해도 청화를 제외하면 이현과 가장 많이 투닥거린 사람이 옥분이었다.

맹목적인 충성을 보이는 정만과, 할 말은 곧 죽어도 해야 하는 옥분의 성격은 확실히 달랐으니까.

그래서 험한 꼴도 많이 보았다. 그러나 반대로 그렇기 때문에 옥분은 수하들 중 자신이 이현을 가장 잘 이해하고 있다고 믿었다.

자고로 생사를 건 투닥거림을 하려면 상대를 잘 알고 있어야만 했으니까. 그렇지 않으면 그대로 목 날아가는 건 순간이었다.

그런 옥분의 눈에 비친 이현의 표정은.

무안해하고, 쫓기는 사람처럼 조급해하고 있었다.

무안함은 방금 스스로 내뿜은 살기 탓인 듯했고, 조급함은 황궁을 치는 일 때문인 듯했다.

"……무슨 일이십니까?"

옥분의 목소리가 덩달아 심각해졌다.

이현의 이런 감정을 가볍게 넘어갈 수가 없었으니까.

그런 옥분의 물음에.

"옥분."

이현이 그의 이름을 불렀다.

"예. 말씀하십시오!"

어렵게 입을 열어 자신의 이름을 말하는 이현의 부름에 옥분이 심각한 얼굴로 고개를 끄덕였다.

"정만에게도 전해라. 내가 미친 짓 하면 무조건 무당파 장문인한테 알려. 무조건!"

이현은 옥분에게 그렇게 이야기했다.

그리고 그런 이현의 명령에 옥분은 고개를 갸웃거렸다.

"그럼 하루에도 수십 번은 알려야 할 텐데요?"

하루에도 수십 번 미친 짓을 저지르는 이현이다. 아니, 이현이 한 일 중에 미친 짓을 찾는 것보다 미치지 않은 짓을 찾는 것이 더 어려운 일이었다.

"무당파 장문께서 뭐 실수라도 한 것 있습니까? 이건 신종 체벌? 뭐 이런 겁니까?"

난데없는 이현의 명령에.

옥분은 나름 심각하게 청성진인을 걱정했다.

*　　　*　　　*

황실로 쳐들어가기 전 처리해야 할 첫 번째는 포로들에 대한 처분을 정하는 것이었다.

그리고 두 번째는.

"그냥 나도 같이 가면 안 돼? 걱정된단 말이야!"

이별이었다.

황실을 치는 건 적조의혈단과 무당파의 무인들이 할 일이었다. 수적과 해적은 천진을 점령하는 것으로 맡은 바 소임을 다했다.

수적과 해적은 이제 바다에 남아 적을 교란시키고 보급을 담당하는 등, 본격적인 전투 외의 크고 작은 일을 해 주어야 한다.

그리고.

청화와 소동들. 그리고 사도련에서부터 따라온 비전투 인원들.

그들과도 이제 헤어져야 한다.

황실을 공격하는 데 하등 도움이 되지 않을뿐더러, 그들이 위험하기도 했으니까.

미리 예정된 일이었다.

하지만, 예정되었던 일이라고 항상 무덤덤하게 받아들여지는 것은 아니었다.

"싫어! 나도 같이 갈래! 나 없으면 누가 너랑 놀아 줘?"

청화가 그랬다.

이미 서로 잠시 떨어져야 함을 알고 있었음에도 막상 그때가 현실이 되자 고집을 피워 댔다.

청화는 이현의 바짓가랑이를 절대로 놓아주지 않을 것이란 듯 꽉 붙들었다.

"놀기는 개뿔! 내가 놀러 가냐? 잡소리 집어치우고 떨어져 이 쥐똥 같은 년아!"

"이씨! 쥐똥이라고 하지 말라니까?"

"애처럼 굴지 말고."

툭.

생떼를 부리는 청화의 머리 위로 이현의 손이 툭하고 얹어졌다.

"……."

청화의 입이 꾹 다물어졌다.

청화도 안다. 지금 자신은 전혀 이현에게 도움이 되지 않을 것임을.

그럼에도 걱정된다. 너무 걱정돼서 그래도 곁에서 지켜봐야 직성이 풀릴 것 같았다.

하지만 언제까지 억지만 부릴 수는 없다는 것을 청화도 알고 있었다.

"……다치지 마?"

청화의 목소리가 낮아졌다.

"안 다쳐."

이현은 머뭇거림 없이 답했다.

그 대답에 청화가 새초롬한 눈으로 이현을 흘겨봤다.

"치! 안 다친다고 해 놓고 다쳤잖아."

천진을 칠 때도 같은 말을 했었다. 그리고 그때도 이현은 다치지 않을 것이라 답했었다.

그런데 다쳐서 왔다.

비록 큰 상처는 아니었지만, 팔뚝에 칼자국을 새겨 왔으니까.

"……거짓말쟁이!"

그러니까 거짓말쟁이다.

안 다친다고 해 놓고 다쳐서 왔으니까.

"팔 이리 내놔!"

청화가 홱 하고 숙였던 고개를 들며 손을 내밀었다. 그러고는 이현의 다친 팔을 잡고 소매를 걷어 버렸다.

태극무해심공이 가진 공능 덕에 상처는 이제 다 아물어 버린 지 오래다. 다쳤던 흔적만 희미하게 남아 있을 뿐이다.

그럼에도 청화는 그 상처에.

"이번에도 거짓말하면 진짜 용서 안 해! 그러니까 절대 다치지 마?"

웃기지도 않는 협박을 하면서 제 머리 끈을 풀어 감았다.

그리고 웃었다.

"자! 이제 가! 절대 다치지 마! 다치면 나 화낸다?"

*   *   *

"가자."

고작 천을 조금 넘는 인원이다.

수적 떼고 해적도 떼고 나니 머릿수가 확 줄어들어 버렸다.

적조의혈단 중 마적들은 말을 타고, 산적들과 무당의 도인들은 도보로 이동을 시작했다.

"올 때 당과!"

등 뒤에는 청화가 활짝 웃으며 손을 흔들어 댄다.

황실과 전쟁하러 가는 마당에 올 때 당과를 사 오라니.

좀 전까지 떨어지기 싫다고 생떼 부리던 아이라고는 전혀 생각되지 않았다.

"허허허! 청화가 걱정이 많이 되는 모양일세."

"저게 어딜 봐서요?"

청성진인은 그 모습을 보고 터무니없는 해석을 내놓았다.

그러고는 슬쩍 이현의 곁에 섰다.

"뭡니까?"

곁에 선 청성진인의 눈빛에 이현이 신경질적으로 질문을 던졌다.

그 질문에.

"단지 예정된 일이었기 때문인가?"

청성진인이 물었다.

"뭘요?"

"헤어짐 말일세."

지금 청화와 소동들과 헤어진 일을 이야기하는 것이다.

굳이 지금부터 헤어지지 않아도 된다. 아무리 천진이 황도의 턱밑에 위치해 있는 곳이라지만, 아직 거리는 있었으니까.

사나흘 더 있다가 헤어져도 전혀 이상할 것 없다.

그럼에도 이현은 헤어짐을 서둘렀다.

이현은 청성진인을 흘깃 보다 이내 시선을 정면으로 돌렸다.

이현의 표정은 무심했다.

"결과는 같습니다. 어차피 헤어질 것이었어요."

이유가 무엇이든 상관없다.

어차피 헤어질 예정이었고, 실제로 지금 헤어지지 않았는가.

달라지는 건 없다.

다만.

"헤어져야 할 이유 하나 더 늘었다고 해도 말입니다. 뭐, 진짜 늘었는지는 모르겠지만."

헤어질 이유가 늘었다.

이현이 신강에서 한 일은 신강에 존재하는 조각을 찾아 죽이는 일이었다.

그것이 기폭제가 되었나 보다.

점점 더 성격이 포악하고 잔인해진다. 이현 스스로도 인지할 수 있을 만큼. 그리고 그 변화가 언제까지 계속 될지. 아니면, 여기서 멈출지 알 수 없다.

여기서 멈춘다면 상관없다. 하지만, 더 진행된다면.

곁에 있는 사람도 위험해진다.

살인이 욕구가 되고 갈증이 되는 순간, 그리고 마침내 이성마저 그 욕구와 갈증에 집어삼켜지는 순간.

그땐 적도 아군도 눈에 보이지 않게 될지 모르니까.

그러니 이현은 헤어짐을 더욱 서둘렀다.

"사숙께서 어찌하여 그토록 너를 살리려 하셨는지 알겠구나. 허허허허!"

청성진인은 웃었다.

그 웃음에 이현은 눈살을 찌푸렸다.

"신소리 집어치우십시오. 그보다 전에 하신 말. 거짓이 아니길 바랍니다!"

"허허! 어찌 수도하는 도인이 거짓을 말하겠는가."

이현의 말에 청성진인이 웃으며 답했다.

"네. 그래야겠지요."

이현은 고개를 끄덕였다.

청화와 떨어져야 할 이유가 늘었듯, 청성진인을 비롯한 무당의 무인들과 동행해야 할 이유도 늘었다.

귓가로 청성진인의 음성이 들려왔다.

"사숙께서는 분명 내게 자네를 죽일 비책을 알려 주셨다네."

정말 이현이 스스로를 통제할 수 없을 만큼 살인에 미친 인간이 되는 순간.

그땐 청성진인과 무당의 무인들이 이를 막아야 했으니까.

"그러다 뒤지시지나 마십시오."

그런 청성진인의 말에 이현은 피식 웃었다.

*　　*　　*

천진을 함락시킨 후, 이현이 그의 직속 부대를 이끌고 황도를 향해 진격을 시작했다.

그 소식이 황태자에게까지 전해지지 않을 리 없다.

황실의 분위기는 흉흉하다.

무림을 말살하겠다는 황태자의 의지 하에 지금 국가의 모든 전력이 강남에 집중되어 있다. 황실을 지켜야 할 금의위와 동창의 고수들 중 일부도, 무림인들로부터 군부의 중요 장수들을 지키기 위해 차출된 마당이다.

그러니 황실의 전력은 평소보다 훨씬 약화되어 있는 상태다.

승승장구를 거듭하던 황태자의 행보에 처음으로 나타난 악재다운 악재였다.

그런 악재와 마주한 황태자는.

"……태감."

그의 침소에서 태감과 마주하고 있었다.

아주 오랜 세월부터 그의 곁을 보필해 온 이다. 각박한 황실에서 태감 장지옥은 황태자의 어미였고, 아비였다.

누구보다 믿는다.

항상 그의 곁을 지켜 오며 수발을 들어온 호위무사 회의보다도.

그리고 황태자 본인 자신보다도.

그는 장지옥을 신뢰했다.

그러나 그런 황태자임에도.

"……예. 폐하!"

지금 이 순간만큼은 그의 부름에 고개를 숙이는 태감을 믿을 수 없었다.

어떤 순간에도 흔들리지 않았던 신뢰가 흔들리는 순간이었다.

"진정 이것이 사실인가?"

그만큼 그가 가지고 온 한 장의 보고서는 믿기 어려운 내용을 담고 있었으니까.

"……제 목을 걸라 하면 그리하겠사옵니다. 폐하!"

그럼에도 태감의 대답에는 한 치의 망설임도 깃들어 있지 않았다.

고개를 숙이는 그의 얼굴에는 침통한 기색이 역력했다.

그의 일이 아님에도.

황태자의 일임에도.

그는 황태자보다 더욱 슬퍼하고 분해했다.

그럼에도 황태자는 고개를 저어야만 했다.

자리를 박차고 일어났다.

"회의! 회의는 어디 있느냐! 회의를 불러 오너라!"

확인해야 했다.

황태자는 회의를 찾았다.

그리고 그 순간.

콰앙!

굉음과 함께 지축을 울리는 거대한 진동이 일어났다.

동시에 멀리서 들려오는 목소리가 있었다.

＊　　　＊　　　＊

콰앙!

"황태자 튀어나와!"

황실 정문을 당당하게 박살 내고 들어온 이현은 궁궐이 떠나가라 소리를 질렀다.

그리고.

"장문인."

뒤이어 들어오는 무당파 장문인 청성진인을 향해 고개를 돌렸다.

이현의 낮은 목소리는 청성진인에게 고스란히 전해졌다.

"그럼 부탁 좀 하겠습니다. 다른 건 모르겠고 일단 확보하는 데 집중해 주십시오."

이미 황실에 돌입하기 전부터 이야기가 되어 있던 계획이다.

그럼에도 이현은 다시 한 번 이를 확실히 했다.

그만큼 청성진인이 맡은 임무는 중요한 일이었다.

청성진인이 웃었다.

"허허! 걱정치 말거라. 허면, 먼저 움직이겠네."

그리고 청성진인은 무당파의 무인들과 함께 먼저 움직이기 시작했다.

비조와 같은 움직임으로 나아가는 무당파 무인들의 뒷모습을 지켜보던 이현은 이내 고개를 돌려 옥분과 정만을 바라보았다.

"마적은 서쪽. 산적은 동쪽. 나는 중앙."

"예!"

"예!"

이 또한 서로 어디를 공략할 것인지 미리 이야기를 끝내 놓은 상태다.

짧게 고개를 끄덕이는 두 사람의 대답을 들은 이현은 씩 웃음을 지었다.

"조져!"

팡!

동시에 튀어나간다. 순간적으로 폭발하듯 나아가는 이현의 움직임에 대기가 출렁거린다.

그리고 그것을 신호로 적조의혈단을 이끄는 정만과 옥분이 각각 정해진 방향으로 움직이기 시작했다.

말은 달리고, 사람은 뛴다.

그리고.

곧 황궁을 전장으로 한 전쟁이 시작되었다.

*　　　*　　　*

이현의 눈에 비친 황궁은 무방비나 다름없었다.

황실에 주둔한 병사와 금의위를 비롯한 수비군들의 행동만
보아도 알 수 있다.

조급해한다. 아니, 당황해서 자신이 당장 무얼 해야 할지도
가늠하지 못하고 있다.

분명 천진이 함락되었다는 소식을 들었을 테고, 황도를 향
한 진격이 시작되었음을 알았을 텐데도 적을 맞을 준비가 전
혀 되어 있지 않았다.

이 정도면 '날 잡아 잡수시오.' 하는 것이나 다를 게 없다.

이현은 어쩌면 황궁을 치는 일이 오왕부를 접수하는 일보
다 수월하게 끝날지도 모른다 예상했다.

"약속은 제대로 지켰나 보군."

이현은 짧게 중얼거리며 고개를 주억거렸다.

그리고.

시선을 돌려 정면을 바라보았다.

이현이 담당한 역할은 하나다.

직진.

오로지 직진.

눈앞에 거슬리는 건 죽이고, 그의 행보를 막는 건 죽인다. 그리고 그렇게 죽이고 죽이다가 황태자를 만나면 또 죽여 버린다.

그것이 그가 이번 전투에서 맡은 임무의 전부다.

말도 안 되는 일이긴 했다. 아무리 준비가 되어 있지 않은 황궁이라지만, 단신으로 그런 황궁과 맞서 싸운다는 건 결코 쉽지 않다.

분명, 다른 사람이라면 그랬다. 불가능한 일이다.

하지만 이현이라면 다르다.

아니, 오히려 이현은 내심 골치 아픈 생각할 것 없이 싸울 수 있는 지금의 상황을 즐기고 있었다.

그만한 힘이 있었으니까.

그러니까 가질 수 있는 여유다.

그 여유는.

저벅.

눈에 보이는 모든 것으로 증명되고 있었다.

이현의 앞을 가로막은 금빛 갑주를 한 무인들. 그 수가 적지 않다. 적게 잡아도 수백이다.

그럼에도 내딛는 이현의 걸음에는 망설임이 없었고, 수백의 금의위 무사들은 위축된 몸짓으로 주춤 뒷걸음질 쳤다.

이현이 그들을 바라보며 말했다.

"……막아."

"……?"

툭 던지듯 내뱉은 짧은 그 한 마디에 금의위는 대답하지 않았다.

하지만 의문이 가득한 얼굴로 서로를 바라보는 모습에서 그들이 지금 느끼고 있는 당황스러움이 고스란히 드러나고 있었다.

스릉.

이현은 검을 뽑았다.

그리고 아직 못다 한 말을 더했다.

"뒈지고 싶으면! 막아 봐!"

탓!

직후 뛰었다.

양 떼 무리에 달려드는 한 마리 범처럼 한 치의 망설임도 없이 앞으로 나아갔다.

"……마, 막아라!"

갑자기 달려드는 이현의 돌발 행동에 금의위는 반사적으로 소리쳤다.

급히 병장기를 꺼내고 이현을 향해 겨눈다.

달려드는 와중에도 이현은 그 모습 하나하나를 두 눈에 선명히 담고 있었다.

히쭉.

날카롭게 정면을 바라보던 이현의 두 눈이 초승달처럼 휘었다.

"뒤지고 싶나 보네."

스확!

동시에 검을 휘둘렀다.

검 끝을 따라 세상이 갈라진다.

혼원살신공. 제사초. 시산혈해.

익숙한 그 초식이 황궁을 갈랐다.

"막아라!"

"궁수는 벽 뒤에 은신하라!"

"지원병! 지원병은 대체 언제 오는가!"

"절대 공간을 주면 안 된다. 공간을 주면 다 죽는다고!"

파죽지세였다.

단 한 번의 검.

단 한 번의 시산혈해로 앞을 막아서던 수백의 금의위를 베어 버린 이현의 앞을 가로막을 수 있는 건 어디에도 없었다.

하지만.

황실은 황실이다.

중원 각지. 누군가는 공명을 좇아, 누군가는 부귀영화를 좇아. 또 누군가는 대의와 이상을 좇아서.

수많은 인재들이 모이는 곳이 바로 황궁이다.

그 인재들이 국운을 결정한다. 누대의 역사를 지탱하고 국가를 이루었으며, 세상을 움직였다. 그리고 그 중심에 황실이 있다.

단 한 명의 절세 고수 앞에 허무하게 무릎 꿇기에 중원은 너무나 넓었고, 황실에 찾아든 인재는 많았다.

피잉!

쏘아진 화살이 이현의 옷자락을 스치고 지나갔다.

투확!

좀 전까지 이현이 머물던 자리에 쇠로 된 투망이 떨어지며 흙먼지를 만들어 냈다.

스확!

은밀히 사각에서 접근한 동창의 고수는 등 뒤에서 단검을 찔렀고,

파바밧!

병사들은 진을 이루어 연이어 창을 찔러 대면서도 쉬지 않고 뒷걸음질 쳤다.

챙! 채챙!

그 틈에 금의위와 황실의 고수들이 달려들어 검격을 쏟아 낸다.

그런 그들의 대응에서는, 갑작스러운 기습에 무방비로 노출되어 당황하던 모습은 찾아볼 수 없었다.

금의위 수백이 죽고 난 직후 생긴 짧은 시간 만에 정신을 수습하고, 채비를 다시 갖추었다.

오로지 한 명의 절대 고수를 죽이기 위해 방안을 찾아냈다.

분명 칭찬받아 마땅한 일이었다.

하지만, 적으로 있는 이현에게는 그들의 기민한 대응과 강한 정신력을 칭찬할 의무가 존재하지 않았다.

스윽.

대신 검을 그었다.

기세부터가 다르다.

"아, 아까 또 그 무공이다!"

그 기세를 느낀 것일까. 이현을 막아선 이들 중 누군가 두려움에 가득 찬 목소리로 소리쳤다.

그리고 그 소리에.

"흐아압!"

금의위 무사 하나가 달려들었다.

푹!

쥐고 있던 검마저 버리고 맨몸으로 달려들었다.

그건 마치 스스로 이현의 검에 몸을 내주는 것이나 다름없는 짓이다.

아니, 실제로 그랬다.

이현이 검을 휘두르고 시산혈해가 펼쳐지면 많은 이들이 죽는다.

그것을 알기에 스스로 목숨을 희생해 이를 막았다.

그리고 그 짧은 순간.

파바바바밧!

수많은 공격들이 이현을 향해 폭우처럼 쏟아졌다.

마치 사전에 약속이라도 한 듯 한 치의 망설임도 없는 연계다.

검기와 강기가 허공을 찢는다. 핏물이 사방으로 비산했다.

"……"

그리고.

기대로 가득 찬 그들의 시선은 이내 경악으로 물들어야만 했다.

"……이건 정파랑 비슷하네?"

단 한 명의 희생으로 생긴 찰나의 빈틈. 그 빈틈을 노리고 쏟아진 무수한 공격.

그 속에서도 이현은 상처 하나 없었다.

"재미있어."

오히려 웃었다.

새하얀 송곳니를 드러내고 웃는 이현의 두 눈에 얼핏 붉은 혈광이 나타났다가 사라졌다.

그리고.

툭.

그런 이현의 아래로 갈가리 찢겨진 시체 한 구가 떨어져 내렸다.

그 짧은 순간.

이현은 자신을 향해 달려들었던 사내를 방패처럼 앞세워 모든 공격들을 막아 낸 것이다.

주춤.

생채기 하나 없는 이현의 모습에 병사들이 저도 모르게 한 걸음 물러섰다.

이현은 그런 그들을 바라보며 입술을 달싹였다.

"혜광 그 미친 노인네가 그러더군."

툭툭. 옷에 묻은 핏물을 털어 내는 이현의 모습은 태연했다.

전장 한가운데.

모두의 표적이 되어 있음에도 이현은 그 사실을 전혀 안중에 두지 않는 듯했다.

아니, 오히려 더욱 태연한 걸음으로 나아갔다.

"나보고 겉멋만 든 놈이라고."

스윽.

또다시 검을 긋기 시작했다.

그리 빠르지도 느리지도 않는 그 움직임에.

"마, 막아!"

이번에도 젊은 금의위 하나가 달려들었다. 손에 든 창을 버린 채 두 팔을 활짝 펼치며 제 몸을 내놓고 달려드는 그의 얼굴은 절박함이 가득했다.

스스로를 희생해 시산혈해를 막는다.

그 죽음으로 기회를 만들고, 그 기회로 이현을 죽인다.

그건 너무나 뻔하고 진부하지만, 달리 다른 선택의 여지가 없기에 내린 결정이었다.

그 모습을 바라보면서도 이현은.

"그런데 그 말이 맞아!"

제 할 말을 이었다.

스확!

예정대로 검이 휘둘러졌다.

푹!

그리고 좀 전에 그랬던 것과 같이 그 검은 스스로를 희생한 젊은 금의위 무사의 몸에 틀어박혔다.

"우읍!"

몸을 파고든 이현의 검에 젊은 금의위 무사는 눈을 부릅떴다. 흔들리는 동공에 붉은 핏발이 섰다.

꽈악!

지독한 고통에 몸부림치면서도 이현의 손을 붙잡은 두 손엔 오히려 힘이 들어간다.

그만큼 간절하다는 뜻이리라.

'이제 동료들이……!'

비록 말하지 않았지만, 이현은 짧은 순간 가까워진 거리로 마주친 금의위의 두 눈에 담긴 간절한 바람을 읽었다.

지금까진 모든 것이 조금 전과 같았으니.

이번에도 동료들이 기회를 노리고 이현을 공격하리라.

금의위 무사가 기대하는 것은 분명 그것이다.

하지만.

지금까지의 모든 것이 같다고 그다음마저 같으리란 법은 없었다.

"시산혈해고 나발이고 무슨 상관이야. 어떻게 죽이든 죽이면 그만이지."

이현은 그의 손을 붙잡은 금의위 무사의 귓가에 대고 못다 한 말을 끝맺었다.

"그래서 고쳐 보려고."

투확! 뚜둑!

이현의 검에 꽂힌 금의위 무사의 등이 터졌다. 부서진 뼛조각이 사방으로 비산하고.

"크악!"

"으아악!"

그 뼛조각이 뒤의 병사들을 덮쳤다.

아니, 뼛조각은 물로, 그 살점과 핏물 한 방울까지.

하나하나 이현의 강기가 둘러진 그것은 이미 그 자체로 강력한 암기와 다를 바 없었다.

그 조각들이 병사들의 살점을 찢어 버리고 틀어박힌다.

"……."

삽시간에 자욱한 피 안개가 피어올랐다.

그 속에서 이현은 고개를 돌렸다.

검은 옷으로 두른 동창의 무인과 눈이 마주쳤다.

"주, 죽어!"

이현의 손에서 시산혈해가 아닌, 전혀 새로운 무공이 펼쳐졌으니 그 놀라움이야 어찌할까. 하물며 그 새로운 무공이 만들어 낸 참상을 두 눈으로 확인한 이상.

동창의 고수가 휘두른 검에는 그가 느끼는 절망과 두려움이 고스란히 담겨져 있었다.

그리고.

깡!

이현이 마주 검을 휘둘렀다.

동창 고수의 검이 휘청거린다. 한계까지 휘어진 검의 검극은 도리어 동창 고수의 얼굴을 겨누고 있었다.

그 순간.

팡!

검이 부서진다.

부서진 검의 파편이 사방으로 비산했다. 파편에는 푸른 강기가 둘러져 있었고, 그 강기는 이내 붉은 피 안개 속에 파묻혔다.

연거푸 보인 잔인한 신위다.

시산혈해가 한 번 막히던 순간 이현은 다른 수를 생각해 냈다. 오히려 막도록 했다. 막는 그 자체를 이용해 또 다른 살육을 만들어 냈다.

굳이 시산혈해에 연연할 필요는 없으니까.

혜광과 마지막으로 싸웠던 그날.

혜광은 시산혈해가 가진 맹점을 지적했다. 그리고 스스로 증명하였으며, 새로운 길을 제시했었다.

맞는 말이다.

이현이 전가의 보도처럼 휘둘러 온 시산혈해는 강력하고 화려하다. 일 수에 수백의 목숨을 앗아갈 수 있으니 두말할 나위가 없다.

그러나 그 뿐이다.

동급, 혹은 그 이상의 상대에게는. 그리고 대응책을 알고 있는 이에게는 너무나 쉽게 막혀 버린다.

그럼 모두 소용없는 일이다.

어차피 모든 무공의 본질은 하나였으니까.

나는 살고 적은 죽인다.

혜광이 새로운 길이 있음을 제시해 주었으니 가지 않을 이유가 없다.

방금 전의 한 수는 그 깨달음을 바탕으로 펼친 것이다.

단순하다. 그러나 강력하고, 또 다양하다.

초식명은 존재하지 않았다.

어차피 상황에 따라 언제든 바뀔 수 있는 한 수였으니까.

스윽!

이현이 또다시 검을 휘둘렀다.

만약 상대가 이를 막지 않아도 상관없다. 그땐 시산혈해가 되니까.

이래도 저래도 누군가는 죽는다. 반드시.

그럼에도 이현은 경고했다.

"막아! 무슨 일이 있어도!"

스륵!

붉어진 이현의 두 눈이 호선을 그렸다.

"슬슬 이게 재밌어지는 참이니까!"

천진에서 수뇌부를 도륙하며 느꼈던 그 쾌감이 다시금 이현을 찾아오고 있었다.

*　　*　　*

"……!"

임무를 성공적으로 마치고 합류를 위해 이현을 찾은 청성진인은 눈앞의 광경에 말을 잃었다.

"……장문사형!"

그런 그의 정신을 일깨운 것은 그의 사제이자 집법당주이기도 한 청백이었다.

청성진인을 바라보는 집법당주의 두 눈엔 경악과 불신이 가득했다.

"……수라 같지 않으냐? 지옥에 떨어진 죄인을 수라가 휩쓸고 있는 것 같지 않느냔 말이다."

그런 집법당주의 모습에 청성진인은 낮은 목소리로 말했다.

그러면서도 시선은 여전히 이현을 쫓는다.

"……그게 무슨! 일단은 말려야……!"

태연한 청성진인의 말에 집법당주가 소리를 높였다.

그리고 급히 이현을 말리고자 몸을 날리려 했다. 하지만, 청성진인이 한쪽 팔을 들어 보이는 것으로 가로막았다.

"막는다고 막을 수 있을 성싶으더냐."

눈앞에서 거듭 폭발이 일어난다. 사람의 몸이 조각조각 찢겨 나가 흔적조차 찾아볼 수 없게 되어 버리고, 그 조각이 무기가 되어 다른 이들을 덮친다.

아니, 사람의 육신만이 아니다. 막는 건 무엇이든 부서지고 터져 버린다. 검으로 막으면 검으로, 도로 막으면 도로. 설혹 막아서는 것이 벽이라 할지라도.

무엇이든 구분하지 않았다.

비록 그것은 잔인하고 아득했지만, 무위일 뿐이다. 청성진인과 집법당주는 평생 꿈꾸지도 못했던 압도적인 무위.

하지만.

이미 팔이 떨어져 나가 전투 불능이 되어 버린 이의 육신을 헤집고 터트리는 건, 공포에 휩쓸려 등을 보이고 도망치는 이를 쫓아가 육신을 찢어 버리는 건. 무위가 아니다.

지금 이 순간 이현이 내뿜는 살육의 광기는 지켜보는 청성진인의 온몸을 저릿하게 만들 만큼 강렬한 것이었다.

"……사제."

이현이 만들어 내는 지옥도를 바라보던 청성진인이 나지막하게 집법당주를 불렀다.

그리고 말했다.

"이 전쟁이 끝나고 나면. 어쩌면 최악의 순간에는."

이현을 지켜보라는 혜광의 부탁.

아니, 그 이유가 아니라도 상관없다.

지금은 혼세다. 무림과 황실이 싸우고, 이현과 황태자가 싸운다. 살육과 광기를 보여도 상관없다.

하지만 모든 것이 끝난 다음에는.

그때에도 광기에 휩싸여 날뛰는 이현이라면 살인귀일 뿐이다.

무당의 제자였던 아이다.

그 아이가 세상을 혼란케 하는 살인귀가 되어 날뛰도록 내버려 둘 수는 없는 일이었다.

"그땐 우리가 저 아이를 죽여야 할지도 모르겠구나."

나지막한 읊조림으로 말하는 청성진인의 시선은 여전히 이현에게 머물러 있었다.

"그리할 수 있겠는가."

청성진인의 물음은 스스로를 향하고 있었다.

第三章

"⋯⋯하!"

권불십년(權不十年) 화무십일홍(花無十日紅)이라 했다.

십 년을 가는 권세는 없고, 열흘 붉은 꽃은 없다.

그 말이 멀게만 느껴지지 않는다.

"일 년을 못 갔군."

황태자의 입가에 걸린 웃음은 허무함이 묻어 있었다.

"아직 낙담하기는 이릅니다. 포기하지 마시옵소서! 폐하!"

태감은 여전히 황태자를 응원했지만, 그런다고 달라지는 것
은 없다.

이미 황궁 전체는 전쟁터가 되어 버린 마당이다.

손짓 하나에 십만의 대군을 움직이고, 백만의 대군을 호령할 수 있다고 한들 다 소용없는 일이다.

황태자가 중원에 무림이란 세상을 뿌리 뽑기 위해 동원한 대군은 지금 강남에 발이 묶여 움직일 수 없는 처지다. 그러니 당장 동원할 수 있는 숫자는 터무니없이 적을 수밖에 없다.

하물며.

"반역도당이 언제 도착하는지조차 알지 못했다."

황태자의 꿈. 그가 꿈꿔 온 이상과 황궁. 그리고 세상.

십수 년을 와신상담하며 준비해 온 모든 것들이 물거품으로 돌아가게 만든 이유는 너무나도 많았다.

"적도(賊徒)는 천진의 화약 창고를 노렸다."

천진은 너무나 쉽게 이현의 수중에 떨어졌다. 그래서는 안 된다. 적어도 열흘은 버텼어야 했다. 그랬다면 이현이 이처럼 쉽게 황실을 침범하지는 못하였을 것이다.

"길목을 막겠다던 것들은 소식조차 없군."

이현이 천진을 함락하고 진격을 시작했을 때.

그들의 진격을 막을 저지선이 필요했다. 거기에 황궁의 고수들과 병사들이 차출되었다. 하지만, 그들은 지금 생사조차 가늠할 수 없다.

아니, 이현이 황실에 들이닥친 속도를 생각하면 애초에 마주치지도 않았을 가능성이 높다.

탁!

황태자는 손안에 쥔 종이를 바닥에 던졌다.

이현이 황실을 들이닥치기 직전 태감이 그에게 보고해 바친 것이었다.

그리고 물었다.

"어찌 생각하는가?"

그 물음에 답할 사람은 이곳에 태감 밖에 없었다.

태감은 고개를 조아렸다.

"송구합니다."

태감은 그저 죄를 청할 뿐이다.

그러나 황태자 또한 알고 있었다. 그는 죄가 없다.

"어찌 그대에게 죄가 있겠는가. 모두 나의 죄다."

이현에게 이토록 쉽게 황궁을 허락한 것도, 이현에게 천진에 위치한 화약고의 정보가 넘어간 것도, 이현의 진격을 막겠다고 출병한 이들이 이현과 마주치지도 못한 채 소식이 끊겨 버린 것도.

모두 그의 탓이다.

황태자가 결정했고, 황태자가 행동했다. 그리고 명령했다.

그러니 그 책임 또한 스스로 짊어지어야 한다. 그것이 황태자가 꿈꿔 왔던 황실의 권위였고, 황제의 권위였다.

"결국, 꼭두각시였는가."

창대한 꿈. 찬란한 이상을 향해 나아가고 있다던 믿음은 한낱 신기루에 불과했다.

"낙담하기는 이르옵니다! 아직, 반전의 여지는 충분하지 않습니까!"

태감은 거듭 기운을 불어넣었다.

안타까움이 가득한 두 눈에 담긴 것은 황태자를 향한 걱정이었다.

오랜 세월 한결같이 그의 곁을 지켜 온 내관이다. 그런 태감의 모습에 황태자도 흐트러졌던 몸을 바로 세웠다.

"……준비는 잘 되었나?"

일전에 국경으로 떠나기 전.

태감에게 몰래 내린 명령이 하나 있었다.

간단한 일은 아니다. 하지만, 어려울 것도 없는 일이었다.

문제는 기밀이다.

그가 어떤 명령을 내렸는지 알려진다면, 세상에 어느 신하도 황실에 입궐하지 않으려 했을 테니까.

황태자는 그것을 묻는 것이다.

"예! 믿을 만한 자들로 은밀히 준비를 마쳤사옵니다! 지금이라도 폐하께서 당장 명령만 하신다면 이 대전은……!"

"그럼 되었다."

말을 가로막은 황태자는 태감의 말을 곱씹었다.

"믿을 만한 자라. 자네는 좋겠군!"

황태자는 자신이 머금은 그 미소가 유독 쓰게 느껴졌다.

그리고 일어섰다.

"폐, 폐하!"

갑작스러운 황태자의 움직임에 놀란 태감이 그를 불렀지만, 황태자는 오히려 앞으로 나아갔다.

"어, 어디로 가시는 것이옵니까! 폐하!"

태감이 그런 황태자를 붙잡고 물었다.

평소라면 경을 칠 불경이었음에도 황태자는 그저 소리 없는 웃음만 지을 뿐이다.

"마중 나가야 하지 않겠는가. 모든 것이 짐의 책임이니, 그 책임을 다하여야지. 태감도 따라오게."

"마, 마중을 나가신다는 말씀이시옵니까?"

태감이 눈을 크게 뜨고 물었다.

황태자 스스로 마중을 나가겠다고 한 그 말이 믿기지 않는 눈치였다.

그러나 황태자의 시선은 태감이 아닌 문밖을 향하고 있었다.

"짐이 끝낼 수 있으면 끝낼 것이고, 끝낼 수 없다면…… 끝나겠지."

화륵!

"그래도 얻었으니 써 보긴 해야 하지 않겠느냐."

황태자의 전신이 붉게 달아올랐다.

핏빛 기운이 불길처럼 치솟았다가 사그라졌다.

*　　　*　　　*

살아 있는 사람을 죽일 때마다. 그 육신을 갈가리 찢고 더운 피를 뒤집어쓸 때마다. 지독한 희열이 찾아들었다.

솜털이 쭈뼛 서고 쾌감이 척추를 타고 발끝에서 정수리 끝까지 내달린다. 그 지독한 쾌락에 정신이 혼미해질 지경이다.

'이래서 신검이 변태 됐구만!'

이제야 신검의 심정이 이해가 된다.

이 강렬한 쾌감이라면 충분히 그럴 만했다. 혈천신마 때부터 지금 이현의 몸으로 이 자리에 오기까지.

긴 시간을 살았고, 또 많은 것들을 겪었다.

그럼에도 지금 이현이 느끼는 이 쾌감은 그 무엇과도 비견될 수 없는 것이었다.

이 정도 쾌감이니 신검이 살아 있는 존재를 죽이지 않고는 살아가지 못하는 신세가 되었을 것이다.

그저 살인에 미쳐 안달 난 변태 말코 위선자인 줄 알았더니, 마냥 그렇지만도 않았다.

오히려 정상이었다. 아니, 대단했다.

이런 쾌감을 알면서도 푸줏간에서 축생이나 죽이며 갈증을
대신하고 있었으니까.

왜 이런 말도 있지 않은가. 중이 고기 맛을 알면 절간에 빈
대가 남아나질 않는다고. 모르니 하지 않는 것과, 알면서도 참
고 하지 않는 것은 그만큼 다른 것이었다.

하긴, 여인네들이 말하길 온갖 산해진미가 만들어 내는 맛
보다 무서운 것이 아는 맛이라고 했다.

지금껏 본능과 충동으로 살아온 이현이 이제야 알게 된 그
'맛'을 놓을 리가 없었다.

당장.

지금 이 순간에도 멈추치 못하고 있지 않은가.

푸슉!

맨 손으로 사람의 살점을 가른다. 체온으로 덥혀진 물컹한
살점과 벌어진 상처 틈으로 흘러나오는 뜨거운 붉은 핏물이
어우러져 지독한 쾌감을 만들어 낸다.

고통과 분노. 그리고 공포.

그것들로 물들어 버린 죽어 가는 이의 두 눈이 선사하는 것
역시 색다른 즐거움이다.

그 쾌감에 몸서리치면서도.

'기분 더럽네!'

이현의 기분은 나빴다.

그러나 멈추지 못했다. 점점 더해지는 이 쾌감이 주는 자극을 끊을 수가 없었다.

마음으로는 이 미친 짓거리를 멈추길 바라면서도, 몸으로는 이 미친 짓거리가 가져다주는 강렬한 쾌감을 찾아 발버둥 친다.

이 지독한 심신불일치 속에서 이현은 괴로워했다.

'염병! 언제 다 죽여?'

차라리 빨리 다 죽여 버렸으면 싶을 지경이다.

그렇다면 이 제어되지 않는 미친 짓거리도 멈출 수 있을 테니까.

예전의 야율한이었다면 상상도 하지 못할 일이다. 그저 이 쾌감 그 자체를 받아들이고 즐겼을 것이다. 앵속을 즐겼던 것처럼 살육 역시 아무런 거리낌 없이 즐기면 그만이었다.

그러나 이현은 야율한이 아니다. 혈천신마도 아니었다.

혈혈단신으로 거친 신강에서 살아남아 본능밖에 남지 않은 소년도, 오로지 싸우는 것만이 존재의 이유였던 괴물도 아니다.

지금도 수틀리면 칼부터 먼저 나가고, 말보다 주먹이 빠른 인간이었지만.

그래도 그때와는 다르다.

야율한이었을 때와 달리 바라는 것 없이 걱정해 주는 이가 생겼고, 대가 없이 곁을 지켜 주는 이들이 생겼다.

귀찮긴 하지만. 그래도 덕분에 약간. 아주 조금! 벼룩 오줌만큼은 철이라는 것도 생겼다.

무엇보다.

이현은 이현의 자부심이 있다.

'죽여도 내가 골라서 죽이고, 쾌락에 몸부림쳐도 내가 선택한 쾌락에서 몸부림친다!'

세상 무엇 하나도 그가 선택해 생겨난 것은 없다. 그가 태어난 것조차 그의 선택과는 상관없는 것이었다.

하지만, 적어도 그 세상을 살아가는 순간순간 만큼은 모두 이현 스스로 선택한 것들이었다. 물론, 중간중간 의도와 다르게 상황이 비틀리고, 꼬여서 여기까지 오긴 했지만.

그 또한 그가 선택한 일의 결과였을 뿐이다.

그것만큼은 야율한 때에서부터 항상 이어져 온 것들이다.

하지만.

지금의 이 쾌감은.

혜광이 말한 그 유치하기 짝이 없는 어둠의 주인에게서 떨어져 나온 파편이라는 이유로 느끼는 쾌감이다.

이현이 선택한 쾌감이 아니다.

그런 쾌감에 몸서리치고 허우적거리는 꼴은 꽤나 자존심 상하는 일이었다.

문제는 그 자존심 상하는 일을 계속하고 있다는 것이었지만, 다행히 하늘은 이현의 편이었나 보다.

아직까지는.

우뚝.

이현의 움직임이 멈추었다.

갑자기 지금껏 해 온 이 모든 살육이 하찮게 느껴졌다.

피부가 저릿저릿하다. 명치끝에서 뜨거운 것들이 용암처럼 부글부글 끓어 댄다.

본능이 이야기하고 있었다.

지금껏 해 온 모든 것들과는 비교도 되지 않을 거대한 쾌락이 눈앞에 있다고.

"……이야! 내가 너 반가울 줄은 또 몰랐다!"

황태자다.

눈앞에 황태자가 서 있었다.

지금껏 이현이 해 온 살육에서 느낀 것과 비교도 하지 못할 거대한 쾌감이 황태자에게 숨어 있었다.

그래도 상관없다.

덕분에 제어되지 않던 광기가 잠시 멈췄으니까. 적어도 생각이라는 것을 하고 마음이라는 것을 추스를 수 있는 시간은 벌었으니까.

'나서지 마. 죽여도 내가 죽이고 즐겨도 내가 즐겨!'

이현은 곧 다가올 쾌감에 끓어오르는 기대를 스스로 억눌렀다.

쾌감에 휩쓸려 황태자를 죽일 생각은 없었다.

"……."

황태자를 바라보는 이현의 두 눈은 깊게 가라앉았다.

"꼴이 말이 아니군."

황태자가 말했다.

척!

그리고 검을 뽑아 든다. 양손에 각각 하나씩 뽑아 든 두 검은 날개처럼 뻗어 있었다.

화악!

기운이 일어난다.

황금빛 기운과 지독한 마기가 한데 뒤엉킨다.

말하지 않았으나, 그 행동의 의미가 무엇인지 모를 이현이 아니다.

이현은 히쭉 웃었다.

"아무렴! 곧 죽을 놈만 할까."

화륵!

이현의 전신 또한 붉고 푸른 기운으로 휩싸였다.

그리고.

꽈아아아아아앙!

두 사람이 부딪쳤다.

*　　*　　*

이현과 황태자의 격돌.

그러나 그 자리에는 두 사람만 존재하는 것이 아니다.

황태자가 대동하고 온 태감을 비롯한 내관들이, 이현의 폭
주를 지켜보고 있던 청성진인을 비롯한 무당의 도인들이 그
자리에 함께하고 있었다.

후확!

한 번의 부딪침.

그 단 일 합의 부딪침은 굉음과 함께 거친 바람을 선사했
다.

황궁을 휩쓴 거친 바람이 지나간 이후, 청성진인은 얼굴을
가렸던 도복의 넓은 소맷자락을 내렸다.

그리고 급히 이현의 모습을 찾았다.

"……음!"

청성진인의 입에서 짧은 신음이 흘러나왔다.

두 사람 간에는 거리가 생겨 있었다. 그리고 그 거리 사이에
긴 족적이 남겨져 있다.

황태자는 밀려나지 않았다. 그렇다면 바닥에 남겨진 족적의 주인은 한 사람뿐이다.

이현.

"황태자의 무위가 저리도 고강했단 말입니까? 질 수도 있겠습니다!"

곁에서 그 모습을 함께 목격한 집법당주가 놀란 마음을 숨기지 못했다.

그들은 이미 무당파에서 황태자를 마주한 적이 있었다.

그때도 황태자는 강했다. 굳이 직접 드러내지 않는다고 하더라도 그 고강한 힘을 알아보지 못할 리 없었다.

하지만.

힘의 강함은 상대적인 것이다.

황태자는 분명 강하다. 청성진인을 비롯한 무당의 도인들 중 누구도 견줄 수 없을 만큼.

죽은 청수진인조차 황태자와 견줄 수 있으리라고는 누구도 장담할 수 없다.

그만큼 황태자는 강했다.

하지만, 그 상대가 이현이라면.

강함의 기준은 바뀐다.

분명 황태자의 힘은 의심할 것이 없지만, 그럼에도 이현에 비하자면 한 수. 아니, 못해도 반 수 이상 뒤처질 것이라 보았었다. 과거 무당에서 이현과 황태자의 부딪침이 만들어 낸 결과가 그러했고, 그 두 사람에게서 풍기는 기운의 차이가 그러했으니까.

그렇기에 더욱 믿기 어려웠다.

이현의 우세를 예상했건만, 오히려 밀려난 것은 이현이었으니까.

하지만.

"아니, 그렇게 보긴 힘들겠구나. 황태자는 분명 강하다. 허나, 그 강함이 우리의 예상을 뛰어넘지는 못하는 것 같구나."

청성진인의 생각은 집법당주 청백의 것과는 전혀 달랐다.

"발을 보아라."

청성진인의 시선은 황태자의 발에 머물러 있었다.

분명 밀려난 것은 이현이다. 바닥에 길게 자국을 남기고 밀려난 거리가 자그마치 삼 장(丈)이다. 그러나 그 깊이는 일 촌(寸)남짓.

그에 반해 자리를 굳건히 지키고 선 황태자의 두 발은 발목까지 바닥에 파묻혀 있었다.

"그저 밀려나지 않은 것뿐인 듯하구나."

이현은 스스로 밀려났고, 황태자는 스스로 밀려나지 않았다.

그뿐이다.

아니, 단지 그런 이유 때문이라면.

"황태자가 왜 그런단 말입니까? 오히려 손해이지 않습니까!"

오히려 열세인 것은 황태자다.

단 한 번의 격돌.

그 격돌은 마치 폭탄이 터지듯 강렬했다. 서로가 서로를 향해 전력을 쏟아 부었으니 그 힘이야 오죽하겠는가.

그래서 이현은 밀려났을 것이다.

힘에는 항상 반작용이 뒤따르는 법이었으니까.

충돌 이후 밀려드는 충격을 완화하지 못하면 그만큼 몸에 무리가 가기 마련이다.

그러나 황태자는 밀려나지 않았다. 충격을 흘리지 않고 고스란히 받아 냈다.

그런 행동은 황태자에게 아무런 이득이 되지 않는다. 아니, 오히려 손해다. 싸움이 계속되면 계속될수록 몸 안에 누적되는 충격은 계속해서 황태자의 육체를 갉아먹을 테니까.

그런 집법당주의 물음에.

"글쎄. 그것은 나도 모르겠구나."

청성진인은 고개를 저었다.

청성진인이 불가에서 말하는 육통(六通) 중 하나인 타심통을 얻은 것이 아닌 이상, 손해뿐인 행동을 선택한 황태자의 의

第三章 91

중을 꿰뚫어 볼 수 있을 리는 없다.

더욱이 청성진인은 도문의 제자이지, 불가의 불제자가 아니지 않은가.

그저 추측할 뿐이다.

"물러서기 싫은 것이 아니겠느냐."

황태자는 자존심이 강하다. 지독히 황실의 권위를 따지던 이도 바로 황태자다. 그로 인해 이현과 악연을 시작했고, 또 그로 인해 황실과 무림의 전쟁이 시작되었다. 또한, 그 때문에 황실은 지금 이 위기를 맞이한 것이기도 했다.

그처럼 자존심 강한 황태자이기에 이현이 보는 앞에서 물러서는 모습을 보이기 싫었던 것이리라.

작금의 황실에서는 황제나 다름없는 황태자이지 않은가.

그런 황태자가 한낱 무림인의 검을 이기지 못하고 뒷걸음질 치는 것이야말로 굴욕이라면 굴욕이었을 테니까.

그런 청성진인의 추측에 집법당주가 물었다.

"허면? 이 대결은 저 아이가 승리한다는 말씀이십니까?"

집법당주의 손은 이현을 가리켰다.

황태자는 손해임을 알면서도 물러서기를 거부했다. 그렇다면 승기는 이현에게 있는 것이라 보아도 이상할 것이 없다.

단순히 양측의 무위가 같은 수준이라 보았을 때도 그랬으니까.

하지만.

"글쎄. 어찌 내가 결과까지 짐작하겠느냐."

청성진인은 고개를 가로저었다.

그리고 쓴웃음을 머금은 얼굴로 이현을 응시했다.

＊　　　＊　　　＊

칼은 말이 없다. 하지만, 칼은 말을 한다.

칼의 언어가 있다. 칼뿐만이 아니다. 존재하는 모두가 자신만의 언어로 끊임없이 말하고 이야기한다. 그리하여 소통한다.

다만 사람들이 그들의 말을 듣지 못하는 것은 자격이 되지 않기 때문일 뿐이다. 그들의 언어를 알지 못하기에 그들이 지금 어떤 이야기를 하고 있는지 알아듣지 못하는 것이다.

하지만 역설적이게도, 그 언어는 누구나 들을 수 있다.

그들의 언어를 알고자 끊임없이 노력하고자 하는 이들은 어느 순간 자연스럽게 그들이 무슨 말을 하고 있는지 듣게 되고, 또 그들의 언어로 소통할 수 있게 된다.

평생 돌을 만지고 살아온 석공이 단지 바위의 울림과 그 소리만으로 바위를 알아보고, 평생 바다의 물결을 바라보며 살아온 어부가 단번에 바다 속 물고기의 위치를 알아내는 것도, 악공이 고작 한 번의 음률로 악기를 알아보는 것도 그러한 이유에서다.

이현도 깨달았다.

검이 하는 말을 들을 수 있고, 도가 하는 말을 들을 수 있다. 내지른 주먹질에 울리는 파공성에 담긴 말도, 내딛는 발걸음 속에 숨은 속삭임도 모두 들을 수 있다.

부러 들으려고 듣는 것이 아니다.

평생을 싸우고 죽이는 데 쏟았기에 자연스럽게 들을 수 있을 뿐이다.

그리고 이현은 그 소리들을 좋아한다.

수다쟁이들이 아니다.

내디딘 걸음의 거리가 얼마인지, 휘두른 칼날이 안을 향하는지 밖을 향하는지, 또 거기에 실린 힘은 얼마인지.

할 말만 한다.

그래서 편하다.

그리고.

황태자와의 격돌에서도 많은 이야기를 들었다.

그 이야기를 바탕으로 하면.

'내가 더 강해!'

이현이 더 강하다.

짐작했던 대로다. 그 짐작이 확인이 되었다.

황태자의 무위는 이현보다 아래다.

본디 반 수 정도의 차이였으나, 무당파에서 혜광에게 새로운 깨달음을 얻었으니 이제 그 차이는 반 수 정도 더 벌어져한 수다.

회의나, 지난날 무당산에서 마주했던 방갓을 쓴 사내가 개입하지 않는 이상. 또는, 이현이 미처 예상하지 못한 돌발 상황이 일어나지 않는 이상.

그것도 아니라면 황태자가 숨겨 둔 비장의 한 수가 존재하지 않는 이상.

이 싸움의 승자는 이현이다.

반드시!

이현은 그렇게 확신했다.

다만.

싸움의 승패를 떠나 이현을 거슬리게 하는 것이 있었다.

울컥!

'염병할!'

명치끝에서 치밀어 오르는 광기다. 살인이 주는 쾌감을 갈망하는 광기는 자꾸만 멋대로 치솟으며 이현을 괴롭혔다.

그리고 그런 이현을 향해 분노하는 이가 있었다.

"건방지구나."

황태자다.

이현이 단 한 번의 격돌에서 황태자의 무위를 확인했듯, 황태자 또한 그 단 한 번의 격돌에서 이현을 확인했다.

"한낱 무뢰배 따위가 감히 짐을 업신여기는 것이냐! 어찌하여 마지막 순간 힘을 뺄 것이지?"

황태자의 얼굴은 일그러져 있었다.

격돌하는 순간.

이현은 힘을 거두었다. 그것이 맞댄 칼끝을 통해 황태자에게 고스란히 전해졌다.

자존심 강한 황태자에게 이는 결코 용납할 수 없는 일이었다.

"비천한 놈이 고작 한 번의 승기에 취해 오만을 떠는 것이냐!"

스윽!

황태자가 양손에 든 칼을 날개처럼 펼친다.

그리고 이현을 향한 두 눈에 귀화를 피워 올렸다.

"똑똑히 확인하여라! 짐은 너같이 비천한 자가 가벼이 넘볼 수 있을 만큼 무력한 우황(愚皇)이 아님을!"

황태자가 달려들었다.

그 기세가 방금 전보다 한결 더 강렬해져 있었다.

금빛으로 물든 칼이 머리 위에서 아래로 벼락처럼 떨어졌고, 검게 마기로 물든 칼날이 허리를 베어 왔다.

날카롭다. 단단하고, 거칠다.

"무릎 꿇으라!"

순간.

머리 위로 떨어져 내리던 금빛으로 물든 황태자의 칼이 기운을 쏟아 냈다.

낯선 듯 익숙하다.

제왕검공. 이현의 손에 멸문한 남궁세가의 절대검공.

금빛으로 빛나는 황태자의 칼이 내뿜는 압박감은 제왕검공의 그것과 닮아 있었다.

쾅직!

딛고 선 이현의 두 발이 압박에 짓눌려 땅속에 파묻혔다.

그 사이 황태자의 금빛 칼날은 어느덧 이현의 머리 위 한 치 앞까지 가까워졌다.

순간.

꽈아아앙!

이현이 검을 휘둘렀다.

힘으로 우악스럽게 머리 위를 노리던 황태자의 칼을 날려 버렸다. 그 검격에 담긴 힘을 이기지 못한 황태자의 신형이 떠올랐고, 때문에 이현의 허리를 노리고 들어오던 칼날은 허망하게 허공을 갈랐다.

콰아아아악!

허공에 떠올랐던 황태자의 신형이 땅에 내려서자마자 길게 족적을 남기며 뒤로 밀려났다.

그리고 이현은.

미간을 찌푸린 채 황태자를 노려보고 있었다.

"자꾸 긁어 대지 마라. 안 그래도 죽이고 싶어 죽겠으니까!"

으르렁거리듯 경고하는 이현의 목소리에는 짜증이 가득했다. 가뜩이나 치미는 광기를 찍어 누르는 것도 머리 아픈 판이다. 거기에 황태자가 자꾸만 성질을 긁어 대니 짜증이 치밀어 올랐다.

이번엔 이현이 움직였다.

저벅!

그러나 이현은 곧장 황태자를 향해 달려들지 않았다. 오히려 걸었다. 천천히.

그리고 말했다.

"셋 센다. 그 안에 동원할 수 있는 놈은 다 동원해. 회의라는 놈이든, 그 방갓 쓴 놈이든. 아니면 네 알량한 군대든! 전부! 자 하나!"

귀찮게 일일이 하나하나 상대할 생각은 없었다.

치미는 광기를 언제까지 억지로 억누르고만 있을 수도 없는 노릇이다.

그럴 바에야 아예 한꺼번에 처리하는 쪽이 속 편하다.

그리고 그건.

"둘, 이게 너한테 마지막 기회다!"

황태자가 이현을 이길 수 있는 유일한 기회이기도 했다.

그럼에도.

"하하하하핫!"

황태자는 웃었다.

"짐이 직접 칼을 뽑았는데 어찌 아랫것들이 끼어들겠느냐! 없다! 그런 것……!"

그리고 이현이 준 마지막 기회를 거절했다.

"그래? 후회하지 마. 네가 선택한 것이니까!"

깡!

황태자의 거절을 끝으로 이현의 본격적인 움직임이 시작됐다. 지금까지의 느린 걸음이 무색하게 이현의 신형은 삽시간에 황태자의 앞에 도달해 있었다.

깡!

황태자가 급히 칼을 들어 이현을 막으려 했으나, 이현은 이를 허락하지 않았다.

파리를 쫓듯.

가볍게 휘두른 손짓 한 번에 황태자의 오른팔이 밀려난다.

더불어.

와락!

손을 뻗어 황태자의 얼굴을 움켜잡았다.

콰앙!

그대로 땅바닥에 처박아 버렸다.

파편이 튄다. 그 짧은 순간 황태자도 공력을 끌어 올려 머리를 보호하였으나, 그 충격은 적지 않았으리라.

"셋, 발버둥 쳐라! 황태자 놈아!"

이현은 땅속에 처박힌 황태자의 귓가쯤 되는 곳에 대고 속삭였다.

*   *   *

입 안이 바싹 말랐다. 목도 말랐다. 아니, 온몸이 메말랐다. 몸은 마치 뜨거운 태양 아래 바싹 마른 사막의 모래알처럼 물기 하나 없이 퍼석한 기분이다.

피가 끓어서다. 뜨겁게 달아오른 기름처럼 펄펄 끓는 피가 온몸의 물기를 증발시켰다.

처음에는 황태자의 뜨거운 피를 보고 싶었는데, 이제는 황태자의 피로 뜨거워진 몸을 식히고 싶어졌다. 황태자의 심장에서 뿜어져 나오는 핏물로 메마른 목을 축이고 싶다.

그리고.

상상하게 된다.

지금 황태자의 피로 목을 축인다면 어떠할까.

아마 뜨거운 여름날 그늘 아래에서 차가운 술을 단숨에 들이키는 기분이 아닐까.

황태자의 피로 몸을 적시면 어떨까.

어쩌면 차가운 얼음물을 뒤집어쓴 기분이 아닐까. 그 혈향은 비릿한 것이 아니라 달콤할지도 몰랐다.

하나하나.

눈앞에 그려지듯 세밀하게 상상된다.

그래서 더욱 목이 마르다. 더욱 몸이 달아오르고 피가 끓는다.

광증이다.

황태자를 죽이고 싶은 열망이, 황태자의 죽음이 가져올 희열이 자꾸만 이상한 상상을 하게 만든다.

'미친놈!'

이현은 그런 자신을 미친놈이라 칭했다.

그렇지 않은가. 제정신으로 어떻게 핏물을 삼킨단 말인가. 그 핏물을 뒤집어쓰고 어떻게 달콤하다 느끼겠는가.

'내가 못할 놈은 아니지만, 즐길 만큼 쓰레기는 아니라고!'

이현도 스스로 인정했다.

자신이 하자면 못 할 놈이 아님을. 또 극한의 상황이 된다면, 필요하다면 언제든 그럴 수 있는 놈임을.

하지만 그걸 즐기진 않는다.

그리고 무엇보다.

황태자만큼은 맨 정신으로 죽이고 싶었다.

그 악연을 정신 나간 채로 끝내고 싶지 않았다. 스스로 결정하고 스스로 죽이고 맨 정신으로 그 모든 걸 끝내고 싶었다.

그래서 참았다.

들끓는 피의 열기도, 메마른 피의 갈증도.

모두 찍어 눌렀다. 그건 굉장히 고통스러운 일이었다.

초인적인 인내심을 발휘하지 않으면. 잠시만 정신이 흐트러지면 그놈의 광증이 틈을 놓치지 않고 튀어 오르니까.

콰앙!

내면의 힘든 싸움을 계속하면서도 이현은 황태자를 압도했다.

황태자는 분명 대단하다. 그가 이룬 무위는 칭찬받아 마땅하다. 아무리 황실의 막대한 지원이 있었고, 또 천마라는 불세출의 고수에게 무공을 배웠다고 해도 이는 변하지 않는 진실이다.

천하십대고수.

넓은 중원에서 가장 강한 열 사람과 비견해도 황태자는 전혀 모자람이 없었으니까. 아니, 그들보다 강하니까.

그것은 단순히 누구에게 가르침을 받았는지, 얼마만큼의 지원을 받았는지로 계산할 수 없다.

뼈를 깎는 노력이 수반되어야 하고, 이룩한 경지만큼의 희생이 필요하다. 더불어, 천재라 불리기 부족하지 않을 만큼의 재능 또한 있어야 한다.

분명 그것만큼은 인정해야 한다.

하지만, 황태자는 이현을 앞설 수 없다.

황태자가 지금의 경지를 이루기 위해 치러야 했을 희생도, 뼈를 깎는 노력도. 천재라 불리기에 모자람 없는 재능도.

그중 무엇 하나 이현을 앞서지 못했으니까.

뼈를 깎아도 이현이 더 많이 깎았고, 희생을 해도 더 많이 했다. 재능 또한 이현이 앞섰다. 그러니 무의 영역에서 만큼은 황태자가 이현을 앞설 수 없다.

검에 담긴 무게가 달랐다.

파아아앗!

또 한 번의 충돌.

황태자는 이현의 힘을 이기지 못하고 바닥을 굴러야 했다.

솜씨 좋은 장인이 금사로 정성껏 만들었을 그의 곤룡포는 이미 여기저기 찢어지고 흙먼지로 더럽혀진 지 오래다.

그럼에도 황태자는 무릎 꿇지 않았다.

기어이 다시 몸을 일으키고 허리를 꼿꼿이 세운다.

그리고 다시 덤벼든다.

황태자의 좌수가 쥔 검이 이현의 목 끝을 향해 급하게 찔러

들어왔다.

탕!

이현은 물러서 피하는 대신 검을 들어 궤적을 비껴 내는 쪽을 택했다. 이어 한걸음 앞으로 다가갔다.

이현의 목 끝을 노렸던 검은 이현의 머리 위로 비껴가고, 이현의 신형은 황태자와의 간격을 줄이며 깊숙이 파고들었다.

스확!

황태자가 급히 오른손에 쥔 칼을 역수로 쥐고 이현을 노렸지만, 늦었다. 어느새 황태자의 품 안에 파고든 이현이 도약했다.

빠악!

그리고 그대로 이현의 무릎이 황태자의 얼굴을 짓뭉갰다.

그 충격에 황태자의 고개가 뒤로 젖혀졌다.

스확!

그 얼굴 위로 역수로 고쳐 쥔 이현의 검이 내리꽂혔다.

깡!

절묘한 순간에 들어간 한 수였지만, 황태자는 이를 막아 냈다. 역수로 쥐었던 황태자의 칼이 방향을 바꾸어 이현의 검을 막아 낸 것이다.

검극과 검극이 서로 마주했다.

자칫 어긋나는 순간 황태자는 얼굴을 관통당한다. 그럼에도 황태자는 물러서지 않았다. 오히려 더욱더 강하게 맞닿은 이현의 검을 밀어냈다.

처음부터 지금까지.

황태자는 한 번도 물러서지 않았다. 이현의 검에 베이고 주먹이 틀어박혀도.

황태자는 물러서는 대신 정면으로 이에 맞섰다.

자존심 때문이리라.

'그것도 여기까지다.'

하지만 그 자존심도 여기까지였다.

팡!

서로 맞닿은 두 검극. 깨어져 버리는 검 하나. 아니, 검이 반으로 갈라진다는 표현이 옳았는지도 모른다.

맞닿은 두 검 중 깨어지는 건 황태자의 검이었다.

"……흡!"

처음으로 황태자의 입에서 놀란 신음이 터져 나왔다.

부릅뜬 두 눈의 동공은 급속도로 팽창되었다.

그리고 이현은.

"……염병!"

입술을 깨물었다.

찰나의 순간 이현의 두 눈에 광기가 어른거리다가 사라졌다.

잠시 잠깐 광기가 이현의 억누름을 이겨 내고 치솟아 버린 탓이다.

그 탓에 집중이 흐트러졌다.

그리고 그건 곧 황태자에게 기회로 돌아갔다.

황태자의 기세가 변했다.

분명 익숙한 기운이었다.

그 기운을 느낌과 동시에.

후웅!

이현의 전신을 가득 채운 태극무해심공의 기운이 요동쳤다.

스확!

황태자가 양손에 쥔 칼을 가위처럼 교차해서 휘두른다.

콰아아아앙!

이현이 날아갔다. 황태자의 칼끝에 실린 힘을 이기지 못하고 벽을 부수며 처박혔다.

황태자와의 싸움을 시작한 이래.

처음으로 이현이 바닥을 굴러야 했다.

후두둑!

그러나 이내 옷에 묻은 먼지를 털어 내며 몸을 일으켰다.

"……."

이현의 시선이 황태자를 향했다.

"왜 낯익나? 확실히! 무림을 손에 넣기 충분한 무공이야."

황태자는 옅게 웃고 있었다.

황태자의 전신을 휘감았던 마기도 금빛 기운도 사라져 가고 있었다. 아니, 먹혀 들어가고 있었다. 그리고 그 자리를 핏빛 붉은 기운이 대신하고 있다.

그것은 마치 거친 포식자의 기운과 닮아 있었다.

역시. 익숙한 기운이다.

피식!

그 모습을 확인한 이현의 입가에 웃음이 걸렸다.

"너네? 네가 훔쳐 갔어. 혼원살신공!"

황태자의 몸을 뒤덮은 새로운 기운은 혼원살신공이었다.

이현의 고개가 모로 꼬였다.

"그런데 너 왜 그걸 주워 간 거냐? 그거 익히면 어떻게 될지 생각은 하고 가져간 거야?"

저벅.

이현이 황태자를 향해 나아갔다.

달려들지 않는다. 속도를 올리지도 않는다.

스윽.

그저 검을 늘어트린 채 차근차근 착실하게 황태자의 간격 안으로 걸어 들어갈 뿐이다.

그리고.

쑥!

황태자의 복부를 향해 검을 찔러 넣었다. 이현의 동작은 한
없이 단순했고, 빠르지도 강렬하지도 않았다.

"어림없는……!"

당연히 황태자라고 가만히 있을 리 없다.

지금껏 그랬던 것처럼. 그는 양손에 쥔 칼을 휘둘러 이현의
검을 정면으로 막아 세우려 했다.

좌수의 검과 우수의 검은 그 속도가 달랐다.

황태자의 의도는 분명했다.

찔러 들어오는 검을 막아 내고 그와 동시에 이현의 목을 베
어 버릴 심산이었다.

＊　　　＊　　　＊

신강에서 마지막 조각을 죽이고 난 뒤, 혼원살신공이 그들
에게 없음을 확인했다.

이현은 무당신검에게 물었다.

그럼 진짜 혼원살신공을 가져간 놈은 누구냐고.

그때 무당신검은 자신 없는 웃음을 지으며 말했다.

"허허. 이들이 아니라면 저도 짐작이 가질 않는군요.
그래도 군이 뽑자면 황태자가 아닐까 싶습니다. 그 또

한 혈천신마가 존재하는 과거를 기억하고 있고, 또한

도우와 맞서야 하는 입장이니 한번쯤 욕심내 볼 법도

한 일이지요."

그리고 그 추측에.

　"그럼 나야 좋지."

이현은 웃어 넘겼다.

　"그런데 그러겠냐? 등신도 아니고?"

그럴 리 없다고 생각했다.

　이현이 만약 황태자였다면 절대 혼원살신공만큼은 익히지

않았을 테니까.

　적어도 생각이 있다면.

　그런데 그 일이 진짜 일어났다.

　푸―욱!

　"컥!"

　이현의 검이 황태자의 복부에 틀어박혔다.

황태자는 두 눈을 크게 부릅뜬 채 이현을 바라보고 있었다.

이현의 검을 막고 곧장 이현의 목을 치려 했던 황태자의 두 검은 허무하게 부서진 채 바닥을 뒹굴고 있었다.

그런 황태자의 모습을 바라보던 이현은.

"하여간 대가리 나쁘면 몸이 고생이라니까?"

황태자를 한심하다는 듯 바라보았다.

"네 쫄다구 안 부르고 버틴 게 겨우 혼원살신공 믿고 그런 것이었냐?"

"무슨…… 뜻이냐!"

황태자는 자신의 이 허무한 결말을 믿을 수 없다는 듯 힘겹게 되물었다.

분명 막았다. 이현의 검보다 황태자의 검이 더 빨랐고, 더 강했다. 그런데 부러진 것은 황태자의 검이다.

너무나 허무하게 찔러오는 검을 허용했다. 거짓말처럼.

그런 황태자의 귓가에 이현이 속삭였다.

"너 혈천신마 기억하는 거 아니었어? 그럼 내가 혈천신마였을 때 뭣 때문에 신검 같은 놈한테 삼십 년이나 발목 잡혔던 건지는 생각 안 해 봤냐?"

과거 혈천신마 때. 무당신검은 분명 호적수였다. 삼십 년을 싸웠던 사이니까. 마지막 순간 깨달음을 얻기 직전까지 무림을 손안에 쥐었던 이현은 무당신검 하나를 죽이지 못했었다.

그러나 그 당시에도 무위는 이현이 앞섰었다.

그럼에도 무당신검을 죽이지 못했었던 것은.

태극무해심공과 혼원살신공.

두 내공심법의 관계 때문이다.

혼원살신공은 분명 최고의 내공심법이자 무공이다. 아무것도 없던 아이를 혈천신마로 만들어 주고, 당시 천하십대고수라 불리던 이들을 모두 무릎 꿇렸을 만큼.

하지만, 그런 혼원살신공에도 상극은 존재한다.

대성한 태극무해심공이었다.

익히기도 대성하기도 어려운, 내공 쌓기는 더더욱 어려운 극악의 태극무해심공이다. 하여간 이현이 싫어하는 조건은 다 갖춘 것이 태극무해심공이다.

그런 태극무해심공이 다른 무공을 상대할 때는 특별함도 압도적인 무언가도 존재하지 않지만, 유일하게 혼원살신공만 만나면 강한 모습을 보였다.

그래서 혈천신마였을 때 무당신검에게 삼십 년 동안 발목이 잡혔었고, 이현의 몸으로 회귀를 한 뒤에는 혼원살신공을 익혀 보려고 하다가 몇 번이나 죽을 고비를 넘겼었다. 그때도 번번이 승자는 태극무해심공이었고, 패자는 혼원살신공이었다.

물론, 그때마다 기연이 되어 돌아왔지만.

그 또한 유독 혼원살신공에게만 강한 모습을 보이는 태극무해심공의 효능 덕분이었다.

그런데.

어떤 놈이 훔쳐갔나 했던 혼원살신공을 황태자가 가져갔으니, 황태자가 혼원살신공을 꺼내는 순간 이미 싸움은 결판이 난 상황이나 다름없었다.

"……큭! 그랬군!"

황태자도 얼추 이해는 한 모양이다.

"곧 죽을 판에 허세는!"

이현의 눈에는 그 모습도 한심하게 보일 뿐이었지만.

결판은 났다.

황태자가 그간 쌓아 온 모든 내공은 혼원살신공이 집어삼켜 흡수했고, 그로 인해 현재 황태자가 가진 내공이 혼원살신기라면 더 이상의 싸움은 무의미했으니까.

"황실에서는 아무거나 주워 먹지 말라고 안 가르치디?"

꽈악!

이현이 황태자의 복부를 파고든 검을 강하게 움켜잡았다.

그리고.

"어쨌든 잘 돌려받으마. 혼원살신공!"

혼원살신공의 기운이 검을 통해 이현에게 밀려들어 왔다.

第四章

이현의 성격 고약한 것이야 이미 정평이 나 있었다.

성격 더럽고, 과격하고, 예의도 없는 데다가 버릇 없는 건 기본 중에 기본이다. 그런 주제에 욕심은 또 더럽게 많다.

그런 이현이니 만큼. 본디 그의 것이었던 혼원살신공을 다른 놈이 가로챘음을 알고도 가만히 있을 리 없었다. 신강에서 그 난리를 쳐 댔던 것도 따지고 보면 그 때문이었고.

결국 신강에서는 혼원살신공을 가로채 간 놈을 찾지 못했다. 그럼에도 이현은 기어이 상대의 내공을 갈취하는 흡정심법의 일종인 흡성상포공을 익혔다. 언제고 혼원살신공을 가로챈 범인을 찾아내면 이를 빼앗기 위해서였다.

애초에 사도련의 무공 서고에도, 무당파의 무공 서고에도 흡정 계열의 내공심법은 심심치 않게 찾아볼 수 있었으니 익히는 것도 어렵지 않고.

그런데 만났다.

등신이 아닌 이상 익히진 않았으리라 생각한 혼원살신공을 익힌 황태자를.

그리고 **빼앗고** 있었다.

"흡!"

광기가 요동친다.

몸 안에 쏟아져 들어오는 혼원살신공의 기운을 감지한 태극무해심공이 미친년처럼 날뛰었다. 무당의 절세 신공 중 하나인 양의신공의 효력을 빌리지 않았더라면, 몸 안은 당장 전쟁터나 다름없는 참상이 벌어졌을 것이다. 혈맥이 산산이 찢겨 나가고, 오장육부가 터져 나가는 참상 말이다.

그 양의신공의 힘을 빌리고도 쉽지 않다. 조금만 정신이 흐트러지면 어떤 사고가 벌어질지 이현도 알 수 없었다.

그렇게 온 정신을 집중해도 모자랄 판에.

"……설마 짐의 끝이 이리도 허망할 줄은 몰랐구나."

곧 죽을 주제에 빌어먹을 황태자 놈은 더럽게 말이 많았다.

"네놈을 마중 나간 병사들은 만났느냐? 아니, 네놈은 어찌 천진 화약고의 위치를 그리도 정확히 알았던 것이지? 이는 분명 기밀이었을 텐데?"

죽을 때가 되니 말문이 트였는지 쉴 새 없이 떠들어 댄다.

결국 참다못한 이현은.

"이게 아까부터 뭔 개소리야!"

정신을 집중하기도 모자란 와중에 버럭 소리를 질렀다.

짜증 섞인 이현의 외침.

"큭!"

그 외침에 황태자는 쓰게 웃었다.

황궁의 내공심법으로 쌓은 공력은 물론, 천마의 무공으로 쌓아 온 공력까지.

그 모든 공력을 혼원살신기로 치환했다.

그리고 그 모든 공력이 지금 이현의 몸으로 빨려 들어가고 있었다. 단전을 가득 채웠던 풍만했던 기운이 썰물처럼 빠져나가고 있다.

허무감이 밀려든다. 밀려드는 탈력(脫力)감은 손가락 하나 까딱하기도 힘겹게 만들었다.

그럼에도 무릎을 꿇지 않고 두 발로 버티고 선 것은 오로지 황태자인 그가 한낱 야인에 불과한 이현의 앞에 무릎을 꿇을 수 없다는 자존심 때문이었다.

그러나 지금 무엇보다 황태자를 괴롭게 하는 것은 사라져 가는 공력과 탈력감 따위가 아니었다.

지독하리만큼 허탈한 자괴감.

진정으로 황태자를 괴롭히고 있는 것은 그것이었다.

'모든 것이 결국 한낱 물거품에 지나지 않는구나.'

어미를 잃은 그날부터, 무림을 향한 복수를 위해 평생을 바쳐 살아왔다.

힘을 얻기 위해 황궁의 무공을 익혔고, 스스로 천마의 제자로 들어가 고개를 조아렸다. 권력을 위해 형제를 죽이고, 아비마저 자리에서 밀어냈다.

뿐만이 아니다. 혈천신마의 존재를 알고 난 뒤에는, 이를 이용했다.

부러 자극했다. 신강 마적들의 짓으로 위장해 마교를 공격했고, 이현과 마교의 싸움을 부추겼다. 이현이 명성을 얻고 정체되었던 무림의 판도를 뒤흔들도록 만들었고, 이를 통해 무림을 공격할 수 있는 명분을 만들어 갔다.

청수진인의 죽음은 요행이었다. 본디 의도는 이현을 자극해 명분을 만드는 것이었으니까. 민란은 우연이었다. 결국, 그 우연으로 얻어진 요행은 아비의 개입으로 물거품이 되어 버렸지만. 어찌 되었든 상관없었다. 결국, 이현을 자극하는 데에는 성공했으니까.

그렇게 시작한 전쟁이다.

따르지 않는 자는 죽이고, 방해되는 이는 지워 버렸다. 힘이 될 수 있는 이들은 수단과 방법을 가리지 않고 취했고, 막대한 재물과 보상으로 움직이도록 했다.

쉽지 않았고, 간간이 계획한 일들이 틀어졌다. 그럼에도 기어이 해냈다. 오로지 무림의 말살을 위한 노력들이었다.

어린 날 황태자의 어미를 능욕하고 빼앗아 간 무림을 향한 복수였다. 오로지 그것이 황태자가 지금껏 모든 고난과 역경을 이겨 내고 살아온 이유였으니까.

그렇게 시작된 본격적인 무림과의 전쟁은 기대 이상이었다. 황군의 힘은 거대했고, 이에 맞서는 무림의 힘은 미약했다.

거침없이 진격하는 황군의 소식을 접할 때마다 황태자는 속으로 환호했다.

오랫동안 바라온 그의 염원이 이루어질 날이 멀지 않았음을 확신했고, 그가 이루어 놓은 모든 노력과 곧 다가올 결과는 절대 무너지지 않을 철옹성만큼이나 단단한 것이라 믿었다.

착각이었다.

황태자가 그토록 굳게 믿어 온 모든 것들이 한낱 모래성에 불과했다. 파도 한 번에 스러져 사라져 버리고 마는 그런 모래성 말이다.

그의 확신도, 염원도, 노력도 곧 다가올 결과도.

황태자의 모든 것이 한낱 신기루에 불과했음을 처음 알려 준 것은 이현은 아니었다.

이현은 그저 확인이고 결과일 뿐이다.

그 시작은 따로 있었다.

이현이 황궁을 공격하기 직전 태감이 그에게 올린 종이 한 장. 시작은 그 한 장의 종이에 담긴 내용이었다.

와락!

황태자는 빠져 가는 기운 속에서도 이현의 손을 강하게 움켜잡았다. 그리고 두 눈을 부릅뜨며 이현을 응시했다.

"답하라! 너는 어찌하여 천진 화약고의 위치를 알고 있었던 것이지?"

죽음은 두렵지 않다.

모든 것이 한낱 허상에 불과했다고 한들, 살아오고 버텨 온 모든 노력을 부정할 수는 없었으니까.

책임지는 것.

황실의 절대적인 권위는 결국 그 책임에서부터 시작되고 끝나는 것이었으니까.

모든 것의 중심에는 그가 있었으니, 그가 꿈꿔 왔던 믿음처럼 책임지면 그뿐이다.

설혹, 그 책임이 죽음이라 할지라도 변하는 것은 없다.

물론, 이현과 대결을 펼치기 전만 해도 결코 패하리라고는 생각하지 않았다. 혼원살신공을 믿었으니까.

몰랐었다.

혈천신마가 어찌하여 무당신검에게 삼십 년이란 세월을 발목 잡혀야 했는지. 아니, 애초에 혈천신마와 무당신마 간에 어떤 무위의 차이가 있었는지 전혀 알지 못했다.

그저 혈천신마를 만들어 준 무공이 혼원살신공임을 알았을 뿐이고, 직접 얻어 확인한 혼원살신공은 황태자 스스로가 보기에도 천하에 적수가 없을 최고의 무공이었다. 그래서 패했다. 몰랐으니까. 혼원살신공을 너무 믿었으니까.

그러니 죽음에 미련은 없다.

그 또한 본인의 책임이었다.

다만, 아쉬운 것은 하나다.

'누구냐! 누가 감히 나를 허망에 헤매게 한 것이냐!'

태감이 가지고 온 한 장의 종이 안에는 많은 것들이 담겨 있었다. 황태자의 명령과 다르게 진행된 일들, 황태자가 명령하지 않았음에도 진행된 일들.

그리고.

어미를 죽음으로 내몬 흉수의 소재.

흉수는 무림인이 아니었다. 지금껏 무림인이라 믿어 왔으나, 그들은 무림인이 아니었다. 살아 도망쳐 어딘가에 살고 있으리라 생각했던 그들은, 어미가 죽던 그날 밤 죽어 매장되었고 세상에서는 그 흔적이 지워졌다.

처음부터 복수의 대상은 무림이 아니었다.

그러니 시작부터 모든 것이 허상이었을 수밖에 없다.

그것이 알고 싶었다.

모든 것이 끝나고 결말을 맞이하는 지금. 그를 허상 속에서 발버둥 치게 만든 진짜 복수의 대상이 누구인지 알지 못하고 죽어야 한다는 그 사실이 원통했을 뿐이다.

그렇기에 이토록 이현의 대답을 요구하는 것이다.

"말하라!"

황태자가 생각한 계획의 어긋남 중 일부는 이현의 행보와 연관되어 있었으니까.

"거 집중 안 되게 시끄럽긴 더럽게 시끄럽네!"

그러나 이현은 황태자의 물음에 답할 생각이 없어 보였다.

"……큭!"

그것마저 황태자를 처량하게 만들었다.

'결국! 결국 아무것도 알지 못한 채 죽어 가는구나!'

힘없는 쓴웃음을 머금었다.

빠져나가는 기운 탓에 고개가 점점 아래로 떨어져 내리고 있었다. 굳건히 두 다리로 버티고 서 있었지만, 그것마저도 언제 무릎 꿇려질까 두렵다.

그때였다.

"살려 주십시오! 폐하를 살려 주십시오! 원하신다면 제 목을 대신 내어놓겠습니다! 대인! 부디 폐하를……!"

누군가 달려와 검을 쥔 이현의 손을 붙잡았다.

무릎 꿇고 사정한다.

"……태감."

늙고 주름진 얼굴로. 수염 하나 없는 새하얀 얼굴로.

눈물을 흘리며 사정하고 있는 그는 태감이었다.

비록 곧 끝날 자리였으나, 그는 현재 태감이다. 일인지하만
인지상. 한 나라의 재상도 감히 말을 놓을 수 없는 황실의 그
림자 속 최고의 권력자.

그가 스스로 무릎을 꿇고 황태자의 목숨을 구걸한다.

한 치의 망설임도 없다. 조금의 부끄러움도 없는 그의 얼굴
에는 오로지 황태자를 향한 걱정만이 가득하다.

무공 하나 익히지 못한 그였으나, 당장 눈앞의 이현을 마주
하는 것이 두렵지 않은 모양이다. 아니, 어쩌면 자신의 죽음보
다 황태자의 죽음이 더욱 두려운 건지도 몰랐다.

피식!

그 모습에 황태자의 입가에 웃음이 번졌다.

"폐, 폐하! 마음을 강하게 드셔야 하옵니다! 절대 포기하셔
서는 안 될 일이옵니다! 죽지 마십시오! 폐하께서는 절대 죽으
셔서는 안 되시는 분이십니다!"

"……미련한 사람 같으니!"

간절한 태감의 외침을 듣고 있으니 미안해진다.

황태자는 곧 죽는다. 방패가 되어 주어야 할 황태자가 죽으니, 태감 또한 무사할 리 없다. 태감 또한 죽을 것이다.

그것이 못내 미안하다.

처음이다. 자신의 결정 때문에 누군가에게 미안해진 적은.

"미안하다."

황태자는 사과했다.

그 모습에.

"……!"

태감이 우뚝 멈춰 섰다.

오랫동안 곁을 지켜 온 태감이니 그 마음을 모를 리 없다.

태감도 알아차렸다. 황태자가 죽음 받아들이고 있음을.

"폐하……."

태감의 표정이 독해졌다.

"차라리 지금……!"

태감이 뒷말을 숨긴다. 그러나 그 뜻이 무엇인지 황태자는 확실히 깨달았다.

최후의 순간. 최악의 순간을 위해 준비해 둔 안배가 하나 남아 있다. 태감은 지금 그것을 펼치라 말하고 싶은 것이리라.

"……."

대답하지 않았다.

대신 고개를 들어 이현의 어깨 너머 먼 하늘을 바라보았다.

공력이 빨려나가는 탓에 고개를 들 힘이 없어, 자꾸만 들었던 고개가 아래로 떨어진다.

건청궁 지붕 용마루가 보였다가 사라지기를 반복한다.

그리고 그 순간.

씨익.

황태자의 입가에 또 다른 의미의 웃음이 번졌다.

"그래. 그랬구나."

끝끝내 미련으로 남았던 의문이 풀렸다.

깨어진 조각조각들이 거짓말처럼 하나로 맞물려 가기 시작했다.

"태감…… 아직 끝나지 않았다."

의문이 풀렸다. 황태자는 태감을 향해 고개를 가로저었다.

"……아!"

그리고 그 순간 태감도 황태자의 시선에서 무언가 느끼는 것이 있는가 보다. 짧은 감탄성과 함께 몸이 굳는다.

그러나 이미 황태자의 시선은 태감에게서 멀어진 이후였다.

황태자의 시선은 이현을 향하고 있었다.

"염치없지만 부탁 하나 하지."

"염병! 떠들지 마!"

"태감은 살려 두거라. 네게 결코 나쁜 부탁은 아닐 것이다."

태감은 살려야 한다.

그만은 살아야 한다. 아직 일이 끝나지 않았으니 그라도 그 일을 대신해 주어야 했다.

"그건 내 알 바 아니고!"

무성의한 이현의 대답이 돌아왔지만,

"크큭!"

황태자는 도리어 터져 나오는 웃음을 억누르기 버거웠다.

그가 가졌던 모든 의문.

그 의문을 이현은 풀어 주지 않았다. 아니, 못한 것이리라. 이현조차 알지 못했으니까.

결국 다를 바 없다.

"너도 짐과 같은 신세……!"

퍼억!

황태자의 말이 끊겼다.

"폐, 폐하아!"

태감의 절규에 가까운 비명이 황궁을 울렸다.

황태자의 미간에는 어느새 이현의 검이 꽂혀 있었다.

이현의 두 눈에 살기와 광기가 번들거렸다.

이현은 그런 두 눈으로 황태자를 노려보며 으르렁거렸다.

"젠장! 염병할!"

황태자의 말에 집중이 흐트러져 버렸다. 동시에 힘겹게 억눌러 왔던 광증이 발작을 일으켰다.

광기에 휩싸인 이현의 검은 연거푸 황태자를 향해 날아갔다.

＊　　＊　　＊

황태자가 죽음을 맞이하는 그 순간.

승패를 가르는 균형은 이미 한쪽으로 기울어 있었다. 이를 증명이라도 하듯 황궁을 가득 채웠던 비명성도 어느덧 잦아들고 있었다.

그리고 그곳에 한 사람이 있었다.

그는 전혀 다른 세계에 존재하는 자 같았다.

전쟁터가 되어 버린 황궁 속에서도 여유로웠다.

놀라움도, 불안함도. 하다못해 그 흔한 흥분조차도 존재하지 않았다. 그저 담담히 두 눈을 감은 채 자리를 지키고 있을 뿐이다.

"……끝났나 보구나."

그가 감았던 눈을 떴다.

"가지."

그리고 일어섰다.

크지도 작지도 않은 사내의 걸음에 주위 모든 이들이 고개를 숙인다.

장한곤이 앞장섰다.

"소신이 안내하겠사옵니다. 폐하!"

한때 패왕이라 불렸던 사내. 세월이 흘러 자식에게 자리를 빼앗긴 아비. 궁궐을 비롯한 중원의 주인이기도 했던 자.

황제.

그가 움직이기 시작했다.

앞장선 장한곤, 그의 안내를 받고 걸음을 옮기는 황제. 그 뒤로 늙은 내관을 비롯해 얼마 남지 않은 그의 수족들이 따랐다.

* * *

황태자는 마지막까지 무릎을 꿇지 않았다.

폭주를 시작한 이현에 의해 머리가 터지고 육신이 난도질당했지만.

그럼에도 황태자는 굳건히 두 다리로 버티고 서 있었다.

그렇게 죽었다.

황실과 무림의 전쟁은 끝이 났다.

그럼에도 옥분은. 그리고 정만은 웃지 못했다.

"……."

그저 말없이 눈앞에 벌어진 참상을 바라볼 뿐이었다.

전투를 끝내고 황궁을 접수한 뒤 합류한 옥분과 정만이다.

오랜 세월이라 할 순 없지만, 그렇다고 적은 시간이라고 하기도 어려울 만큼의 시간 동안 두 사람은 이현의 곁을 지켰다.

당할 꼴, 못 당할 꼴 다 겪어 봤다. 볼 꼴 못 볼 꼴은 더 많이 지켜봤다. 둘은 그렇게 자부했었다. 그러나 그것이 어설픈 착각에 불과했음을 인정해야만 했다. 눈앞에 있는 이현의 모습은 그들로서도 처음 보는 모습이었으니까.

서걱! 서걱! 서걱!

이미 죽은 황태자의 육신을 도륙한다.

혈광이 번뜩이는 두 눈은 초승달처럼 휘어지고, 송곳니를 드러낸 입술은 끝이 올라가 있었다.

웃고 있었다.

온통 붉은 피를 뒤집어쓴 채 웃는 그 모습이 두 사람에게는 너무나 섬뜩하게 다가왔다. 그리고 낯설었다.

'련주님이……'

이현이 사람 죽이는 일이야 흔한 일이었다. 하지만, 죽은 이의 시신을 해치면서 웃는 모습을 보이진 않았다. 이현은 사람을 필요에 의해서 죽이고, 원해서 죽일 뿐이다. 살인에 취해 날뛴 적도, 살인 자체를 즐기지도 않았다. 단 한 번도.

아니, 있긴 있다.

천진에서. 하지만, 그땐 이미 상황이 끝난 뒤의 모습을 보았었다. 그래서 대수롭지 않게 여겼다.

헌데 그게 아니었나 보다.

"하, 크하하하! 역시 련주님은 화통하십니다! 그렇지요! 지금껏 그리도 애먹였는데 곱게 죽일 수는 없지요."

그 낯설음을 뒤로하고 정만이 먼저 움직였다.

딴엔 화통하게 웃는다고 웃어 보지만 그 어색함이 가려지지는 않는다.

그러면서도 용케 뒤로 물러서지 않고 이현을 향해 다가갔다. 이현을 제지할 심산이었다.

하지만.

"멈추시게."

그런 정만을 멈춰 세우는 이가 있었다.

청성진인이다.

"지금이라면 누구도 눈에 들어오지 않을 게야."

청성진인은 어두운 얼굴로 이현을 바라보다가 이내 고개를 저었다.

"그, 그게 무슨 뜻이오?"

정만이 표정을 굳혔다.

옥분 또한 짚이는 것이 있었다.

"일전에 련주께서 제게 그러셨습니다. 련주님이 이상한 행동을 하면 무조건 장문인께 고하라셨지요. 혹, 그것과 연관된 일입니까?"

천진에서 이현이 했던 말이다.

그땐 그냥 웃어넘긴 말이었다. 이현이야 원래 하는 짓이 미친 짓투성이였으니까. 하지만, 지금 눈앞에 폭주하고 있는 이현의 모습을 보면 마냥 웃어넘길 수 있는 말이 아니었다. 무엇보다, 청성진인은 마치 무언가 알고 있는 듯하지 않은가.

옥분의 물음에.

"나중에…… 나중에 이야기함세."

청성진인은 대답을 미루었다.

그러며 흘깃 주위를 살핀다.

"폐하……!"

태감이 터져 버린 황태자의 머리 조각을 붙들고 오열하고 있다. 그 곁에 이러지도 저러지도 못한 채 서 있는 몇몇의 내관과 무사들도 있었다. 그리고 적조의혈단과 무당의 무인들까지 모두 모여 있는 자리다.

청성진인은 다른 이들 앞에서 이현에 대해 이야기하는 것을 꺼리는 게 분명했다.

그리고 그것은 곧.

사안이 다른 이들에게 알려져서는 안 될 만큼 무겁다는 의미이기도 했다.

"이보시오! 대체 무슨……!"

당장 성격 급한 정만이 참지 못하고 소리를 높였다.

옥분이라고 다를 것은 없다.

그 또한 결례를 무릅쓰고서라도 지금 당장 청성진인의 대답을 듣고자 했다.

이현에 관한 일이라면 그에게도 중요한 일이었으니까.

하지만.

"……염병할! 더럽게 말 많은 놈!"

그런 두 사람의 행동은 멈춰져야 했다.

이현 때문이다.

걸쭉한 욕지거리와 함께 날뛰던 이현이 행동을 멈췄다.

그리고.

"옥분!"

갈라진 목소리로 옥분을 호명했다.

아직 폭주의 영향이 남아 있어서인지 여전히 사납고 거칠었다.

"예, 옙!"

그 기세에 옥분은 자신이 청성진인에게 무엇을 물어보려 했는지도 잊은 채 답해야 했다.

이현이 말했다.

"정리해."

황태자가 죽었다. 전쟁이 끝났으니 이제 뒷정리를 해야 할 때다. 살아남은 이들 중 살려도 될 자는 살리고, 죽여야 할 자는 죽여야 한다. 전쟁터가 되어 버린 황궁도 정리해야 하고, 이후의 상황도 도모해야 한다.

할 일이 태산이다.

이현은 그 모든 일을 옥분에게 일임하려 했다.

애초에 이런 뒷정리를 하는 능력은 이현보다 옥분이 훨씬 나았으니까.

그리고 그때.

"황제폐하 납시오오!"

늙은 내관의 큰 외침과 함께 일단의 무리가 모습을 드러냈다. 황제와 그의 얼마 남지 않은 수족들이다. 그 무리 속에 장한곤의 모습도 얼핏 보였다. 전쟁이 끝난 후 나타난 그들의 행차에 인파가 좌우로 갈라져 길을 만들었다.

그들은 그길로 곧장 이현을 향해 걸어왔다.

"……."

이현은 멀뚱히 그 행차를 응시할 뿐이다.

그 모습에 선두에 서서 소리쳤던 내관은 이현을 보며 엄한 표정을 지어 보였다.

"무엄하구나! 어서 고개를 조아리지 못하겠느냐! 감히 어느 안전이라고……!"

대번에 불호령이 내려졌다.

"그만하지."

그리고 그것을 가로막는 황제다.

"하오나 폐하……!"

"그는 이제 공신이다."

"……예이!"

내관은 반발하려 했으나 황제의 그 말에 이내 고개를 조아려야 했다.

"무당신마. 이현이라……."

내관을 조용히 시킨 황제가 이현을 향해 곧장 다가왔다.

"짐은 그대와 나눌 말이 많다."

황제는 웃고 있었다.

* * *

장한곤은 처음 만났을 때 하북 장씨가의 출신이라 했다. 그리고 그것이 의외의 인연이 되었다. 이현은 들어 본 적 없었지만, 장한곤의 가문은 하북에서 의외의 인맥을 구축하고 있었던 것이 분명했다.

그것이 아니라면 황제의 최측근과 연결이 되었을 리 만무했으니까.

어찌 되었든.

그런 장한곤 덕에 예상치 못한 조력자를 얻었다.

전쟁을 준비할 때, 장한곤을 통해 황제가 먼저 접근했다.

황제는 황태자와의 전쟁에 협력할 것임을 약속했다. 대신 황제는 그가 잃은 황실의 권력을 원했다.

이현으로서는 손해 볼 일 없는 제안이다.

어차피 황태자가 죽은 이후 황제의 자리에 올라 사건을 수습해야 할 사람은 필요했다.

물론, 주장명이라는 명목상 황족을 준비시켜 놓고 있긴 했다. 그러나 그렇게 준비시켜 놓은 주장명이 여러모로 부족한 것도 사실이다. 차라리 뒷방 늙은이 신세가 된 지금의 황제가 다시 권력을 되찾는 편이 낫기도 나았다. 어차피 이현이야 누가 황제 자리에 오르든 상관없기도 했고.

그래서 제의를 받아들였다.

그리고 황제는 약속을 지켰다.

오왕부를 치는 데에도 사도련 전력의 대부분을 투입했던 이현이 고작 적조의혈단과 무당의 고수들만 대동한 채 황궁을 칠 수 있었던 것도 그 때문이었다.

황제가 얼마 남지 않은 그의 수하들을 이용해 미리 황궁의 전력을 빼돌려 놓은 덕이었다.

만약, 황제의 제의가 없었더라면 몇 번의 복잡한 작전을 거듭한 뒤에야 황궁에 입성할 수 있었을 것이다.

아니, 그전에 황제가 천진 화약고의 위치를 개략적으로 알려 주지 않았더라면 간저패가 화약고의 위치를 파악하는 것도, 천진을 접수하는 일도 쉬운 일은 아니었을 것이다.

황제가 약속을 지켰으니, 이현 또한 약속을 지켜야 할 차례였다. 그리고 이현은 약속을 외면할 생각이 없었다.

처음 황궁을 기습할 때 청성진인을 비롯한 무당의 무인들에게 주어졌던 임무가 황제의 신변을 확보하는 것이었던 건 그러한 이유에서였다. 그리하여 황태자는 죽었고 이현은 원하는 바를 이루었다. 황제 또한 이제 다시 정면으로 나섰다.

그런 상황에서 황제가 먼저 대화를 제의했다.

"다음에. 좀 쉬고 합시다. 대화."

그러나 이현은 그 제의를 미루었다.

귀찮게 따라붙으려는 옥분과 정만도 떼어 내고 걸음을 옮겨 황제에게서 멀어졌다.

달리 이유가 있었던 건 아니다.

피곤했다. 그리고 짜증 나기도 했고.

피곤한 거야 박 터지게 싸웠으니 피곤한 것이고, 짜증 나는 것이야 그토록 억눌렀음에도 결국 폭주해 버린 광기 탓이다.

좀 억울하고 찝찝하다.

세상에서 가장 잔인하게 죽일 작정이었건만, 너무 허무하게 죽여 버렸다. 광기에 휩쓸린 탓에 대체 어떻게 죽였는지도 제대로 기억나지 않는다. 그냥 미친놈처럼 날뛰었다.

그리고.

머리 아팠다.

"조각이 아니었어. 황태자놈은!"

황태자는 분명 혈천신마를 알고 있었다. 황태자의 수족이라 할 수 있는 회의는 직접 입으로 언급하기까지 했었고, 황태자는 이현이 혈천신마 때 익혔던 혼원살신공까지 훔쳐 익혔다.

그런데도 황태자는 조각이 아니다.

조각을 죽여 봤다. 그리고 황태자도 죽여 봤다. 기분이 다르다. 조각을 죽였을 때 찾아오는 충만한 만족감과 이상한 환영도 나타나지 않았다.

어둠의 주인인지 나발인지 하는 것에서 떨어져 나온 조각이리라 확신했던 황태자가 조각이 아니었으니, 머리가 복잡하지 않다면 그것도 거짓말이다. 심지어 여기는 신강이 아니다. 무당신검과 같이 이야기할 사람도 없다.

결국 혼자서 고민해야 한다.

그나마 다행인 점은 그 고민은 그리 길지 않았다는 것 정도였다.

'죽여 보면 알 일이지.'

회의. 그리고 정체조차 모르는 무당에서 만났던 방갓을 쓴 사내. 황태자를 제외한다면 가장 의심스러운 두 사람이다.

그리고 오늘 황태자가 죽는 그 순간까지 그 둘은 모습을 드러내지 않았다.

괜히 찜찜해 할 바에야 차라리 확실히 찾아서 죽여 보면 된다. 그 둘도 아니면 그건 그때 가서 고민하면 그만이다. 어차피 이제 그 두 인간 찾을 만한 능력도 충분하지 않은가.

무림은 이미 이현 손안의 것이나 같고, 황실도 이현과 손잡은 황제의 것으로 돌아갔으니까.

그렇게 고민을 끝마치고 있을 때 즈음이었다.

"련주님! 저 장한곤입니다."

문밖에서 장한곤의 목소리가 들려왔다.

"무슨 일이야?"

짜증스러운 이현의 반문에.

"황제폐하께서 대화를 요청하셨습니다. 어찌할까요?"

장한곤이 용건을 밝혔다.

또 그놈의 황제다. 한때 제 형제까지 죽이고 황위에 올라 패왕이라 불렸던 인간이 의외로 집요한 데가 있다.

하긴, 그러니 자식의 죽음을 대가로 권력을 되찾는 데 협조했겠지.

그리고 이번엔.

"그래? 그러지."

이현도 황제의 대화 요청을 거절할 생각이 없었다.

"어디로 가면 되는데?"

이현이 일어섰다.

"건청궁입니다. 제가 안내하겠습니다."

장한곤이 그런 이현을 안내했다.

*　　*　　*

이현이 황제를 만나러 가기 전.

아니, 처음 이현이 황제의 대화 요청을 거절하고 방구석에 처박혀 버렸을 때.

정만과 옥분은 청성진인과 만나고 있었다.

"이제 말씀해 주시지요. 아까 련주님의 모습은……."

폭주하는 이현.

처음 두 눈으로 목격한 그 충격적인 장면은 아직 옥분의 뇌리에서 사라지지 않았다. 아니, 솔직히 걱정되었다.

세상에서 가장 쓸데없는 걱정이 이현 걱정이라고 믿고 있는 옥분이었지만, 이번만큼은 그 쓸데없는 걱정을 해야 했다.

"……주화입마에 빠지신 겁니까?"

주화입마도 여러 가지 경우가 있다. 가장 흔한 경우는 반신불수 혹은 목숨을 잃는 경우다. 하지만, 종종 골수에 마성이 뻗쳐 미치광이가 되거나 살인귀가 되는 경우도 있다.

옥분의 눈에 비친 이현은 후자다.

그리고 그것이 옥분이 할 수 있는 상식적인 선의 추측이기도 했다.

"주화입마라…… 어쩌면 그럴지도 모르겠네."

청성진인은 옥분의 말을 곱씹다 이내 고개를 끄덕였다.

그러나 그 반응이 마음에 들지 않는 이가 있었다.

"뭔 말이오! 대체!"

정만이었다.

정만은 그 부리부리한 눈을 부라리며 청성진인을 향해 소리쳤다. 한낱 산적 두목 출신의 정만이 무당의 장문인에게 감히 범할 수 없는 무례였다.

"대체 무슨 말이오! 그럴지도 모르겠다니? 허면, 아닐 수도 있다는 것 아니오!"

불확실하다.

그럴지도 모른다. 그것은 곧 바꾸어 말하면 아닐지도 모른다는 뜻이다. 확실한 건 없다.

이현에 대한 설명을 듣기 위해 찾아온 두 사람이 듣고 싶은 종류의 대답은 아니었다.

"대체 뭐가 어떻게 돌아가는지 제대로 말해 보시란 말이오! 대체 련주님이 왜 저러시는 건데! 아니, 장문께서 아시는 건 또 뭐요?"

정만이 청성진인을 재촉했다.

옥분은 정만의 계속된 무례를 알면서도 이를 눈감았다. 옥분 또한 할 수 있다면 그러고 싶었으니까.

"말씀해 주시지요."

아니, 오히려 옥분은 차분하게 정만의 말에 힘을 실어 주었다.

그런 두 사람의 압박 탓이었을까.

"후……! 알겠네."

청성진인이 큰 숨을 내쉬며 고개를 끄덕였다.

"무당에 혜광이라는 분이 계셨었네. 내게는 사숙이 되시는 분이시지."

청성진인의 말에 옥분은 고개를 끄덕였다.

"예! 몇 번 뵀습니다."

이현과 엮이기 시작하면서부터 필연적으로 혜광과도 관계를 맺을 수밖에 없었다. 비록 한 다리 건너서 이어진 관계라지만, 듣기도 많이 듣고 보기도 많이 보았다. 이현이 누구보다 많이 의식한 사람이 바로 혜광이었으니까. 실제로 이현은 자신이 파문된 직후 옥분을 통해 간저패와 장한곤에게 혜광을 찾으라 명령까지 했었고.

그러니 모르려야 모를 수 없는 이름이다.

"사숙께서 돌아가시던 날 내게 말씀하셨네. 언제고 이현의 기세가 바뀌는 때가 있다면, 그땐 곁에서 지켜 주라 하셨지."

담담한 청성진인의 말에 옥분의 얼굴에 의문이 떠올랐다.

"확실히 신강을 다녀오신 이후 분위기가 좀 달라지시긴 하셨지만…… 아니, 그보다 련주님을 곁에서 지켜 주라니요?"

명실공히 천하제일인이다.

작금의 강호에. 아니, 천하에 이견이 없을 사실이다. 이현이 해 온 모든 것들이 그의 강함을 증명하고 있었고, 실제로 곁에서 지켜본 이현의 무위는 작금의 천하에 겨눌 자가 없었다.

혜광은 청성진인에게 그런 이현을 곁에서 지켜 주라 명했다고 한다.

옥분의 상식으로는 도저히 이해가 가지 않는 부탁이었다.

청성진인은 그런 옥분의 심정을 이해했다.

"같은 생각일세. 해서 사숙께서 어떤 의도로 그러한 말씀을 하신 것인지 의문이었네."

청성진인 또한 처음 혜광의 부탁을 들었을 때 옥분과 같은 심정이었다.

그러나 이제는 다르다.

"허나, 이번 일로 인해 생각이 바뀌었네. 어쩌면, 곁에서 지켜 주라는 그 말씀은…… 마성에 빠진 그 아이를……."

청성진인은 잠시 망설였다.

그러나 이내 청성진인은 눈을 감고 마음을 다잡았다.

"마성에 빠진 그 아이를 막는 것. 그것이 사숙께서 하신 말씀의 의미일지도 모른다고 생각했네. 최악의 경우에는……."

마음을 다잡았음에도 끝내 마지막 말을 삼켰다. 그저 우회적으로 표현했을 뿐이다. 그러나 그것만으로도 옥분과 정만이 알아듣는 데에는 부족함이 없었다.

"그게 무슨……."

옥분은 당황했다.

그게 가능한 일인가 하는 의문이 먼저 들었다.

칼을 들고 날뛰기 시작한 이현이 얼마나 무서운 존재인지 옥분이 누구보다 잘 알고 있었으니까. 홀로 말도 안 되는 일들을 벌여 온 이현이다. 그런 이현을 청성진인을 비롯한 무당의 무인들이 막는다. 최악의 경우에는 사살해야 한다.

냉정하게 말하면 불가능이다.

허나.

"방법이 있네. 허니, 자네들도 협조해 주시게나."

청성진인은 단언했다.

"제기랄! 협조는 무슨 개뿔!"

정만이 버럭 소리를 질렀다.

"그러니까 장문께서 하시는 말씀은? 련주님 미쳐 날뛰면 죽일 테니 협조해 달라 이 말이오? 내가! 이 정만이 그딴 말을 들을 것 같소이까!"

청성진인 앞에서도 정만은 분노를 숨기지 않았다.

"해 보기만 해 보시오! 내가 당신 대가리에 칼 꽂아 버릴 테니까!"

화악!

과격한 어투와 함께 서슴없이 공력을 개방했다.

비록 청성진인이에 비해 한참 모자란 정만이었지만, 그렇다고 마냥 허투루 볼 수 있는 사람은 아니다.

이현을 만나기 전에도 녹림십팔채의 일원으로 활동했었고, 이현을 만난 뒤에는 산전수전을 다 겪으며 버텨 온 정만이다.

그런 정만이 작정하고 난리를 친다면 청성진인을 골치 아프게 만들 수 있을 정도는 된다.

하지만.

청성진인은 그런 정만의 거친 모습을 바라보면서도 동요하지 않았다.

그저 차분히.

"……그 아이도 동의한 일일세."

자신의 말을 이을 뿐이다.

우뚝.

그 말에 흥분했던 정만이 움직임을 멈췄다. 놀라기는 옥분 또한 마찬가지다.

"……련주님께서 알고 계신단 말씀이십니까?"

이현이 알고 있다.

그럼에도 청성진인과 무당의 도인들을 곁에 두었다는 것은, 이현이 그것을 원한다는 것과 하등 다를 바 없다.

하긴, 그렇기에 옥분에게 자신이 미친짓을 하면 바로 청성진인에게 알리라 말했겠지.

"그러네. 해서 동행을 허락한 것일세."

"……."

고개를 끄덕이는 청성진인의 대답에 옥분은 말을 잃었다.

무어라 해야 할지 옥분의 좋은 머리로도 좀처럼 감이 잡히지 않는다.

하지만 정만은 달랐다.

"……못합니다! 젠장맞을! 련주님이 원하시든 원치 않으시든 난 절대 못합니다! 내가 두 눈 바로 뜨고 있는 한 누구도 절대 그렇게 못할 겁니다!"

이현이 말 한마디면 섶을 지고 불길에 뛰어들 정만이었지만, 이번만큼은 격렬하게 반대했다.

"내가 어떻게 련주님 죽이는 데 동참한단 말입니까! 난 절대 못하오!"

정만이 이현을 따른 건 처음엔 그저 권력욕 때문이었다.

이현에게 산채가 접수되고 반 포로 신세가 되었을 때. 이미 그의 처지는 돌이킬 수 없었으니까. 그러니 그 안에서라도 어떻게든 권력을 잡고 지키고 싶었을 뿐이다.

그 한 줌도 되지 않는 알량한 권력을 위해서 이현이 죽으라면 죽는 시늉까지 할 수 있었다.

하지만.

"저 갈굼 당하는 거 보기 싫다고 남궁세가랑 척지셨던 분이시오. 그 도왕이랑 맞장 뜨시는 분이시오! 그런 분 죽이는 데동의하라고? 내가 금수(禽獸) 같은 놈인 건 나도 알지만, 개도제 주인 죽는 판에 동참하지는 않소!"

이현이 정말 정만을 생각해서였는지는 상관없다.

정만에게 중요한 건 그저 무림맹에서. 이현이 곤경에 처했던그의 앞에서 남궁세가의 장남에게 서슴없이 주먹을 날리고, 도왕에게 맞섰다는 사실이다.

세상에 누구도 그렇게 하지 못한다.

한때 그가 속했던 녹림의 주인인 총표파자 양자호도 그렇게 해 주지 않는다. 은퇴한 사도련주도 그렇게 못할 것이고, 수적왕은 물론, 당장 눈앞에 청성진인이라 할지라도 그렇게하지 못한다.

남궁세가는 거대했으니까. 도왕은 강력했으니까.

강호는 그들과 척을 지고도 편안히 살 수 있을 만큼 그렇게호락호락한 세상이 아니었으니까.

그런데 이현은 했다.

한 치의 망설임도 없이.

그 비호를 받은 정만이 보기에도 제정신인가 싶을 만큼 거침없이.

"협조 같은 것 없소. 아니, 련주님 죽이시려거든 나부터 죽이셔야 할 것이오!"

정만은 자신의 뜻을 확실히 밝혔다.

청성진인을 노려보는 그의 호목(虎目)에는 적의가 확연히 드러나 있었다.

진심이었다.

비록 이현을 따른 시작은 단순한 권력욕 때문이었지만, 지금은 아니다. 이현이 그를 지키기 위해 세상 무엇과도 맞설 수 있는 사람임을 확인한 지금은 그저 이현이기에 충성하고 따른다. 그리고 지킨다.

"련주님이 미치광이가 되면 나도 미치광이가 되어 곁을 지키면 그만이오. 살인귀가 되면 나도 살인귀가 되면 그뿐! 허니, 내 앞에서 개소리 집어치우시오."

거기에는 선악이나 이득도, 명분도 필요치 않다.

"……"

확실하게 자신의 의사를 밝힌 정만의 모습에 옥분은 아무런 말을 할 수가 없었다.

머리가 복잡했으니까.

청성진인은 그런 정만의 무례한 말투와 행동에도 담담히 눈을 감고 앉아 있을 뿐이었고.

그때였다.

"저…… 부군사님!"

문밖에서 누군가 옥분을 불렀다.

적조의혈단의 공동 단장인 동시에 호설귀의 뒤를 이어 군사부의 이인자의 자리를 차지하고 있는 옥분을 부르는 소리였다.

"……무슨 일입니까?"

옥분은 잠시 방 안의 분위기를 살피다 문밖의 수하를 향해 질문했다.

그 질문에.

"그 황태자 놈의 내시 있잖습니까! 그가 지금 련주님을 뵙겠다고 소동을 피우고 있습니다."

황태자의 내관. 아니, 전 태감이라 해야 함이 옳다.

이현이 일방적으로 휴식을 선언한 탓에 처분을 내리지 못한 채 감옥에 가두어 버린 그가, 이현을 만나겠다며 소동을 피우고 있다 한다.

사정을 알 리 없는 옥분으로서는 의아한 일이었다.

하지만. 어쩌면 다행이기도 했다.

적어도 그 소란을 수습하는 동안은 지금의 이 복잡한 생각을 잠시 미루어 두어도 좋았으니까.

"곧 가겠습니다."

옥분이 그를 만나기 위해 자리에서 일어섰다.

*　　*　　*

이현은 황제가 기다리고 있는 건청궁에 들어섰다.

"어서 들어오라."

황제의 환대를 받으며 방 안으로 들어섰다.

방 가운데 탁자가 있었다. 그리고 황제는 그 탁자 끝에 앉아 이현을 응시하고 있었다.

"앉지."

이현은 말없이 황제가 권하는 자리에 앉았다.

그러니 두 사람은 탁자를 사이에 둔 채 마주 보고 앉은 형국이 되었다.

"찾으셨다고요?"

내관과 궁녀가 다과를 준비하기도 전에 이현이 먼저 질문을 던졌다.

오늘 처음 보는 사이다.

별로 친하지도 않는데 괜히 마음에도 없는 소리 하고 어색하게 시간이나 보내며 앉아 있는 건 이현의 취향이 아니었다.

"우선 감사하다 말하고 싶구나. 그간 아주 많은 일들을 해 주었어. 쉽지 않은 일이었을 텐데 아주 잘해 주었다."

황제는 우선 이현을 치하했다.

그러나.

"칭찬이나 하자고 부른 건 아닐 텐데요?"

이현은 그조차 원치 않았다.

곧장 본론을 꺼내길 원하는 마음을 숨기지 않고 드러냈다.

그 모습에.

"허허허허! 젊은 모습이 보기 좋군."

황제는 웃었다.

그리고.

"이제 할 일이 끝났으니, 다음을 이야기해야 할 때이지 않나."

이현이 원하던 대로 본론을 입에 담았다.

둘러말하긴 했지만, 이현은 그의 말을 전후 협상을 조율하자는 의미로 받아들였다.

싸우고 이겼으니 이제 서로가 원하는 바를 얻어야 할 때다. 그리고 아랫사람들도 챙겨 주어야 하고.

"세세한 건 밑에 것들이 알아서 하라 하십시오."

물론, 그런 골치 아픈 일들은 옥분에게 밀어 버렸다.

그리고.

"당장 제가 원하는 건 하납니다. 황태자랑 같이 있던 회의라는 놈. 그리고 무당파에서 난장 쳤던 방갓 쓴 놈! 그 두 놈만 제 앞에 끌고 오시죠. 다른 건 됐습니다."

그가 원하는 바를 밝혔다.

"······."

궁중의 어법과는 전혀 맞지 않은. 아니, 황제를 대하는 예의라고는 찾아볼 수 없는 직설적이고 거친 말투 때문이었을까.

황제는 잠시 침묵했다.

"······허허허! 그건 그리 어려울 것 없구나."

이후 짧은 침묵 뒤에 웃음을 터트렸다.

그리고.

"밖에 있는가."

문밖을 향해 말한다.

"예. 스승님."

그 말에 대답이 돌아왔다.

"들라."

드르르륵!

미닫이문이 열리고 누군가 걸어 들어왔다.

"찾으셨습니까? 스승님."

무표정한 얼굴로 황제를 향해 공손히 허리를 숙이는 사내.

회의였다.

"허면 이제 자네가 말하던 그 방갓 쓴 놈을 불러올 때군."

그 사이 황제는 탁자 밑에서 무언가를 꺼내 머리 위에 눌러 썼다.

검은 방갓이다.

"자! 이러면 이제 알아보겠나?"

문 앞에 회의. 그리고 눈앞에 황제. 아니, 방갓을 쓴 사내.

이현이 원하던 두 사람이 한 자리에 모였다.

"나의 조각이여."

황제의 입술이 씨익 호선을 그린다.

第五章

"날 풀어 주시게! 아니, 풀어 주시오!"

늙은 내시의 부탁은 옥분이 들어줄 수 없는 것이었다. 그가 결정할 영역이 아니다. 이현. 아니, 이제 이현조차도 결정할 수 없다.

이미 약속에 따라 황실의 모든 권력이 황제에게로 돌아간 이상 눈앞의 늙은 내시에 대한 처분 또한 황제가 결정할 사안 이었다.

그리고 그 결정이 무엇인지도 충분히 짐작하고 있었다.

늙은 내시는 황태자의 측근이다.

황제의 입장에서는 본인을 밀어내고 황실의 권력을 차지했던 황태자는 역모의 주구다. 황태자가 죽고 황제가 다시 권력을 차지하였으니 응당 그 측근인 늙은 내시 또한 무사하진 못할 것이다.

죽는다. 반드시. 그저 참수형만이라면 천운이다. 결코 편히 죽는 것조차 쉽지 않을 것이다.

차라리, 죽여 달라 부탁했더라면 그 부탁은 들어줄 수 있었는지도 모른다.

전쟁이 끝난 직후이니 아직 황실에 대한 영향력이 이현에게도 조금은 남아 있다. 그 힘을 빌려 눈앞의 늙은 내시를 죽이고 자결하였다 위장하면 되었으니까.

"……못 들은 것으로 하지요."

옥분은 고개를 한번 숙여 보인 후 발길을 돌렸다.

거절이다.

늙은 내관. 죽은 황태자의 최측근이자, 한때나마 일인지하 만인지상의 자리라는 태감이었던 장지옥은 그 의미를 모르지 않았다.

흐트러진 의관. 아직 마르지 않은 눈물로 범벅이 된 얼굴. 붉게 충혈된 눈으로 돌아서는 옥분을 응시했다.

그리고 내시 특유의 높고 간드러지는 목소리가 아닌, 진중하고 깊은 울림이 있는 목소리로 말했다.

"지금 이 모든 것이 한 사람의 의도대로 흘러간 것이라면?

관과 무림의 전쟁도, 그대의 주군이 개입하게 된 것도, 우리 폐하의 패배도…… 그리고 그 모든 일을 주도한 것이 황제라면…… 그럼 믿겠소? 황제가 빼돌린 병사들은 지금 어디에 있을지 생각해 본 적 있으시오?"

우뚝.

그 진지한 목소리가 옥분의 발길을 붙잡았다. 옥분이 몸을 돌렸다. 늙은 내관 장지옥을 응시했다. 두 사람의 눈이 마주쳤다.

늙은 내관은 진지했고, 옥분의 두 눈은 가라앉아 있었다.

그러다 웃는다.

"대단하군요. 황제께서 그 모든 것을 주도할 수 있다면, 이미 신인(神人)이라 해도 무방하겠습니다."

수십 년을 바라봐야 할 일이다. 그 와중에 크고 작은 변수가 수십 수백일 것이다. 그 모든 것을 조절하고 주도할 수 있다면, 확실히 인간의 영역에 있는 사람은 아닐 것이다. 신인이라 불러도 모자람이 없다.

하기야. 황제를 천자(天子)라 부르니 이미 신인이라 해도 틀린 말은 아니었지만.

"그런데 황제폐하께서 그러실 이유가 없지 않습니까. 정적을 처리하고자 했으면 보다 쉬운 방법은 얼마든지 있지요. 무림을 정리하려 하셨으면, 황태자가 아니라 황제께서 직접 나셨어도 될 일이니까요."

황제가 이 모든 일을 주도했다면, 황제는 이 모든 것에 자신의 전부를 담보로 걸었다는 것과 마찬가지다.

황제라는. 천하에 부족할 것도 아쉬울 것도 없는 존재가 굳이 그럴 필요가 있을까. 심지어 지금의 황제는 한때 패왕이라 불리던 이다.

원하는 것이 있다면 무엇이든 얻을 수 있는 사람이다.

"이간책을 시도하시는 것이라면, 저를 너무 얕잡아 보셨습니다."

옥분은 다시 등을 돌렸다.

이유를 찾자면 황제가 아닌 늙은 내관에게서 찾기가 더욱 쉬웠다.

죽음이 눈앞에 다가온 상황이다. 그가 믿던 황태자는 이미 죽었다. 그러니, 그가 살 수 있는 것은 이런 유언비어. 그리고 이현과 황제 간의 의심과 견제. 그리하여 생겨나는 작은 틈이다.

옥분은 장지옥의 모든 허황된 이야기들을 그저 살기 위한 발버둥으로 판단했다.

그런 옥분에게 장지옥은 말했다.

"후회할 것이오. 그대가 나를 다시 찾아올 때가 너무 늦은 때가 아니길 바라오."

옥분은 웃었다.

"그럴 리는 없을 것 같군요. 설혹, 내관께서 하신 말씀이 진실이라 해도 말입니다."

만에 하나 진실이라도 상관없다. 이 모든 것이 황제의 주도하에 시작되고 만들어진 결과라 해도 말이다.

"련주님. 아니, 제 주군은 무당신마이십니다."

이현이 황궁에 있다. 그리고 그 이현은 천하제일인이다. 작금의 천하에 그의 검을 단 한 번이라도 제대로 받을 수 있는 사람이 과연 몇이나 되겠는가.

아마 그 수가 열 손가락으로 꼽을 수 있을 정도일 것이다.

정말 황제가 숨은 의도가 있어 이 모든 상황을 주도했다고 한들, 옥분이 걱정할 필요가 없는 것 또한 그 때문이다.

이현이 나서는 순간 모든 것이 끝난다.

옥분은 그렇게 확신했다.

그때.

콰—앙!

거대한 폭음이 울렸다.

지축이 뒤흔들리는 충격은 마치 지진이 일어난 것만 같은 착각이 일 정도다.

모든 것이 끝난 상황.

그런 상황에서 발생한 때 아닌 폭음.

옥분의 동공이 확장되었다.

그런 옥분의 등 뒤로.

"어서 가 보시오. 그리고 늦기 전에 와야 할 것이오."

내관 장지옥의 목소리가 들려왔다.

그 목소리가 불안하게만 느껴졌다. 옥분이 달려 나갔다.

그렇게 텅 빈 옥사 안에 남은 장지옥은 웃었다.

"다행이옵니다. 폐하."

사실, 그도 황제의 의중이 무엇인지는 알지 못한다.

무슨 의도로 이런 참혹한 일을 진행했는지 말이다. 아니, 관심도 없다.

비록 황제의 신하로 이 궁궐에 들어온 그지만, 그가 평생 따르고 받들었던 것은 황태자였으니까.

그리고 그런 황태자가 죽는 순간까지 원했던 것은 복수다.

그 업을 장지옥에게 넘겨주고 떠났다.

최후의 순간을 대비하여 준비해 둔 안배까지 그에게 맡긴 채 죽음을 선택한 황태자다.

그러니 그 일을 이제 장지옥이 대신해야 한다.

다행히 장지옥이 죽기 전 황제는 움직였고, 기회는 아직 살아 있다.

그리고 그때가 되면.

"곧 뒤따르겠사옵니다. 폐하! 죽어서도 폐하의 내관으로 폐하를 모시겠사옵니다."

장지옥은 죽는다.

*　　　*　　　*

콰—앙!

굉음이 건청궁을 꿰뚫었다.

촤아아악!

그리고 그 속에서 이현이 튀어 나왔다. 건청궁을 꿰뚫고 튀
어나온 속도 탓에 바닥에 길게 발이 끌렸다. 그 와중에도 중
심을 잡고 검을 뽑아내는 동작은 간결하고 민첩했다.

검을 뽑고 싸울 태세를 갖춘 이현은 자신이 뚫고 나오며
생긴 건천궁의 구멍을 노려봤다.

저벅. 저벅.

그리고 그곳에서 황제가 걸어 나왔다.

부서진 파편을 짓밟으며 걸어 나오는 황제에겐 좀 전에 눌
러썼던 방갓은 찾아볼 수 없었다. 대신, 드러난 얼굴에는 여유
로운 표정만이 가득했다.

"너무 과민하게 반응하는구나."

황제는 웃으며 말했다.

"……염병! 쪽팔리게!"

그 모습에 이현은 인상을 찌푸렸다.

회의가 모습을 드러내고, 방갓을 쓴 사내의 정체가 황제였음을 깨달았을 때.

그리고 그 황제가 혜광이 말했던 어둠의 주인이란 유치한 호칭으로 지칭되는 존재임을 깨달았을 때.

이현은 두 번 생각하지도 않고 몸을 뺐다.

단번에 뒤로 도약해서 등으로 벽을 부수고 자리를 벗어났다.

기습을 대비한 행동이었다.

하지만, 기습은 없었다. 기습은커녕, 지금 걸어 나오고 있는 황제의 모습 어디에도 이현을 공격하고자 하는 의사는 없어 보였다.

그러니 졸지에 이현은 황제와 회의에게 쫄아 도망쳐 나온 꼴이 되어 버렸다.

'무슨……!'

아니, 꼴이 된 것이 아니다. 쫄았다. 진짜로.

겉으로는 아닌 척하고 있었지만, 이현의 척추를 타고 식은 땀이 흘러내리고 있었다.

황제의 기운이 변했다. 기운이라는 표현이 정확한지도 알 수 없다. 무공의 기운은 아니었으니까. 그럼에도 황제를 마주 보고 있으면 자꾸만 어깨가 움츠러든다.

심장이 뛰고, 미지의 감정이 밀려든다.

황제가 다가오는 것이 이현에게는 마치 거대한 산이 다가오는 것처럼 느껴졌다.

혼원살신공을 얻은 이후 한 번도 경험해 보지 못한 생소한 감각이다. 심지어 이현을 그토록 괴롭게 했던 혜광에게서조차 이러한 느낌은 받아 본 적이 없었다.

어둠의 주인.

그리고 그 파편.

'어쩌면…… 내가 저놈의 일부라서……!'

인정하긴 싫지만 굳이 짚이는 것을 꼽자면 그것 하나뿐이다.

영혼의 크기. 영혼의 주인과 거기서 떨어져 나온 작은 일부.

혜광의 말이 틀리지 않았다면, 그것이 지금 느끼고 있는 이 위축감의 정체일지도 몰랐다.

그런 이현을 향해 황제가 말했다.

"그저 치하하고자 했을 뿐이다. 이토록 일을 잘해 주지 않았더냐."

웃는 낯으로 하는 황제의 말에 이현의 인상은 또다시 찡그려졌다.

"염병! 지랄하고 있네!"

하나도 기쁘지 않은 칭찬이다.

그래도 궁금하긴 했다.

"그럼 이 모든 게 네가 원했던 결과다 이 말이냐?"

황제를 향한 경계를 풀지 않은 채 질문을 던졌다.

"물론."

그 질문에 황제는 순순히 고개를 끄덕였다.

"왜지?"

"이 중원이라는 거대한 괴물을 찢기 위해서지."

두 팔을 활짝 펼치는 황제의 얼굴은 즐거워 보였다.

"이 몸이 황제의 자리에 올랐다고 이 중원이 무너지리라 생각하는가? 내가 이 나라를 망국으로 만든다고 한들, 중원은 쓰러지지 않는다. 그저, 이 땅에 새로운 국가가 생겨날 뿐이겠지."

꿈틀!

이현의 눈썹이 꿈틀거렸다.

"그래서 국가와 무림의 전쟁이 필요했다?"

그렇다면 황태자는 꼭두각시에 불과했다. 죽기 전 황태자는 계속 이현에게 질문을 해 왔었다. 결국 황태자는 황제의 의도에 따라 관과 무림의 전쟁을 시작하는 시작점이자, 그 모든 업을 대신 짊어질 희생양이었다.

더불어.

황제가 자신이 아닌 황태자를 희생양으로 삼은 것은.

관과 무림의 전쟁 이후에도, 황제라는 자리와 그 자리가 주는 힘이 필요했다는 것을 의미한다.

그런 이현의 추측에.

황제는 부정하지 않았다.

"그리고 모든 것의 전쟁이지."

아니, 오히려 웃으며 긍정의 말을 대신했다.

모든 것이 전쟁한다. 관과 무림의 전쟁 말고도 아직 남은 전쟁이 있음을 의미했다. 그 전쟁이 무엇인지 이현은 어렵지 않게 짐작할 수 있었다.

"……외침(外侵)."

외부에서부터의 공격.

이미 오랑캐들의 행동이 수상치 않음은 신강에서 확인하지 않았던가. 그리고 그런 오랑캐들 틈에 조각이 숨어 있었고.

그러나 그조차도 일부일 것임을 이현은 알고 있었다.

황제가 대체 얼마나 큰 그림을 그려 왔는지 가늠조차 가질 않는다.

"장하구나. 잘해 주었다! 나의 일부여."

황제는 칭찬했으나, 이현은 그 칭찬에서 자신 또한 황제의 계획에 놀아났음을 인지할 수밖에 없었다.

다만, 궁금한 것은.

"대체 어떻게 황태자가 나와 싸우도록 만든 것이지?"

황제의 입장에서야 그 시작은 아주 오래전부터였겠지만, 이현의 입장에서는 황태자와의 대립이 그 시작이었다.

대체 그것을 어떻게 조종했을까.

"내 몸에서 나온 자식이니 무림을 원망하게 만드는 것이야 어렵지 않은 일이지 않겠느냐."

"……단지 그뿐?"

어떻게 황태자가 무림을 원망하도록 만들었는지 자세한 사정은 알지 못한다. 하지만, 그것이 가능한 일임은 알고 있다.

하지만 이현은 그것이 구체적이지 못하고 포괄적이기만 할 뿐이란 사실도 정확히 인지하고 있었다.

그리되었으면 그건 관과 무림의 전쟁이 될 수 있을지언정, 황태자와 이현이 주축이 된 전쟁이 될 수는 없었으니까.

황태자와 이현.

두 사람을 직접 하나로 엮을 수 있는 연결 고리가 필요하다.

"무림을 원망하는 황태자에게 적당한 명분 하나를 던져 주었을 뿐이다."

황제의 대답에.

"……네 짓이었나?"

이현의 목소리가 차가워졌다.

그 차가워진 으르렁거림에도 황제는 웃음을 잃지 않았다.

오히려 묻는다.

"무엇을 말이지? 갑자기 무너진 무림의 균형을 뜻하는 것인가? 아니면, 태극검제의 죽음으로 시작된 민란 말인가?"

꾸욱.

이현은 눈을 질끈 감았다.

"네 짓이었네."

혜광이 갑자기 무당에서 모습을 감추고 며칠 지나지 않아 청수진인은 죽었다. 그리고 그 죽음을 계기로 민란이 일어났고, 황태자는 죽은 청수진인의 시신을 효수하려고 했다.

그때부터였다.

이현과 황태자 간의 본격적인 대립은.

"네가 죽였네?"

혜광이 죽던 날.

이현은 물었었다. 청수진인이 죽을 것임을 알고 있었느냐고.

그때 혜광은 답했다.

끌끌끌! 왜 몰랐을까? 내가 죽인 놈인 것을.

혜광이 죽였다고 했다. 하지만, 거짓말이다. 혜광은 청수진인을 죽여 얻을 것이 없다. 하지만, 눈앞의 황제라면 이야기는 달라진다.

황제가 황태자에게 무림을 칠 명분을 쥐어 주기 위해서는 반드시 필요한 전제가 있어야 한다.

청수진인의 죽음.

청수진인이 죽어야만 황제는 황태자에게 명분을 쥐어 줄 수 있다.

어쩌면 혜광은 그날 황제로부터 청수진인을 지켜 주지 못했기에, 스스로 죽였다고 했는지도 모른다. 혜광이라면 그러고도 남을 인간이었으니까.

"그리 멀지 않아 죽을 사람이었다. 그저 큰 쓰임을 위해 죽음이 앞당겨진 것……!"

이를 황제는 부정하지 않았다.

더불어.

"야잇! 개자식아!"

황제의 말이 끝나기도 전에 이현이 먼저 그를 향해 달려들었다.

검기도 검강도 실리지 않은 검.

전가의 보도처럼 휘두르던 혼원살신공도 펼치지 않았다.

그저 휘두른다.

두 눈에 황제를 담고, 검 끝을 황제에게 겨눈 채, 검안에 황제를 죽이고자 하는 의지만 가득 실은 채.

푹.

"……!"

꿰뚫었다.

황제의 명치에 이현의 검이 깊게 들어가 박혔다. 검신이 황제의 몸을 꿰뚫고도 모자라 검극이 등 뒤로 삐죽 튀어나왔다.

"……뭐가 이렇게 쉬워?"

이현이 당황할 정도였다.

쉬워도 너무 쉽다. 더욱이 이현을 절로 위축되게 만드는 그 묘한 기운을 내뿜던 황제이지 않은가. 하다못해 혜광이 죽던 날 무당파에서 확인했던 그 무위만 되었어도 이토록 쉽게 공격을 허용해서는 안 된다.

그런데 허용했다.

검은 황제의 명치를 관통했고, 검 끝에서 전해지는 감각은 진짜다.

"……."

이현은 이해가 되지 않았다. 하지만, 현실이 그런 이상 이해가 되지 않는다고 달라지는 건 없다.

검을 뽑았다.

그리고 그 순간.

"이제 좀 마음이 풀리느냐."

황제의 목소리가 들려왔다.

"뭐, 뭐야 이건?"

황제의 명치에서 뽑아낸 검은 깔끔했다. 사람을 꿰뚫었으면 응당 검에 피가 묻어 나와야 함이 정상이었지만, 황제의 명치를 꿰뚫고 뽑아낸 검은 피 한 방울 묻어 나오지 않는다.

아니, 핏방울은커녕 꿰뚫렸던 황제의 몸에는 작은 상처조차 남아 있지 않았다.

스윽.

황제의 손이 이현의 머리 위로 올라왔다.

흠칫!

이현의 몸이 굳었다.

아무리 공격이 성공하고도 아무런 상처 하나 남기지 못했다는 사실에 충격을 받았다고는 하지만, 이현은 무당신마다. 세인들이 천하제일인이라 칭하는 가장 고강한 무인. 그런 그가 무방비로 황제의 손길을 허용했다.

황제의 손길에 악의가 깃들어 있었더라면, 머리가 터져 죽었어도 이상하지 않은 일이다.

무인이라면 당연히 가장 경계해야 할 상황이다. 이현 또한 마찬가지다. 그럼에도 황제의 손길을 의식하지 못했다.

그것은 이현에게 큰 충격이었다.

이유는 모른다. 왜 황제의 손길을 인지에 두지 못했는지.

분명한 것은 무인으로서의 감각은 아무런 이상도 없었다는 것이다.

그런 이현을 향해.

"아직, 네겐 주어진 사명이 남아 있다. 복속(服屬)……!"

황제가 말했다.

그리고.

콰—아아아앙!

이현은 그 말을 자르며 검을 휘둘렀다.

마치 도끼로 내려찍듯 거칠게 황제를 향해 수직으로 검을 내리그었다.

검이 황제의 몸을 가르고 대지에 내리꽂혔다. 지진 같은 진동이 궁궐을 뒤흔들었다.

희뿌연 먼지가 시야를 가득 채웠다.

황제를 베어 낸 감각은 고스란히 손안에 전해졌다.

그러나 안다.

황제는 죽지 않았다.

이현은 먼지에 가려 보이지 않는 황제를 향해 소리쳤다.

"사명은 염병! 그냥 뒈져. 그게 네 사명이다!"

*　　　*　　　*

정확히 기억은 나지 않는다. 그냥 어디서 들었던 것 같다.

서유기에서 손오공이 부처님 손바닥 위에 놀아난다는 내용의 이야기.

당시엔 그냥 웃었다. 아무리 놀아날 데가 없기로서니 남의 손바닥 위에서 놀아나느냐고. 얼마나 모자라고 덜떨어진 놈이면 그러겠느냐고.

그런데 지금은 웃음만 나온다.

지금 이현이 딱 그 꼴이었으니까. 지금껏 마음 내키는 대로 해 왔다고 장담해 온 이현이었다. 그런데 그 모든 것이 황제의 손바닥 위에서 이루어진 일이었다고 하니 기분이 좋을 리 만무했다.

더군다나 청수진인의 죽음도, 혜광의 죽음도 황제의 의도로 이루어진 일이지 않은가.

잃은 것도, 이룬 것도 결국 모두 황제 때문이다.

그건 너무 기분 더러운 일이다. 짜증 나고 화딱지 난다. 자존심 팍 상한다.

그런 와중에 무슨 사명이랍시고 나불거리고 있는 황제의 모습이 곱게 보일 리 없다.

그리고 당연히.

이현은 꼴 뵈기 싫은 놈 멀쩡히 내버려 둘 인간이 아니다. 지 멋대로 떠들어 대게 내버려 둘 리는 더더욱 없다.

"모가지 꽉 붙들어라! 금방 따 줄 테니까!"

일단 사명이니 뭐니 하며 떠들어 대는 소리부터 조용히 시킬 심산이었다. 그러자면 목을 따 버리는 편이 편하다.

괜히 살려 둘 것도 아닌데 아혈을 점하고 어쩌고 하는 건 이현의 취향도 아니었고.

스확!

자욱하게 피어난 먼지구름을 뚫고 튀어나갔다. 수평으로 검을 그었다.

검이 먼지구름을 갈랐다. 갈라진 틈새로 황제의 모습이 이현의 두 눈에 선명하게 틀어박혔다.

그리고.

훅!

황제의 모습이 꺼지듯 사라졌다.

이현이 휘두른 검은 허무하게 허공을 갈랐고, 이어 다시 모습을 드러낸 황제는 하나가 아니었다.

열이다. 분열했다.

천잔영휘.

일전에 무당파에서 황제가 이현의 손아귀를 벗어날 때 펼쳤던 그 신법이 다시 한 번 펼쳐졌다.

그러나 그때와는 달랐다.

그때는 이현의 손에서 벗어나기 위해 펼친 천잔영휘였다면, 지금은 이현을 잡기 위해 펼친 천잔영휘다.

삽시간에 열로 늘어난 황제의 신형이 이현을 둥글게 에워싼다.

그리고.

손을 뻗는다. 활짝 펼친 장심 주위로 경력이 소용돌이쳤다.

금빛 용이 뻗어 나온다.

'황룡십팔장!'

순간, 이현의 동공이 커졌다.

열 명으로 분열한 황제의 손바닥에서 뻗어 나오는 열여덟 마리의 금빛 용.

이현이 아는 한 이러한 모양을 가진 장법은 단 하나다.

황룡십팔장.

흑사신마에 의해 중원에서 사라진 거지들의 무림방파인 개방의 절정장공.

개방이 멸문한 후 혈천신마가 활동할 때 그 무공을 이어받은 이가 있기는 있었다. 혈천신마 때 한 번 부딪치기도 했었다. 하지만, 그는 결코 황제가 아니었다.

의문은 짧았다.

위기는 빨랐다.

열로 늘어난 황제의 신영이 각각 열여덟 마리의 황룡을 쏟아 낸다. 눈앞이 어지럽다. 거칠게 요동치며 꿈틀거리는 황룡이 이현을 향해 파도처럼 밀려들었다.

휩쓸리는 순간 죽는다. 천지사방 어디에도 빠져나갈 구멍은 없다.

"구멍이 없으면 만들면 그만!"

탓!

이현은 발을 앞으로 내밀며 무릎을 굽혔다. 중심이 아래로 내려가고, 몸은 움츠러든다. 허공을 갈랐던 검을 수습하고, 공력을 끌어 올렸다.

그리고.

솟구쳐 올랐다. 몸이 팽이처럼 회전한다. 맹렬하게 회전하는 몸에 맞춰 손에 쥔 검날도 회전했다.

카가가가각!

이현의 칼끝이 달려드는 황룡을 향해 날아갔다. 불꽃이 튄다. 검과 용이 부딪쳤다. 검은 용을 베고, 용은 검을 물어뜯는다.

팽팽한 힘의 싸움이다.

그 싸움의 승자는 이현이었다.

비록 옷깃이 찢기고 머리가 헝클어졌지만, 이제 이현을 향해 밀려들던 황룡은 찾아볼 수 없다.

그러나 아직 끝이 아니다. 이제 겨우 한 번의 방어를 성공했을 뿐이다. 방어를 했으니, 남은 것은 공격이다.

덮쳐 오던 황룡을 모두 베어 버린 이현은 허공에 떠오른 상태에서 그대로 검을 바닥에 던졌다.

바닥에 검이 꽂힌다.

콰앙!

이윽고 거대한 폭발과 함께 공력이 열 명의 황제를 폭풍처럼 덮쳤다.

이현을 둘러쌌던 황제의 신형이 모래성처럼 부서져 사그라졌다.

대신 진짜 황제의 모습이 드러났다.

칠 장 밖.

뒷짐을 지고 있는 황제의 모습이 이현의 눈에 포착되었다.

탁!

이현의 두 발이 땅에 닿기 무섭게, 또다시 공간을 박찬다. 황제를 향해 뻗어져 나간다.

꽈악!

두 눈에 황제를 담은 이현은 강하게 검을 움켜쥐었다.

황제의 압박감에 짓눌렸던 처음과 달리, 지금 이현의 마음은 고요한 평정을 유지하고 있었다.

대신.

집중했다.

'결국 모든 싸움의 본질은 하나.'

혜광의 가르침을 다시금 곱씹었다.

그리고 황제에게 집중했다. 죽여야 할 대상이었으니까.

검에 집중했다. 황제를 죽일 수단이었으니까.

더불어 스스로에게 집중했다. 결국 황제를 죽이는 것도 자신이었고, 황제를 죽일 검을 휘두르는 것 또한 자신이었다.

집중이 하나가 된다. 의식이 하나로 합쳐지고, 이현은 검이 되고, 검은 이현이 되었다.

검신합일.

지난날 무당파에서 혜광이 보여 준 진정한 의미의 검신합일을 재현했다. 처음이 아니다. 그날 혜광을 죽였던 그때도 검신합일을 이루었다.

검이 황제를 향해 파고들었다.

펄럭!

이현의 두 눈에 소매를 펄럭이는 황제의 모습이 들어왔다. 곤룡포의 넓은 소맷자락이 펄럭이자 허공이 이지러진다.

캉!

그 이지러진 허공에 검이 닿는 순간 불꽃이 튀었다. 강한 반탄력이 검신을 타고 이현의 어깨를 때렸다.

눈에는 보이지 않는 강력한 방벽이 황제와 이현의 사이에 생겨나 있었다.

무형신갑(無形身鉀)

이현은 알지 못했지만, 그것은 오래전 중원에서 실전된 절세무공 중 하나였다.

그러나 그런 건 상관없었다.

아니, 이현은 지금 그의 검을 가로막는 보이지 않는 장벽이 무엇인지에 대한 의문조차 갖지 않았다.

그저 온 신경을 검에 집중하고 황제에 집중할 뿐이다.

'결국, 내가 살고 적을 죽인다.'

카가각!

순간.

보이지 않는 방벽이 부서지기 시작했다. 느리지만 확실히 이현의 검은 무형의 방벽을 꿰뚫으며 나아가고 있었다.

푸확!

그리고 황제의 목젖에 검이 꽂혔다.

피가 튀었다. 황제의 목에서 뿜어져 나온 붉은 핏물이 얼굴 가득 묻었다. 눈에도 튄 것인지 얼핏 시야가 붉게 번졌다.

상관없다.

처음으로 황제의 피를 보았다.

씨익.

그러니 웃을 수 있었다.

"내가 말했지? 모가지 꽉 붙들라고. 금방 따 줄 테니까!"

처음 공격이 성공했을 때도 황제는 피 한 방울 흘리지 않았다. 무슨 술수를 쓴 것인지는 지금도 알지 못했다.

하지만 지금 황제의 목에서는 피가 솟구치고 있다.

결국 그도 사람이다. 살아 있는 사람. 육신을 가진 사람이라면 결국 피를 흘리고, 결국 죽는 법이다.

끄극!

이현은 황제의 목을 꿰뚫은 상태에서 검을 비틀어 쥐었다. 목뼈를 파고든 검신이 비틀리며 뼛조각을 긁어 대는 소리가 귓가를 파고들었다. 그 소리가 이현의 귓가에는 감미로운 음률처럼 들려왔다.

이제 비틀어 버린 이 검을 그대로 그으면 된다. 그럼 장담했던 것처럼 황제의 목을 벨 수 있다.

황제가 죽은 무림맹주 같은 재주를 부리지 않는 이상, 반드시 죽는다.

이현은 그렇게 확신했다.

그리고 그 순간.

쾅!

돌연 이현의 머리가 땅바닥에 처박혔다. 순간 정신이 멍했다.

꽈악!

머리채를 잡은 우악스러운 손길이 느껴졌다.

그 위로.

반쯤 베어진 목을 한 황제가 내려다보고 있었다. 황제의 목이 아물어 간다. 그 모습이 눈으로 확인할 수 있을 만큼 빠르다. 기괴했다.

황제가 말했다.

"아직 거부하는 것인가. 허면, 가르쳐 주어야겠구나. 내가 누구인지. 또 네가 누구인지. 확실히 깨닫도록 하여라. 나의 일부여."

스르르륵!

황제의 왼손은 이현의 머리를 짓누른 채였다. 남은 오른손엔 보이지 않는 무형의 기운이 올올이 모여들어 엮인다.

황제의 오른손에 검이 생겨나고 있었다.

두근! 두근!

"크으윽……!"

심장이 요동친다. 광증이 치민다. 헌데, 이상하다. 광증이 치미는데 황제를 향한 살의는 일어나지 않는다.

오히려 황제의 손에 들린 검이 선명해질수록, 황제가 거대하게만 느껴진다. 머리를 움켜쥐고 짓누르는 황제의 손이 무겁다. 태산이 짓누르는 것 같다.

자꾸만 심혼(心魂)이 뒤흔들리고 요동친다. 폭풍우 치는 망망대해에 홀로 떨어져 나간 조각배 같다. 정신이 아찔해져 온다. 미지의 암담함이 파도처럼 덮쳐들었다.

귓가로.

"일부와 전부. 그것이 너와 나의 차이. 명심하라."

황제의 목소리가 천둥처럼 울렸다.

*　　　*　　　*

쾅!

튕겨져 나간 이현의 신형이 황궁 벽에 틀어박히고 나서야 멈춰 선다.

용호상박으로 치고받던 처음의 모습은 이제 찾아볼 수 없었다.

황제의 가벼운 손짓 하나에 이현은 속수무책으로 당하고 있었다. 제대로 된 반격은 해 보지도 못했다. 아니, 설혹 그 반격이 성공한다고 한들, 황제의 몸에는 생채기 하나조차 생기지 않았다.

황제는 사람이 아니었다.

그의 손길 하나에 허공이 갈라지고, 그의 발길 하나에 땅이 치솟는다.

"무무신검경(武舞神劍境), 염화칠도(炎火七刀), 천잔영휘, 섬격공(閃擊功), 한빙백마공(寒氷白魔功), 수라멸세(修羅滅世)……."

굉음을 듣고 달려온 옥분은 멍하니 황제가 펼치는 무공들의 이름을 읊조렸다.

사실 정확하지도 않다. 지금 황제가 펼치고 있는 무공 대부분이 무림에서는 실전되었다고 전해지거나, 소실되었다고 알려진 것들이었으니까.

그저 언젠가 사도련에서 각 무공의 특징에 대해 저술해 둔 책을 보았고, 이를 통해 습득한 지식으로 유추할 뿐이다.

더불어.

지금 옥분의 입에서 나오는 그 무공은 하나하나가 능히 당대 제일을 다투던 절세무공이기도 했다.

그러니 절대 불가능하다. 틀렸을 것이다. 정확하지 않은 것이 아니라, 그냥 틀렸다. 비슷한 무공일 뿐이다.

옥분은 그렇게 생각했다. 아니, 그렇게 믿고 싶었다.

하지만.

그럼 지금 이현이 이토록 처참하게 밀리는 모습은 무엇인가. 그것은 어떻게 설명해야 할까.

옥분은 그 의문을 설명할 길이 없었다.

아니, 설혹 옥분이 유추한 그 모든 무공이 진짜라 할지라도 납득되질 않는다.

이현이다.

무당신마 이현. 천하제일인.

지금껏 옥분은 이현이 이토록 일방적으로 밀리는 경우는

본 적이 없었다. 그러니 지금 눈앞의 현실이 이해될 리도 만무했다.

"……."

그것은 옥분만의 생각은 아니었다.

갑자기 황궁을 뒤흔든 굉음을 쫓아 한곳에 모인 이들은 모두 옥분과 같은 표정을 하고 있었으니까.

경악. 그리고 불신.

그 숨기지 못한 감정이 얼굴에 고스란히 드러나고 있었다.

다만 예외는 있었다.

정만은 당장이라도 달려가 이현을 돕겠다고 발버둥 치고 있었고, 청성진인을 비롯한 무당의 도인들은 복잡한 얼굴로 그를 만류하고 있었으니까.

그러나 그것뿐이다. 달라지는 것은 없다.

"쿨럭!"

그 사이 쓰러진 이현이 거친 기침과 함께 선혈을 토했다.

황제의 일방적인 맹공에 적지 않은 내상을 입은 탓이리라.

저벅. 저벅. 저벅.

제대로 일어설 기력도 없이 비틀거리는 이현을 향해 황제가 다가선다. 그 걸음 소리가 떨어져 있는 옥분에게도 천둥소리처럼 느껴졌다.

황제가 말했다.

"굴종하라. 나의 일부여."

이현의 머리칼을 강하게 움켜쥔 황제의 명령이다. 그리고
그 순간.

옥분은 보았다.

'눈빛이 변했다!'

이현의 눈빛이 변했다. 내내 일방적으로 몰리는 와중에도
거칠고 반항적인 눈빛은 변하지 않았었다. 그런데 변했다. 붉
은 혈광이 감도는 듯하더니, 거칠게 흔들린다.

그리고.

"……흡!"

옥분의 눈앞에서 믿기 어려운 일이 일어났다.

황제를 향해 무릎을 꿇는 이현의 모습이 옥분을 혼란으로
밀어 넣었다.

처음이다. 이현이 누군가에게 무릎을 꿇는 것은. 아니, 지금
껏 이현의 곁에 있으면서 단 한 번도 상상해 본 적 없는 일이
다.

그런 옥분의 귓가로 이현을 향해 명령하는 황제의 목소리
가 들려왔다.

"달라지는 것은 없다. 날뛰어라. 지금껏 그래 왔던 것처럼.
네게는 적도 아군도 없다. 그저 눈앞에 보이는 모든 것을 파
괴하고 짓밟아라. 죽이거라."

스윽.

황제의 손가락이 옥분을 향했다.

아니, 지켜보고 있던 무당파의 도인들을 비롯한, 적조의혈단을 가리키고 있었다.

"이제 네게 저들은 거추장스러운 장애물일 뿐이다. 저들부터 죽이거라. 죽이고 또, 죽이는 것. 그것이 너의 사명이니."

그리고 그 말에.

이현이 반응했다.

"크으으으윽!"

기괴하고 억눌린 신음을 흘리며 몸을 일으킨다.

붉게 물든 이현의 눈동자에 살기가 담기기 시작했다. 넘실거린다. 숨기지 않고 드러난 살기는 순식간에 주위를 끈적하게 만들었다.

꿀꺽!

지켜보던 옥분은 자신도 모르게 마른침을 삼켰다.

그저 이현의 시선이 스치고 지나갔을 뿐이건만 목이 서늘하다. 피가 차갑게 식고, 현기증처럼 머리가 핑 돈다.

꽈악!

검을 강하게 움겨쥐는 이현의 모습이 옥분의 동공을 선명하게 파고들었다.

그리고.

"……옥분."

거칠고 갈라진. 살기가 가득 담긴 이현의 부름이 들려왔다.

"……예?"

그 순간 옥분은 자신도 모르게 대답해 버리고 말았다. 뒷걸음질 치지도 못하고, 그렇다고 나아가지도 못한 채 주춤거리던 어정쩡한 자세에서 튀어나온 대답이다.

그 모습이 얼마나 우습고 바보 같은지 의식할 틈도 없었다.

그런 옥분에게 이현이 말했다.

"튀어……!"

푸확!

그리고 이현은 검을 휘둘렀다. 핏물이 허공에 튄다. 후두둑 떨어지는 핏방울이 바닥을 붉게 적셨다.

　　　늦기 전에 와야 할 것이오.

불현듯 옥분의 뇌리로 내관 장지옥의 그 말이 떠올랐다.

　　　　　*　　　*　　　*

투둑. 투두두둑!

흘러내린 핏방울이 바닥을 붉게 적셨다.

"끄으으읍!"

억지로 삼킨 신음이 흘러나왔다.

이현이 휘두른 검은 이현의 배를 꿰뚫고 있었다.

더럽게 아프다. 혈천신마 때부터 계산하면 제법 적지 않은 세월을 살아온 이현이다. 남의 배에 칼 꽂는 것이야 일일이 횟수를 헤아릴 수 없을 만큼 많았다.

하지만 제 배에 칼 꽂아 본 것은 이번이 처음이다.

아, 비슷한 것이 있긴 있었다.

참회동에서. 폐급이나 다름없는 몸을 단련하기 위해 스스로 팔도 부러트리고 다리도 부러트려 보긴 했었다.

그런데 그것보다 더 아프다.

"큭! 크크크큭!"

그럼에도 입가에 웃음이 나오는 것은.

"뭘 죽여? 사명? 누가 누구한테 명령이냐?"

그 고통 덕분에 정신이 돌아왔다.

치밀어 오르던 살기도, 광증과 갈증도 가셨다. 정신 줄 잡을 정도는 된다.

왜 황제와 눈을 마주친 순간 자신도 모르게 항거하지 못한 채 무릎을 꿇었는지, 죽이라는 그의 말에 왜 또 광증이 치솟았는지는 알지 못했지만. 어쨌든 중요한 건 잠시 놓쳤던 정신 줄을 다시 붙잡았다는 것이다.

그러나 그것도 잠시다.

밀려났던 광증이 다시 치밀어 오른다.

스확!

그래서 또다시 칼을 휘둘렀다.

"끄읍!"

허벅지를 깊게 파고든 검이 전해 주는 고통으로 또다시 광증을 몰아냈다.

으득.

고통을 참느라 악문 이현의 이는 핏물로 붉게 번들거리고 있었다.

그런 몰골로.

이현은 황제를 향해 으르렁거렸다.

"지랄하지 마. 결정은 내가 한다."

평생을 하고 싶은 대로 하고 살았다. 스스로 결정하고 스스로 책임졌다. 남이 하라고 하면 안 한 적은 있다. 남이 하지 말라고 하는 일을 한 적도 있다.

그러나, 단 한 번도 결정을 남에게 맡겨 본 적은 없다.

그것만큼은 지금껏 황제의 손바닥 위에서 놀아났다고 해도 변하지 않는 사실이다.

그런데 이제 와서 황제의 종이 되어 따른다는 건.

있을 수 없는 일이다.

싫다.

평생 황제의 종노릇하며 뒤나 닦을 바에야 차라리 죽는 편이 낫다.

이현은 그렇게 생각했다.

그럼에도 불안한 것은.

"너는 결국 나의 의지를 벗어날 수 없음을 왜 아직 깨닫지 못하는가."

오만한 황제의 말이 결코 허언이 아님을 느끼고 있었기 때문이다.

황제가 옥분과 주위 사람들을 죽이라고 했을 때.

그 순간 느꼈다. 그들을 죽이고 싶었다. 황태자를 마주했을 때처럼, 그들을 죽이고 그들의 피로 몸을 적시면 찾아올 쾌락을 상상해 버렸다. 단지 상상만으로 희열을 느꼈고, 그랬기에 더욱 갈증을 느꼈다.

진짜로 죽이고 싶어졌다.

스스로 배를 찌르고 제 몸에 상처를 만들어 유혹에서 헤어나지 못했더라면, 황제가 바랐던 대로 그들을 죽였을지도 모른다.

황태자를 죽였을 때에도 결국 그 광기의 유혹을 이겨 내지 못했으니까.

그것이 두렵다.

"내가 해. 결정은."

그럼에도 이현은 일어서 똑바로 황제를 바라봤다.

그리고 스스로 결정했다.

"결정했다. 내가 죽이는 건 너야."

황제를 죽인다. 그저 죽여야 할 이유가 하나 더 늘었을 뿐이다.

청수진인의 복수. 그리고 혜광의 부탁. 거기에 이현 스스로의 필요가 더해졌을 뿐이다. 평생 황제의 손에 휘둘릴 것이라면, 차라리 그전에 황제를 죽일 것이다.

"또 미망(迷妄)이 찾아오면……."

푹!

말하는 와중에 또다시 찾아오는 미망을 떨치기 위해 칼을 휘둘렀다.

피가 튄다.

깊게 베인 어깨에서 전해지는 고통이 정신을 일깨웠다.

"깨면 그 뿐."

척.

황제를 향해 검을 겨누었다.

"네가 원하는 대로 되진 않아."

황제를 향해 달려 나갔다.

"어리석구나."

그런 이현의 결정에 황제는 웃었다.

황제는 강하다.

단순한 무위도 이현을 뛰어넘는다. 혜광이 어째서 그를 그토록 두려워했었던 것인지 충분히 이해할 수 있다.

하지만 그보다 강한 것은 자꾸만 그런 황제에게 굴복하고자 하는 마음이다.

무위도, 마음도 무엇 하나 황제를 앞서는 것이 없다.

그러니 그런 황제에게 대적하는 것은 어리석은 짓이 맞다.

"글쎄? 그거야 해 보면 알 일이지. 누가 등신인지!"

하지만, 상관하지 않았다.

"어쨌든 네가 원하는 대로는 되지 않아."

황제를 죽이기 위해 싸운다. 미망을 떨치기 위해 스스로 몸을 해친다.

죽을지도 모른다. 설혹, 살아도 멀쩡하지는 않을 것이다.

그래도 황제는 이현을 원했던 대로 부리지 못할 것이다. 넝마가 되어 버린 몸으로는 황제가 원하는 대로 날뛸 수 없는 상태일 테니까.

캉!

황제의 검과 이현의 검이 또다시 부딪쳤다.

그리고 그 순간.

퍽!

강렬한 충격이 이현의 허리를 강타했다.

이미 상처투성이가 되어 버린 몸에, 끊임없이 정신을 갉아먹으며 밀고 드는 미망. 거기에 예상치 못한 충격까지.

일순 정신이 아득해졌다.

"옥분!"

그리고 그런 이현의 귓가로 정만의 고함이 가깝게 들려왔다.

第六章

"……재미없구나."

황제는 무덤덤했다.

스확!

"잠시 어울려 주시겠습니까?"

그 앞을 청성진인이 가로막았다. 뽑아 든 그의 검은 황제를 향했다. 청성진인뿐만이 아니다. 그를 비롯한 무당의 모든 무인들이 황제를 둥글게 포위한 채 검을 겨누었다.

청성진인의 두 눈은 황제를 응시했다. 하지만, 그의 신경은 등 뒤를 향하고 있었다.

'대단하구나.'

정만이 있었다.

"살려라 이 마적 놈아! 잡히면 넌 내 손에 뒤져! 련주님 몸 상해도 내 손에 뒤지는 거야! 알겠느냐!"

정만은 옥분을 향해 고래고래 소리를 지르고 있었다.

그 몰골이 정상적인 상태와는 사뭇 거리가 멀다.

황제와 이현이 검을 부딪치는 순간.

정만이 몸을 날렸다.

천하제일인이라 인정받던 이현과, 그런 이현을 압도했던 황제가 검을 부딪치는 순간이다. 그 주위에 있는 것만으로도 휘몰아치는 경력에 휩쓸려 버린다. 그건 어지간한 고수의 장력을 맨몸으로 받는 것과 다를 바 없다.

공력이 들끓고, 기혈이 얽힌다. 아니, 그것만 해도 다행이다.

실제로 그 순간 몸을 날려 뛰어든 정만의 오른쪽 어깨에서부터 얼굴 절반은 여기저기 찢어진 채였으니까.

정만도 그것을 모르지 않았을 것이다. 그럼에도 잠시의 망설임도 없이 몸을 날려 이현을 낚아챘다. 그리고 옥분에게 넘겼다. 그 덕분에 이현을 살릴 수 있었다.

청성진인도 인정할 수밖에 없는 대단한 배포다. 아니, 충심이라 하는 편이 옳을지도 몰랐다.

그리고 그런 정만의 희생으로 살린 이현을 받아 든 옥분은.

달렸다. 말을 탄 옥분은 빨랐다. 그리고 그 뒤를 마적 출신의 적조의혈단이 뒤따랐다. 대지를 박차는 말발굽에 희뿌연 먼지가 긴 꼬리를 만들었다.

그리고 그 너머로 빠르게 멀어지고 있는 옥분의 외침이 들려왔다.

"명심하십시오! 시간이 별로 없습니다!"

도망치라는 이현의 명령에 잠시 자리를 비웠던 옥분이 다시 모습을 드러낸 직후부터 정만이 이현을 낚아채기 직전까지 나누었던 이야기를 다시 한 번 되짚는 말이었다.

그만큼 중요한 이야기였으니까.

그러나 또한, 지금 이 순간만큼은 전혀 신경 쓸 필요 없는 이야기이기도 했다.

청성진인은 다시 황제에게 집중했다.

"모두 대천강검진(大天江劍陣)을 펼치시게."

명령을 내렸다.

"장문의 명을 받들겠습니다."

무당의 제자들이 일사불란하게 움직이며 황제를 중심으로 돌기 시작했다.

한 사람을 상대하기 위한 검진이 아니다.

포위된 상태에서 다수의 적을 상대하거나, 반대로 다수의 적을 포위한 상태에서 쓰이는 검진이다. 그 검진을 한 사람을 상대하는 데 펼쳤다.

오래전 흑사신마에 의해 한 번의 부침이 있었던 지금의 무당파가 자랑하는 최강의 검진이기도 했다.

그럼에도 못내 불안하다.

상대는 이현마저도 어찌하지 못한 강자였으니까.

"대천강검진이라…… 그 아이가 무당에서 제법 많은 일을 하였구나."

실제로 황제는 대천강검진을 마주하고서도 전혀 위축된 모습이 없었다. 그저 멸문 직전으로까지 몰렸던 무당파에서 혜광이 대천강검진을 복원해 냈다는 것에 감탄할 뿐이다.

황제에겐 익숙한 것이리라.

지금의 몸이 아닌, 그보다 훨씬 이전의 몸을 가졌던 때. 황제는 무당의 멸문에 앞장섰었으니까.

황제는 혜광이 아닌, 또 다른 흑사신마로 무당을 방문했었다.

이미 혜광의 정체를 알고 있는 청성진인에게는 그리 놀라울 것도 없는 일이었다.

"허나, 무당의 아해들아. 내가 어찌하여 도망치는 신마를 쫓지 않았는지 아는가? 내게 이런 것은 아무런 장애가 되지 않기 때문이다. 나는 언제든 너희를 죽이고, 그 아이를 되찾을 수 있다."

오만한 황제의 말은 결코 거짓이 아니다. 그쯤은 청성진인도 알고 있었다.

정만이 목숨을 걸고 이현을 낚아챘을 때에도 황제는 당황하는 기색이 전혀 없었으니까. 언제든 주머니에 든 동전처럼 이현을 잡을 수 있다는 확신이 있었기에 가능한 일이다.

'이때를 예견하신 것입니까. 사숙!'

청성진인은 조용히 속으로 되뇌었다.

왜 이현을 곁에서 지켜 달라 했는지 알지 못했다. 그래서 점점 광증을 드러내기 시작하는 이현의 모습을 보고 짐작했던 것이다. 미쳐 가는 이현이 스스로 걷잡을 수 없을 때가 되면, 그 이현을 죽여 달라는 의미로 해석했다. 그것이 불과 몇 시진 전이다.

헌데, 혜광의 말은 그런 복잡한 것이 아니었다.

말 그대로다. 이현을 지켜 달라는 것. 그 속에는 다른 어떤 의미도 숨어 있지 않았다. 그리고 청성진인은 혜광의 그 솔직 담백한 명을 지킬 생각이었다.

설혹, 오늘 이 자리에서 모두 죽는 한이 있더라도.

그때였다.

"황제고 나발이고! 넌 이제 뒈졌다! 감히 우리 련주님을 건드려?"

몸을 수습한 정만의 목소리가 등 뒤에서 들려왔다.

이상하게 자신감이 넘친다.

"문주님 뭐하시는 거요? 어서 저놈 죽이지 않고? 련주님 죽일 방법이 있다 하지 않았소. 그거라면 저놈 팔 하나는 자를수 있을 것 아니오? 아니, 이왕이면 다리를 잘라 주시오! 다시는 우리 련주님 근처에 얼씬도 못 하게."

그 말에.

"……."

청성진인은 잠시 입을 다물었다.

정만이 내보인 자신감이 어디에서 나왔나 했더니 그 말 때문인 듯했다. 정만이 믿고 있는 것은 청성진인이 그에게 했던말이었다.

그리고 그것은.

"……없네."

없다.

"응? 없다니? 뭐가! 뭐가 없단 말이오!"

"없다는 뜻일세. 처음부터 그런 건 없었네. 있었다면 처음부터 무당이 그런 굴욕을 당했을 리 없지 않은가."

당황한 정만의 물음에 청성진인은 솔직히 대답했다.

이현을 죽일 수 있는 방법. 그런 것이 있었다면 애초에 황태자에게 청수진인의 시신을 내놓는 굴욕을 당할 리도, 무당파본산에서 혜광이 죽음을 당하는 굴욕을 겪을 일도 없었다.

처음부터 없었다. 거짓말이었다.

"젠장! 왜? 왜 그딴 거짓말을 한 것이오!"

"그러지 않았더라면, 어찌 곁에 있을 수 있었겠는가."

그저 이현의 곁을 지키기 위해서 한 말이다. 혜광의 명이 무엇이든, 그것을 지키기 위해서는 이현의 곁에 있어야 가능한 일이었으니까.

"허나, 달라지는 건 없을 걸세."

청성진인은 웃었다.

설혹, 혜광의 부탁이 이현의 죽음이었다고 해도.

죽음을 각오하고 옆에 있었다. 그리고 그를 따르는 무당의 제자들 역시.

그러니 달라지는 것은 없다.

목숨을 던져 싸울 뿐이다.

"……젠장!"

하지만 정만은 아니었나보다.

"이 빌어먹을 산적 놈들아! 싸워라! 버텨!"

적조의혈단 중 남은 산적들에게 공격을 명령했다.

"누구도 련주님을 지켜 줄 수 없다면 우리가 지킨다! 알겠느냐! 이 산적놈들아!"

그 또한 성치 않은 몸으로 칼을 뽑아 들고 황제를 향해 달려들었다.

    *   *   *

싸움은 길지 않았다.

아니, 순식간이다.

우득!

순식간에 전멸했다. 마지막으로 청성진인의 목이 황제의 손에 꺾인 뒤로, 이제 살아 있는 사람은 황제뿐이다.

아니, 한 사람 더 있다.

"……덤벼! 난…… 아직 안 뒤졌다."

정만이다.

정만은 으스러진 오른손 대신 왼손으로 검을 잡았다. 본디, 그의 무기는 아니다. 그의 칼은 처음 황제와 격돌했을 때 산산조각 나서 사라진 지 오래다. 지금 쥐고 있는 검은 그저 바닥에 뒹구는 수많은 무기 중에 하나일 뿐이다.

정만의 몰골은 참혹했다.

왼쪽 광대는 함몰되었고, 오른손은 으스러졌다. 오른쪽 어깨는 빠져서 흉물스럽게 덜렁거리고, 왼쪽 다리도 부러진 것인지 서 있는 것조차 불안한 모습이었다.

그럼에도 정만은 끝까지 황제의 앞을 막아서고 있었다.

황제의 강함은 안다.

직접 눈으로 보고, 몸으로 겪었으니까.

다 죽었다. 멀쩡히 죽은 이들도 없다. 대부분 사지 육신 중 하나가 떨어진 채로 죽음을 맞이했으니까.

칼을 쥔 손이 떨린다. 아니, 온몸이 떨린다. 사실, 서 있는 것조차 버겁다. 아프고 무섭다.

그럼에도 물러서지 못하는 것은.

'이대로라면 따라잡힌다!'

아직 옥분이 이현을 안고 도망칠 수 있는 충분한 시간을 벌지 못했기 때문이다.

그러니 버텨야 한다.

저벅.

그렇게 독기를 품고 노려보는 정만의 시선에 황제는 그를 향해 걸어왔다.

"대단한 충심이군."

그리고 감탄했다.

"길을 열라. 허면, 살려 주지. 수하로 받아들여 주마. 쓸 곳이 많겠군."

또한, 제안했다. 정만도 안다. 황제는 호의를 베풀었다. 황제가 마음만 먹는다면 정만을 죽이는 건 그저 칼 한번 휘두르면 될 일이다. 굳이 이런 제의를 할 이유는 없다.

그리고 그것이 정만에게도 나은 제안임을 안다.

당장 목숨을 건질 수가 있다. 그리고 황제의 밑에서 부귀를

누릴 수도 있을 것이다. 어쩌면, 이현과 같이 면박을 주지도, 짜증을 부리지 않을지도 모른다.

그건 고마운 일이다.

그리고 정만은 황제의 그 고마운 제의를 거절했다.

"지랄 똥 싸는 소리 집어 치우시오. 내 평생 개처럼 살았소. 개가 주인 바꾸는 것 봤소? 주인은 개를 버려도 개는 주인을 버리지 않는 법이오. 개처럼 살았으니 개처럼 죽겠소."

개는 주인을 지키기 위해 죽을 수도 있다.

"나는 오늘…… 죽소."

스스로 죽음을 결정했다.

그리고.

빠악!

"끄억!"

갑자기 느껴지는 뒤통수의 통렬한 고통에 몸부림쳤다.

"닥쳐! 넌 죽여도 내가 죽여. 건방지게 어디 지 멋대로 죽네 마네야?"

불시의 기습에 몸부림치는 정만의 귓가로 익숙한 목소리가 들려왔다.

"려, 련주님!"

이현이었다.

피투성이가 된 이현은 정만을 내려 보던 시선을 옮겨 황제를 노려봤다.

"오는 데 거치적거리는 놈들이 왜 이렇게 많아? 덕분에 좀 늦었다."

이현의 몸을 뒤덮은 피.

그중 일부는 이현의 것이다. 하지만, 나머지는 다른 이들의 것이다.

황제가 몰래 빼돌려 두었던 병력. 이현을 굴복시키는 데 일어날 만일의 사태를 대비해, 황궁 주위에 주둔시켜 놓았던 병력이었다. 그리고 그들은 황실에서 황제에게 얼마 남지 않은 세력이었다.

군이 황태자를 희생시키며 일을 도모하고, 다시 황제의 자리를 차지한 것은 그만큼 그의 계획에 황제라는 자리가 필요하다는 의미일 것이다.

더불어, 지금 황제에게 얼마 남지 않은 그 병력 역시 필요한 것일 터.

그 병력을 죽였다.

황제에게는 그가 세운 계획이 틀어졌음을 이야기하는 것이기도 했다.

"말했지? 네가 원하는 대로는 안 된다고."

이현이 웃었다.

그리고 그 모습에.

황제의 얼굴이 일그러졌다.

"기어이 사명을 외면하는군. 구제불능이구나! 결국 불량품은 어쩔 수 없는 것인가."

황제는 분노를 숨기지 않았다.

"어쩔 수 없구나. 따르지 않겠다면……."

황제의 검이 이현을 향해 겨누어졌다.

"폐기할 수밖에."

이현의 검도 황제를 향해 겨누어졌다.

"원하던 바다. 이 개자식아!"

두 사람이 서로를 향해 달려갔다. 그리고 도약했다. 순식간에 칠 장 정도의 높이로 뛰어오른 그들은 서로를 향해 칼을 찔러 넣었다.

푹!

"큡!"

이현의 입에서 신음이 흘러나왔다.

이현을 복종시키겠다는 생각을 버린 황제의 검은 망설임이 없었다. 이현의 검은 황제에게 가로막혔고, 황제의 검은 이현의 심장을 꿰뚫었다.

순간 정신이 혼미해진다.

이미 많은 피를 흘린 이현이다. 그나마 남은 공력과 체력도 이 자리에 다시 돌아오는 중에 마주친 병력을 처리하는 데 대부분을 소모한 뒤다.

피곤했다.

고개가 자꾸만 아래로 향한다.

그리고 그런 이현의 시야로 흐릿하게 무언가가 들어왔다.

'저건 황태자의……'

늙은 내관이다. 기억이 맞다면 황태자가 죽을 때 곁에 있었던 내시다.

그 내시가 건청궁 주춧돌 아래에 불을 붙이고 있다.

그러고 보니 다시 황궁으로 달려갈 때 등 뒤로 옥분이 무어라 떠들던 것이 기억났다.

"죽거라."

그런 이현의 생각을 자르는 황제의 목소리가 무심히 들려온다.

두근!

황제의 말은 이현의 심장을 뒤흔드는 기묘한 힘을 갖고 있었다.

눈을 감았다.

그리고.

"염병……! 이거였어?"

중얼거렸다.

퍼어어엉!

그 중얼거림이 끝나기 무섭게 건청궁은 거대한 폭발과 함께 화염에 휩싸였다. 일순 치솟은 불기둥은 그 높이만 수십 장에 이르렀다.

건청궁 밑에 매설해 둔 다량의 폭약.

그것이 황태자가 늙은 내시에게 맡기고 간 마지막 안배였다.

화염은 모든 것을 집어삼켰다.

*　　　*　　　*

황실에서 그리 멀지 않은 곳.

옥분은 이현을 기다리고 있었다.

건천궁에 치솟는 거대한 화염을 보았다. 늙은 내시가 했던 말처럼 폭약이 폭발한 것이리라. 적어도 그 자리에 있는 사람이라면 누구도 살아남을 수 없을 것이 분명했다. 아니, 그것을 제하더라도 그 자리에는 황제가 있었다.

폭약이 터져서이든, 황제가 죽여서이든 이제 누구도 황궁에서 살아 돌아올 수 없다.

안다. 머리로는 살아 돌아올 리 없다는 것을 알면서도, 마음으로는 이를 인정할 수 없었다.

그래서 위험을 알면서도 기다렸다.

"도망칠 수 있을 때 도망치실 것이지! 무식한 놈이 겁도 없다고, 거기가 어디라고 다시 기어들어 가서는⋯⋯!"

옥분이 할 수 있는 건 걱정된 마음에 이현을 향한 욕만 한 됫박 퍼붓는 것이 전부였다.

하지만 그런 옥분의 욕설도 길게 이어지지 못했다.

"⋯⋯왜? 아주 죽고 싶다고 노래를 부르지 그러냐?"

"려, 련주님!"

눈앞에 이현이 모습을 드러냈다.

"받아! 더럽게 무겁네."

성한 곳이 없다. 여기저기 베이고 찢기고, 그슬린 모습이다. 아니, 서 있는 것이 용하다. 그런 와중에 정만까지 챙겨 와서는, 내던지듯 혼절한 정만을 옥분에게 넘겼다.

그러고는.

"⋯⋯나 좀 잔다."

그대로 기절해 버렸다.

땅바닥에 죽은 듯 쓰러져 버리는 이현을 다급히 부축한 옥분은 저 멀리 보이는 황실의 건물을 바라보았다.

"그럼 황제는⋯⋯?"

이현이 살아 돌아왔다. 그것도 정만까지 옆구리에 챙긴 채로.

그렇다면 이제 중요한 것은 황제의 생사였다.

*   *   *

아직 꺼지지 않은 화염에 건청궁이 불타오른다. 붉은 불씨
가 바람결에 흩날렸다. 불길이 번진다. 황제의 권위를 상징하
던 황궁은 잿더미로 변해 가고 있었다.

그리고 그 속에서.

"쿨럭! 큭! 크흐흐흐흐흑!"

늙은 내관. 장지옥은 흐느꼈다. 아니, 울면서 웃었다.

얼굴은 이미 화상으로 일그러진 지 오래다. 손발은 뜨거운
화염 속에 녹아 버렸고, 폭발 속에서 부서져 날아온 궁궐의 조
각들이 그의 몸통을 헤집었다. 냉정하게 말해, 그는 지금껏 숨
이 붙어 있는 것 자체가 기적이나 다름없는 상태였다.

그는 죽어 가고 있었다.

그럼에도 장지옥의 얼굴에는 아쉬움도, 원한도 남아 있지
않았다.

"이제 다시 모실 수 있게 되었사옵니다. 폐하!"

척박하고 차가운 이 황실 속에서 황태자는 그에게 모셔야
할 주군이었으나, 또한 자식이기도 했다. 피 한 방울 통하지
않았으나, 그는 황태자의 탄생과 성장을 계속 곁에서 지켜보

앉으니까. 그렇기에 그는 살아서도, 죽어서도 황태자의 신하가 되길 소원했다.

이제 그 소원이 이루어졌다.

황태자가 그에게 맡긴 마지막 명을 수행했으니, 이제 죽어서도 떳떳하게 황태자를 배알할 수 있다.

"……소신이 폐하를 고통에 밀어 넣었던 간악한 황제를 죽였나이다."

끝내 황제를 죽였으니까.

두 눈으로 직접 보았다. 무당신마와 결전을 벌이던 황제의 모습을. 그리고 그 아래에서 치솟은 거대한 화염을. 화염은 그 두 사람을 집어삼켰다.

무당신마는 직후 모습을 드러내 그의 수하와 함께 황궁을 떠났으나, 황제는 끝끝내 모습을 드러내지 않았다. 그러니 황제가 어찌 되었는지는 눈으로 확인할 필요가 없다.

죽었으니까. 무당신마와 달리 솟구치는 화염 속에서 벗어나지 못한 채 집어삼켜져 버렸으니까.

"곧…… 제가 가겠사옵니다. 폐하!"

그렇게 장지옥의 눈이 감겨 갔다. 모든 것을 끝낸 그는 홀가분한 마음으로 다가오는 죽음을 맞이하고 있었다.

하지만.

저벅. 저벅. 저벅.

그의 귓가로 발소리가 들려왔다.

화염이 모든 것을 집어삼킨 건청궁이다. 남은 자들 중 살아남을 자가 없으니, 절대 발소리 따위 들려서는 안 될 곳이기도 했다.

그런데 들린다.

"……황태자가 또 일을 그르치는구나. 시간을 역행해서도 결국 나의 발목을 잡으려 들다니. 운명이란 참으로 고약한 것이다. 아니 그런가?"

익숙한 목소리까지 들려오고 있었다.

그리고 보였다.

"……!"

감겨 가는 장지옥의 두 눈에는 꺼지지 않는 불길 속에서 걸어 나오는 이의 모습이 흐릿하게 다가오고 있었다.

"……화, 황제!"

황제다.

비록 불길에 살점이 녹아 내렸지만, 남아 있는 것이라고는 앙상한 뼛조각뿐이었지만. 오로지 멀쩡한 것은 불길 속에서도 빛나는 두 눈 뿐이었지만.

그럼에도 목소리만으로 알 수 있었다.

황제가 살아 나온다.

화염에 녹고 불타 버린 흉물스러운 모습으로.

그리고 그 모습은 서서히 원래의 모습을 되찾아 가고 있었다.

걸음을 한번 옮길 때마다 황제의 모습이 변한다.

그슬리고 부서진 뼛조각이 스스로 맞춰진다. 근육이 돋아나고, 새살이 그 위를 덮는다. 뒤이어 눈썹이 그려지고, 머리가 자라난다. 황제가 장지옥의 앞에 섰을 때에는 이미 원래의 모습을 되찾은 상태였다. 비록 입고 있던 의복은 불타 사라졌지만, 황제는 살아 있다. 그것도 건재한 모습으로.

"허헛. 죽어 무슨 낯으로 폐하를 배알할 수 있을지 모르겠사옵니다."

장지옥은 웃어 버렸다.

너무나 허탈했다. 황태자는 황제를 죽이기 위해 그가 남긴 최후의 안배마저 포기했다. 장지옥은 황태자의 명을 수행하기 위해 스스로 건청궁 바닥에 매설해 둔 폭약에 불을 질렀다.

그러나 그 모든 것들이 허튼짓일 뿐이다.

황제는 죽지 않는다. 불사(不死)다.

죽지 않는 존재를 죽이려 했으니, 애초부터 시작이 잘못된 것이다.

"왜 그러셨습니까?"

장지옥은 물었다. 죽음이 가까워진 그의 목소리는 힘없이 잦아들고 있었다.

그럼에도 묻고 싶었다.

"왜 그 가엽고 여린 분에게 그런 아픔을 안긴 것이옵니까? 자식이시잖습니까. 대체 왜 그리도 매정하게……"

그 물음에.

"왜라…… 밤이 찾아오는 데 이유가 필요한가?"

황제가 반문했다.

담담한 표정의 그는 죽어 가는 장지옥을 물끄러미 내려다보고 있었다.

그리고 다시 입을 열었다.

"그럼에도 굳이 왜냐고 묻는다면…… 밤을 불러들이기 위함이라 하지. 밤을 불러 오려거든 태양을 끌어내릴 사람이 필요하다. 제 손이 녹고 두 눈이 멀어도, 온몸이 불타올라도 결코 태양을 놓지 않을 사람이 말이다."

고통 속에서 발버둥 쳐야 하는 일이다. 스스로 죽음을 향해 다가가야 하면서도, 결코 죽음을 향한 걸음을 멈추지 않을 사람이 필요했다.

그래서 황태자가 선택됐다.

"이 몸의 피를 이은 자식들 중 그 아이가 가장 뛰어났을 뿐이다."

황제가 낳은 자식들 중 황태자는 가장 출중했다.

재능도, 집념도. 모든 것이 다른 왕자들을 압도했다.

그래서 선택되었을 뿐이다.

그리고.

"그래서 끝까지 발목을 잡는구나. 이번 생에서도, 저번 생에서도."

시간을 거스르기 전에도.

황태자는 끝내 황제의 발목을 잡았었다. 무림과의 전쟁을 준비하면서도, 결코 나라를 망국으로 만들려 하지 않았었다. 패왕이 되려 했으나, 폭군은 되려 하지 않았다. 그만큼 신중했고, 그만큼 철저했다. 그래서 이번 생에는 달리했다. 이현이라는 존재를 매개로 이용했다. 신중함을 조급함으로 만들었고, 철저함을 허술함으로 만들었다.

그럼에도 황태자는 기어이 발목을 잡았다. 결국 황태자가 의도한 마지막 안배 탓에 이현을 놓쳐 버렸으니까.

피식.

황제는 웃었다.

"하긴, 발목을 잡는 것이 어찌 그 아이 하나만이겠느냐."

그보다 훨씬 전부터 그의 계획에 맞서는 이가 있었다. 살아서도, 죽어서도.

죽어 가는 장지옥을 발아래 둔 황제의 시선은 궁궐의 담을 너머 남쪽 하늘을 응시하고 있었다.

무당산이 있는 방향이었다.

그런 황제의 귓가에.

"모셔 두었습니다."

회의의 음성이 들려왔다.

＊　　　＊　　　＊

황제는 이현을 잡는 데 회의를 동원하지 않았다. 회의를 동원했다면 일이 수월했을 것이다. 아니, 최소한 지금처럼 이현을 놓치는 일은 없었을 것이다.

그럼에도 황제는 회의를 제외했다.

그보다 훨씬 중요한 일이 있었으니까.

황제가 이현을 상대할 동안, 회의는 손님을 모시고 있었다.

물론, 정중한 방법은 아니었지만.

불타 버린 건청궁을 대신해 손님을 모신 곳은 태화전이었다. 본디 황제가 국사를 보는 곳이다. 응당 내관과 궁녀, 그리고 문무 대신들로 항상 붐비는 곳이었으나, 이날의 태화전은 달랐다. 황제와 회의. 그리고 그들이 강제로 모신 손님만을 위한 장소일 뿐이었다.

드르륵!

회의가 문을 열었고, 황제가 안으로 들어섰다. 그곳에 포박당한 늙은 승려가 기다리고 있었다. 중원의 사람과는 같은 듯 다른 외양을 가진 승려가 바로 황제와 회의가 모신 손님이었다.

"오랜만이군. 나를 막으러 왔나?"

방 안에 들어선 황제가 말했다.

"그만하게."

늙은 승려가 답했다.

"막으러 왔군."

황제는 고개를 끄덕였고,

"모두 다 같이 귀한 목숨일세. 어찌 피를 보려 하는가!"

늙은 승려는 목소리를 높였다.

포박당해 있는 상태였으나, 늙은 승려의 모습에서는 아무런 위축됨도 보이지 않았다. 아니, 오히려 황제를 향한 두 눈엔 정광(晶光)이 번뜩이고 있었다.

그런 승려의 호통에.

피식.

황제는 웃었다.

"목숨이 어떻게 다 같을 수 있지?"

목숨은 다 같다. 하지만, 모두 같지 않다.

"하루에도 수많은 목숨이 사라진다. 그러나 사람은 그 수많은 목숨이 사라지는 것을 안타까워하지 않는다. 그들이 안타까워하는 것은 곁에서 사라지는 목숨이다. 아니, 그조차 사라지는 목숨의 주인이 누군가에 따라 깊이가 달라지지."

어떤 이의 죽음은 알지도 못한 채 지나가고, 또 어떤 이의 죽음에는 세상을 잃은 듯 슬퍼하고 오열한다.

죽어 가는 이가 누구인가. 그가 내게 어떤 존재인가에 따라 생명의 무게는 달라진다.

"세상이 그렇다. 그것이 세상의 율법이다."

사람의 죽음에 사람은 슬퍼한다. 하지만, 벌레 한 마리 죽었다고 슬퍼하는 사람은 없다. 모두 귀한 목숨이지만, 사람은 매일 같이 가축을 도축해 밥상에 올린다. 보기 싫다는 이유로 정원의 잡초를 뽑아낸다.

그러니 목숨은. 아니, 생명은 서로 다르다.

"계획이 틀어졌으니, 나는 네가 사는 세상에 이 혈겁이 미치지 않도록 조절하는 것조차 버겁다. 그러니 나를 방해하지 마라. 너의 땅에 피가 흐르길 원치 않는다면."

황제는 승려에게 선을 그었다.

"돌아가라. 네가 왔던 그곳으로. 그곳에서 태양처럼 빛나거라. 나는 이곳에서 어둠이 되어 가라앉을 테니. 지금껏 그래 왔던 것처럼."

할 말을 마쳤다. 황제는 몸을 돌렸다.

더불어 회의에게 명했다.

"배웅하는 대로 복귀하라. 이현이 내 계획을 틀었다. 손이 모자라다."

드르르륵. 탁!

그리고 그 말을 끝으로 황제는 태화전을 나섰다.

*　　　*　　　*

옥분은 도주를 선택했다. 황제의 죽음이 확실시 된 상황에서 도주를 선택한 이유는 순전히 이현 때문이었다. 이현의 몸 상태가 좋지 않다. 혹시 모를 사태를 대비하기 위해서라도 일단 몸을 숨기고 이현을 치료한 이후 다음을 도모하는 편이 낫다는 게 옥분의 계산이었다.

결과적으로 옥분의 선택은 옳았다.

황제는 살아 있었으니까.

만약, 황제가 죽었다 판단하고 황궁으로 돌진했더라면, 모두 죽은 목숨이었을 것이다.

일단 결정을 내린 옥분은 이후 이현을 마차에 싣고 황궁에서 최대한 멀어지기 위해 노력했다.

그런 옳은 판단을 내린 옥분이었건만, 지금 그는 그의 선택을 타박받고 있었다.

"네놈이 그 내관 놈만 안 꺼내 놨더라면 이렇게 될 일도 없지 않았느냐. 이 마적 놈아!"

타박하고 있는 건 사흘 만에 의식을 되찾은 정만이었다.

아직 상처가 회복되지 않아 거동이 불편한 상태였으나, 정만의 입은 정정하다 못해 팔팔했다.

"내가 두 눈으로 똑똑히 봤다! 우리 련주님이 그 황제 놈 칼다 피하고 심장에 칼을 꽂았는데……!"

정만은 주장했다. 의식을 잃기 전 보았단다. 황제의 심장에 칼을 꽂아 넣는 이현의 모습을 말이다.

그뿐만이 아니다.

"그때 그 늙은 내관 놈이 괜히 불만 안 질렀어도 우리 련주님이 황제 놈 죽였을 것 아니냐! 지금 저 지경으로 다치실 리도 없으셨고! 하여간, 다 된 밥에 똥물을 튀겨도 유분수지. 어디할 게 없어서 그딴 훼방을 놓아? 그 폭발에 련주님이 나 같은 놈 구하겠다고 황제 죽이는 것도 포기하고, 그 화염을 다 받으시고……."

거칠게 옥분을 몰아붙인 정만은 몸을 부르르 떨었다.

내관이 폭약에 불을 붙인 탓에 건천궁에 화염이 치솟았다. 그 화염 때문에 이현은 황제를 죽일 수 있는 기회도 포기하고 들이닥치는 폭염으로부터 정만을 지켰다.

스스로 이현을 위해 죽음을 각오했던 정만이니만큼, 오히려 이현의 몸을 상하게 하는 주범이 되었다는 사실을 용납할 수 없는 것이다.

스스로를 향한 분함과, 이현을 향한 죄송한 마음에 입술을 악문 정만의 두 눈에 물기가 그렁그렁했다.

그러나.

"정말입니까? 련주님이 진짜 황제의 검을 다 피하셨다고요? 헛것 본 것 아니십니까?"

옥분은 오히려 정만의 말을 믿지 못하고 있었다.

이현은 아직 의식이 없다. 그의 몸 상태는 옥분이 짐작한 것 이상으로 심각했다. 내장이 상했고, 기혈이 뒤틀렸다. 제어가 되지 않는 혼원살신공과 태극무해심공의 두 기운은 서로 얽히며 날뛰고 있었다.

지금까지 죽지 않고 살아 있는 것이 용할 지경이다.

그리고.

"그럼 이 상처는 뭡니까? 다 피했다면서요?"

이현의 심장과 단전에 깊게 남은 검은 상처.

그 자국은 분명 칼로 생긴 검흔이다. 더불어, 이현이 자살을 결심하지 않는 이상 절대 스스로 찌르지 않을 부위이기도 했다.

그렇다면 남은 범인은 황제뿐이다.

"무슨 소리야! 내가 두 눈으로 똑똑히 봤는데! 우리 련주님이 다 피하셨다니까! 확실히 봤다!"

그런데 정만은 또 이현이 황제의 검을 모두 피했다고 하니,

앞뒤가 안 맞을 수밖에.

"……."

그 해답을 내어 줄 이현은 아직 의식을 차리지 못하고 있었다.

덜컹!

그러는 사이 마차는 어느새 도착점에 닿았다.

벌컥!

문이 열린다.

그리고 그 문을 열고 마차 안으로 고개를 내민 이는.

"사질아!"

어디서 먼저 소식을 들었는지 눈물범벅으로 얼굴이 얼룩진 청화였다.

*   *   *

태양을 좇는 자가 있었다. 그는 태양의 미덕을 닮고자 했고, 태양과도 같은 밝음을 품고자 했다. 가장 높은 곳에서 가장 낮은 곳까지 그 빛을 전하고자 했다. 그리하여 구도했다. 수행했다. 스스로 깨달음을 구하고, 만인에게 깨달음을 베풀었으며, 전생하게 되었다. 그는 수 대에 걸쳐 전생을 거듭하며 진리를 탐구했고, 스스로를 갈고닦았다.

세인들은 그의 밝음을 숭배했고, 그의 가르침을 좇았다. 그는 그의 땅에 살아가는 이들에게 태양과도 같은 존재가 되었다. 그럼에도 그는 수행을 멈추지 않았고, 고행을 멈추지 않았다. 그렇게 수 번에 걸쳐 전생을 거듭하며 태양을 닮아 가던 그는 어느 날 문득 보았다.

훗날.

동쪽 탐욕의 땅에서부터 절망이 찾아올 것임을 보았고, 그 절망은 그들이 지금껏 지켜 온 그들만의 개성과 전통, 그리고 믿음을 송두리째 집어삼키고 짓밟을 것임을 보았다.

탐욕의 땅은 거대했으니까. 거대하기에 작은 것의 소중함을 알지 못하고, 개개인의 개성과 다름을 인정하지 않았으니까. 그저 탐욕스럽게 집어삼키고, 작은 것들은 그저 거대함을 위한 자양분으로 희생시킬 테니까.

그 과정에서 필연적으로 나올 수밖에 없는 절망과 흘려야 할 눈물, 그리고 피. 사라져 갈 생명과 전통, 믿음과 오랜 세월 지켜 온 숭고한 정신은 거대함이란 탐욕 아래 허망한 것이 되어 버릴 것을 보았다.

그는 괴로워했다. 언제가 그의 땅을 뒤덮을 절망을 근심하며 하루하루를 슬퍼했다. 그때가 되면 흘려야 할 피와, 사라져 버릴 소중한 것들을 아쉬워했다.

그럼에도 그는 다시 떨치고 일어나 구도했다. 수행했고, 깨달음을 베풀었다. 저마다의 개성을 소중히 여기고, 저마다의 전통을 지켰다. 언젠가 밤이 찾아오고, 먹구름이 밀려들 것임을 알면서도 빛을 베풀기를 게을리하지 않는 태양처럼.

그는 구도를 포기하지 않았고, 수행을 게을리하지 않았다.

하지만.

태양 속에 잠든 어둠은 아니었다. 태양의 찬란함만큼 태양이 품은 어둠은 짙고 깊었다. 그리고 태양 속에 숨은 어둠 또한 그의 일부였다. 그의 근심과 슬픔이 깊어지면 깊어질수록, 어둠 또한 깊고 어두워졌다.

그가 다시 한 번 전생을 경험할 때.

그의 일부였던 어둠이 태양을 벗어났다.

벗어난 어둠은, 태양과 다른 선택을 했다. 어둠은 다가올 재앙을 거부했다. 언젠가 이 땅을 짓밟을 탐욕의 땅을 먼저 징벌하고 짓밟기를 원했다. 그리하여 그의 땅을 탐욕이 넘볼 수 없도록 하고자 했다. 태양에서 뻗어 나온 어둠은 전생을 거듭하며 탐욕의 땅을 멸망케 하고자 했다.

탐욕스러운 땅 위에 세워진 국가를 안에서 몰락시켰다. 밖에서 외적이 침습(侵襲)케 했고, 스스로 싸우도록 분란을 조장했다.

누대를 거친 전생 속에서 이루어진 일이다. 그리고 그 모든 일들은 실패로 돌아갔다.

탐욕의 땅에 세워진 국가를 망하게 한들, 다시 그 땅에 새로운 국가가 세워질 뿐이다. 그리고 그들은 언제고 또다시 탐욕을 품는다.

외적을 통해 탐욕의 땅을 침습케 했지만, 그들 또한 탐욕의 땅에 먹혀 새로운 황조가 되었을 뿐이다. 그리고 탐욕을 품고 뻗어 나갈 뿐이다.

스스로 분란을 만들어 자중지란을 일으켜도 그 결과는 마찬가지다. 제압되거나, 아니면 새로운 황조가 생겨나거나. 결국은 또다시 탐욕을 품는다.

무엇이 무너지든, 무엇이 새로 생겨나든. 탐욕의 땅 위에 선 모든 것들은 거대함이 가진 탐욕 속에 먹혀 버린다. 그저 옛 악이 소실되고, 새로운 악이 생겨나길 반복할 뿐이다.

그러나 어둠은 포기하지 않았다.

끝없는 전생 속에서 새로운 해답을 찾아내었고, 끝없는 기회를 맞이했다. 때로는 분열하고, 때로는 합하며 어둠은 그의 목표를 향해 나아가고 있었다.

"……그러니까. 이게 그 어둠의 근원. 그 황제라는 놈의 정체다. 뭐 이런 겁니까?"

이현은 고개를 삐딱하게 꼬았다.

"너무 유치하지 않아요?"

유치하다.

어둠의 근원이니 나발이니 하는 말부터 유치한 데다가, 하는 짓도 유치하기 짝이 없었다. 무슨 탐욕의 땅이 어쩌고저쩌고 생지랄을 떨어 댄다.

"끌끌끌! 네놈이 수틀린다고 아무나 처죽이고 다닌 건, 안 유치하더냐?"

그런 이현의 지적에 혜광이 기분 나쁜 웃음을 짓는다.

"세상사 유치하지 않은 것이 어디에 있더냐? 유치하게 보면 만사가 유치한 법이고, 숭고하게 보면 만사가 숭고한 법이다. 유치한 것은 어둠의 주인이니 태양이니 하는 것이 아닌 네놈이다."

"지나가는 사람 붙잡고 물어보십시오. 누가 이 이야기 듣고 안 유치하다고 하나."

"끌끌끌! 그 유치한 것한테 처발린 주제에 말은 잘하는구나."

한마디도 지지 않으려는 이현에게 혜광은 거침없이 독설을 날렸다. 육신은 죽고, 남은 것이라고는 염(念) 밖에 없는 노인네가 입담은 더럽게 정정하다.

"처발리긴 누가 처발렸습니까? 비슷비슷했다니까요?"

욱하는 마음에 소리 질러 봤지만.

"끌끌끌. 거짓말도 이쯤 되면 수준급이로다!"

씨알도 안 먹혔다.

"아! 죽여도 다시 살아나는 놈을 뭔 수로 이깁니까! 아니, 설혹 죽였다고 합시다. 그럼? 그걸로 끝입니까? 전생한다면서요! 환생하는 놈은 또 어떻게 죽이고!"

이현도 할 말은 많았다.

당장 황제조차 죽여도 안 죽는다. 하물며, 환생까지 한다고 한다. 이건 숫제 칼로 물 베기다. 아니, 끝이 없는 전쟁이다.

애초부터 말도 안 되는 싸움이다.

"나는 죽었다. 어디 그뿐이냐? 영혼까지 깨트리지 않았더냐. 그래서 너 같은 미치광이가 지금 설쳐 대고 있는 것을."

혜광의 말도 틀린 말은 아니다.

혜광도 어둠의 주인이라는 작자와 맞섰다. 심지어 이기기까지 했다. 어둠의 주인을 죽였고, 그 영혼을 부서트렸다. 그렇게 부서져 떨어져 나간 조각 중에 하나가 이현이지 않은가.

"그래 봐야 전생하면 그만 아닙니까? 그렇게 잘났으면 그쪽이 끝까지 책임지시던가! 왜 저한테 이 난리이십니까?"

그렇다고 이현이 반박할 거리가 없는 것도 아니었지만.

이현의 반박에.

"끌끌끌! 하여간 몸은 이 지경이 되었음에도 성질은 여전하구나……."

혜광은 웃었다.

그리고.

"……왜 망설였느냐."

묻는다.

그 물음을 끝으로 혜광의 잔상이 흐릿하게 사라져 가고 있었다.

이현도 안다. 이제 더는 혜광의 모습을 볼 수 없다. 그의 육신은 이미 죽어 사라졌고, 이현에게 깃들어 남아 있던 염조차 그 힘을 다하였으니까.

그럼에도 이현은 혜광의 마지막 물음에 대답하지 않았다.

대신 물었다.

"그럼…… 제 것은 애초에 없었습니까?"

황제에게서 떨어져 나온 조각일 뿐이라면, 그리고 그가 설계한 계산의 일부였다면.

이현이 지금껏 경험하고 이룬 것은 모두 무엇이었을까.

그러나 혜광은 이현의 질문에 답하지 않았다.

두근!

심장이 뛰기 시작한다.

혜광에게서 받은 미지의 기운이 요동치며 전신을 일깨웠다.

第七章

눈을 떴다.

"……흡!"

고통이 밀려들었다. 정신이 아찔해진다. 황제와의 싸움에서 넝마가 되어 버린 육신은 고통이라는 언어로 온갖 쌍욕을 퍼부어 대고 있었다.

기껏 깨어났더니 고통 때문에 다시 기절할 지경이었다.

그런 이현의 귓가로.

"깨, 깨어나셨다아!"

누군가의 목소리가 들려왔다.

"괜찮으십니까?"

그리고 그가 다가온다. 익숙한 얼굴이다.

"……정만?"

정만이다. 정만의 몰골도 멀쩡해 보이지는 않는다. 어깨를 붙잡고 흔들어 대는 정만의 격렬한 동작에 정신이 어지럽다.

어지러운 시야 속에서 목재로 된 방 안의 모습이 들어왔다.

끼이이이익! 텅! 촤아아아악!

오랜 세월 열리지 않았던 나무문을 열어젖히는 것처럼 시끄럽게 삐그덕거리는 소리가 들려오고, 물살을 가르는 소리가 들려온다. 정신이 혼란스럽다.

'여긴 어디…… 아니, 황제는……!

순간.

두근!

억눌렀던 광증이 다시 치밀었다.

허약해진 육신, 지친 정신을 헤집고 치밀어 오르는 광증은 삽시간에 이현을 집어삼켜 버렸다.

화악!

이현의 두 눈에 혈광이 깃든다.

　　죽이거라. 죽이고 또, 죽이는 것. 그것이 너의 사명이
　니.

황제가 했던 그 말이 심연 깊은 곳을 파고들었다.

이현은.

홱!

정만의 목줄을 뜯기 위해 손을 뻗었다.

                    *   *   *

"말하세요! 어떻게 된 일이죠?"

두 손을 허리에 척하니 얹은 청화의 두 눈에는 쌍심지가 켜져 있었다. 항상 웃는 낯에, 이현을 제외하면 모든 이들에게 친근하고 친절했던 청화의 모습은 지금 이 자리에 없다.

초주검 상태가 되어 돌아온 이현을 확인한 직후부터, 도주를 위해 해적들의 배에 올라탄 지금까지 줄곧 이런 상태다.

이현이 다쳤다.

그것이 청화를 화나게 만들었다.

"그러니까 그게……."

옥분이라고 할 말이 있을 리 없었다.

이현이 정신을 잃은 상황이다. 어디서 어디까지 청화에게 이야기해야 할지 막막했다.

그렇게 갈등하는 사이.

"깨어나셨다아!"

건너편 선실에서 정만의 목소리가 들렸다.

그것은 난감한 상황에 처한 옥분에게 있어서는 구원의 목소리나 다름없었다. 청화가 뒤도 보지 않고 뛰어나갔으니까.

"사질아!"

그 목적지가 어디인지는 굳이 생각할 필요도 없었다.

이현이 있는 선실이다.

"아! 이런, 나도 이럴 틈이……."

옥분도 그 뒤를 급히 따랐다.

그 또한 이현이 걱정되는 것은 마찬가지다. 의식을 되찾은 이현의 상태를 직접 두 눈으로 확인하기도 해야 했다.

벌컥!

앞서 달려간 청화가 문을 열었다.

그리고.

"……."

침묵했다.

"려, 련주님 그만하십시오!"

"……큽! 비켜 이 자식아."

정만이 이현을 말리고 있었다. 그럼에도 이현은 정만의 만류를 떨쳐 내며 성치도 않은 제 몸에 칼을 꽂아 넣고 있었다.

선실은 이미 이현이 흘린 피로 흥건하게 젖어 있었다.

　　　　＊　　　　＊　　　　＊

　황제의 명을 거절한 반작용 때문이었을까. 아니면, 부실해
진 육신 때문이었을까. 그것도 아니면, 지친 정신 때문이었을
지도 모른다.

　아니, 이유는 아무래도 상관없다.

　광증이 치민다. 황제가 곁에서 지켜보고 있는 것만 같다. 그
의 말을 따르지 않으면 모든 것이 끝나 버릴 것만 같은 공포
가 밀려든다.

　그럼에도 따르기 싫다.

　광증에 휩쓸리기 싫다. 광증에 먹혀 버리는 순간 그 결과가
어찌 될 것인지는 너무나 잘 알고 있었다. 전부 죽는다. 황제
가 원하는 대로 미친놈처럼 눈에 보이는 건 전부 죽이며 날뛰
게 될 것이다.

　갑작스런 광증에 휩싸여 정만의 목줄을 틀어쥐던 순간 이
를 깨달았다. 그리고 이현은 제 몸을 해치는 것 말고는 광증에
서 벗어나는 다른 방법을 알지 못했다.

　그래서 제 몸을 찔렀다. 청수진인이 그에게 남긴 청극검으
로 수없이 제 몸을 찔러 댔다. 고통으로 정신을 일깨웠다. 그
럼에도 잠시 뿐이다. 순간 치밀었던 고통이 밀려 나갈 때면, 다
시금 피를 향한 갈증이 찾아온다.

점점 광증에 먹혀 들어가고 있음이 온몸으로 느껴졌다.

정만이 뜯어말리고, 뒤늦게 찾아온 옥분이 뜯어말렸음에도 제 몸을 해치는 것을 멈추지 않은 건.

두려워서였다. 잠깐이라도 멈추면 그땐 정말 광증에 먹혀 헤어나지 못할 것만 같았으니까.

그때였다.

"그만해. 아프잖아."

여린 손가락이 이현의 머리를 끌어안았다.

미친 듯 제 몸을 찌르던 이현의 손을 잡아 주었다. 그리고 눈물이 그렁그렁한 눈동자가 광기로 번들거리던 이현의 두 눈에 담겼다.

'쥐똥 같은 년이······!'

청화다.

청화는 이현을 보며 울고 있었다.

주제에 어울리지 않게 어른스러운 표정을 지어 보인다. 등을 토닥이고, 상처를 어루만진다.

"고생했어. 괜찮아. 이제 아파하지 않아도 돼. 지금까지 네가 날 챙겨 줬으니까······ 이제 내가 널 치료해 줄게. 그러니까 아파하지 마."

속삭이듯 다독인다.

피식.

웃음이 나왔다. 제까짓 것이 뭐라고.

거짓말처럼 모든 것이 별것 아닌 것처럼 느껴졌다.

"지랄하네. 야 쥐똥! 나 잘 테니까. 건드리지 마라?"

모든 것이 별거 아닌 것처럼 느껴진 순간, 잠이 왔다.

잠을 잤다. 황제를 걱정하지도 않았고, 광증을 걱정하지도 않았다. 그냥 잤다. 아프지도 않았고, 춥지도 배고프지도 않았다.

이따금씩 머리를 쓸어 넘기는 청화의 손길과,

"이씨 쥐똥 아니라니까!"

투덜거리는 목소리, 그리고 노려보는 시선이 느껴졌지만.

개의치 않았다.

*   *   *

황태자는 죽었고, 이현은 도망쳤다. 황실과 무림. 중원에 존재하는 거대한 두 집단 간의 전쟁을 주도하던 두 사람이 사라져 버렸다. 그리고 다시금 권력을 잡고 정면으로 부상한 황제까지. 그것은 곧 혼란을 의미하고 있었다.

황실군과 무림. 양측은 하던 전쟁까지 멈추어 버렸다.

전쟁을 계속해야하는 것인지, 아니면 이대로 유야무야 전쟁을 종결시켜야 하는 것인지. 그들은 스스로도 해답을 내리지 못하고 있었다. 아니, 누구의 명령을 들어야 하고 누구의 판단을 믿어야 하는 것인지조차 알지 못했다.

그런 상황에서.

새로운 태풍의 핵으로 부상한 황제가 나섰다.

　　죽여라. 이 땅에 무림을 말살시켜라. 다시는 한낱 야
　　인 따위가 황실은 넘보지 못하도록 전초제근(剪草除
　　根)하라.

그 말에 다시금 전쟁이 시작되었다. 잠시 멈추었던 포성이 사방에서 울려 퍼졌고, 창칼을 든 병사들은 무림인을 향해 달려들었다.

지금까지처럼.

황실은 무림을 치고, 무림은 황실에 맞선다.

세인들은 그것으로 모든 것이 끝난 것이라 생각했다. 하지만 아니다. 그건 단지 황제가 원하는 바를 이루기 위한 하나의 단계에 불과했다.

*　　　*　　　*

다시금 재개된 황군의 맹공.

이현만 믿고 버티던 무림인들의 입장에서는 불행을 의미했다. 이미 밀릴 대로 밀린 마당이다. 더 이상 물러설 곳도 없다.

그럼에도 황군이 보유한 화포 때문에 반격조차 여의치 않은 상황.

그야말로 최악이다.

수적과 해적의 전력이 무사히 남아 있고, 이현 또한 복귀하고 있다지만 그건 전혀 위로가 되지 않는다. 눈앞에 무림의 멸망이 다가오고 있음을 그들은 피부로 느꼈다.

정과 사.

양 진영을 대표하는 도왕 팽호세와, 산적왕 양자호의 입장에서도 작금의 상황이 절망적이긴 마찬가지였다.

그럼에도 살아야 했다.

지금까지 직접적인 전투를 피하며 물러서기를 거듭했던 그들도, 이제 대응을 달리해야 함에 공감했다.

그리하여 한자리에 모였다.

무림의 멸망을 막기 위해 그 두 사람과 휘하의 군사진은 며칠 동안 밤낮을 가리지 않는 강행군 속에서 새로운 작전을 구상하고 있었다.

그러던 어느 날이다.

"저…… 도왕 님."

수하들 중 하나가 도왕을 찾아왔다.

"지급으로 온 서찰입니다."

그리고 서찰을 건넸다. 제법 두툼하다.

"잠시만 시간을 내주게."

도왕은 양자호의 양해를 구하고, 수하가 건넨 서찰을 받았다.

"어디에서 온 것인가? 련주인가?"

"아닙니다. 알기로는 간저패에서 보낸 것이라 합니다."

"간저패에서?"

간저패라는 이름에 도왕의 얼굴에 의문이 떠올랐다.

도왕이라고 간저패를 모르지 않다. 황실과의 전쟁이 시작된 이후 간저패의 이름은 수없이 들어 왔었다. 그도 그럴 것이 이현의 직속 정보 부대이기도 했고, 이현의 비호와 사도련의 지원 아래에서 급성장한 흑도방파로 흑도에서는 흑점과 하오문에 버금가는 삼대 정보 집단 중 하나였으니까.

그러니 낯설지는 않다.

다만 의아한 것은, 간저패에서 직접 정보를 전해 주었다는 것이다. 지금까지 간저패는 주로 사도련의 군사부를 통해서 정보를 보내 왔을 뿐, 이렇게 도왕에게 직접 서찰을 보내는 경우는 없었다.

스륵.

도왕은 마음속에 이는 의문을 감추고 간저패가 보내왔다는 서찰을 꺼내 읽어 내려갔다.

"……흠……!"

도왕의 입에서 신음이 흘러나왔다.

두툼한 서찰을 읽어 가는 속도가 점점 더 빨라졌고 그럴수록 도왕의 표정은 어두워져만 갔다.

"심각한 사항이오?"

그 모습에 양자호가 질문을 던져 왔지만.

"……아니, 아무것도 아닐세."

도왕은 고개를 저었다. 아무것도 아니라 답했음에도, 대답을 마친 그는 이를 악물고 있었다. 서찰을 쥔 손에 힘이 들어간다.

그리고.

"저…… 산적왕 님?"

"무슨 일이냐?"

"간저패에서 산적왕 님께 서찰을 보내 왔습니다."

양자호에게도 간저패에서 보낸 서찰이 당도했다.

"잠시만 다녀오겠소이다."

양자호가 도왕의 양해를 구하고 자리를 비웠다.

그리고.

화륵!

그 틈에 도왕은 손에 쥔 서찰을 삼매진화로 불태워 버렸다.

"왜 하필 이 때에……."

그리고 혼잣말로 중얼거렸다.

"제아무리 은원으로 얽히고설킨 것이 강호라지만……."

도왕은 눈을 질끈 감았다.

눈을 감았음에도 불태워 버린 서찰 안에 적힌 내용은 오히려 더욱 또렷하게 눈앞을 어른거렸다.

팽가의 성을 가지고 태어났다고 무적은 아니다. 대개 강호에서 고수 소리 듣고 사는 이들이지만, 그 고수 소리를 듣기 위해서는 최소 나이 스물은 되어야 한다. 아니, 나이 스물이 되고, 고수가 된다고 해도 죽지 않는 것은 아니다.

서찰 안에 적힌 것은 그간 죽어 간 팽가의 성씨를 가진 식솔들에 대한 정보였다. 그리고 그건 팽가에서도 파악하지 못한 채 미제로 남은 것들이기도 했다.

그중 하나.

팽후용.

사망 당시 나이 스물다섯.

경위. 삼림무관 몰살에 실전된 천존여휘공(天尊餘暉功)이 연관되어 있음을 확인, 이를 추적, 확보하던 중 요도문과 마찰. 직후 요도문의 합공에 의해 사망.

특이사항.

도왕 팽호세의 차남.

"……후용아……!"

아주 오래전. 도왕이 가슴에 묻어 둔 둘째 아들의 죽음에 관한 사안이었다. 당시 무림맹에 복무하던 팽후용은 강남의 삼립무관 몰살 사건을 조사하기 위해 파견되었었다. 그리고 거기서 삼립무관주가 죽기 전 천존여휘공 습득 사실을 확인하고 삼립무관의 몰살 원흉과, 사라진 천존여휘공을 추적하던 중 사망한 일이 있었다.

범인은 찾지 못했다. 거리도 멀었고 당시에는 강남 자체가 사도련의 영역이기도 했으니까. 더불어 팽후용의 죽음이 확인되었을 때에는 이미 시간이 지나 시체도 부패할 대로 부패한 상황이었다. 그래서 평생 자식을 죽인 범인조차 알지 못한 채 가슴에 묻고 살아왔다.

그런데 이제 와서 그 범인이 밝혀졌다.

심지어 요도문에서 행한 일이라고 했다.

요도문이라면 사도련에 속한 문파이며, 동시에 현재 양자호가 이끄는 사파 무인 진영에서 함께 황군과 맞서고 있는 문파이기도 했다.

개인. 한 가문의 복수.

그리고 눈앞에 펼쳐진 황군과의 싸움.

갑자기 찾아온 진실에 팽호세는 쉽사리 마음을 다잡지 못하고 있었다.

그리고 그때.

"⋯⋯늦어서 미안하오."

양자호가 걸어 들어왔다.

두 눈에 붉게 핏발이 선 그는 팽호세 앞에 자리해 앉으면서도 쉽사리 흥분을 감추지 못하고 있는 모습이었다.

'이 자도⋯⋯!'

직감했다.

양자호 또한 팽호세와 같이 간저패에서 보낸 서찰을 받아보러 갔었다. 그 서찰 안에는 양자호가 알지 못했던 원한 관계가 적혀 있었을 것이 분명했다.

푸드드득!

무림인 측 진형에 수백 마리의 전서구 떼가 바쁘게 내려앉았다.

모두 간저패에서 보낸 것들이다.

＊　　　＊　　　＊

갑자기 밝혀지는 진실.

그 진실 속에서 무림 측은 혼란에 빠져들고 있었다.

팽호세와 양자호가 뒤늦게 정신을 수습하고 간저패로부터 발신되는 모든 정보와 서찰을 차단하려 나섰지만, 때는 이미 늦은 지 오래다.

이미 많은 이들이 간저패로부터 발신된 서찰을 받았다. 그리고 그 사실은 암암리에 무림인 진영 전체로 번져 가고 있었다. 언제 터질지 모르는 화약고다.

서로가 서로의 눈치를 살피기 바쁘다. 등을 맡겨야 할 동지가, 언제 등을 찌르는 적이 될지 모를 상황이다. 황군에 맞선 조직적인 작전을 계획하기는커녕, 당장 스스로의 안전조차 보장할 수 없는 상황이 되어 버렸다. 누구 하나가 칼을 뽑고 나서는 순간, 무림 측 진영의 결속은 와해되고 아비규환이 펼쳐질 것은 불 보듯 당연한 일이었다.

그러나 혼란은 무림인들에게만 찾아온 것이 아니었다.

세를 규합하며 뭉치던 북방의 오랑캐들이 장성을 넘었다. 그 소식이 무림인들과 맞서던 황군에게 전해지기까지는 그리 오랜 시간이 걸리지 않았다.

병사들을 지휘하는 장수들의 근간은 북경을 비롯한 중원 전역이다. 그리고 병사들의 삼분지 일은 국경 지대에서 차출되고 징병된 이들이다. 당연히 불안할 수밖에 없다. 병사들은 아직 외란이 들이닥치지 않은 이곳에 있었지만, 그들의 가족과

친지들은 외란이 시작된 고향에 있었으니까.

그리고.

"굳이 이 방법 밖에 없단 말씀이십니까?"

흔들리는 건 병사들뿐만이 아니었다.

"폐하께서 원하시는 일이시다. 네 상관이 폐하를 외면하고 황태자를 따른 것은 명백한 사실이니. 선택하라. 역적이 되겠는가. 아니면 폐하의 신하가 되겠는가."

장수들은 은밀히 손님을 맞이하고 있었다.

각 군을 이끄는 장수들을 은밀히 찾아온 손님은 회의였다.

회의는 선택을 강요했다. 상관을 배신할 것인지, 아니면 황제의 명을 거역하고 역적이 될 것인지를.

답은 오로지 두 가지뿐인 선택지를 내미는 회의의 얼굴은 무심하기만 했다.

"폐하께서 모두를 용서할 수는 없는 일이다."

그리고 돌아섰다.

대답은 들을 필요도 없었으니까.

"……"

남겨진 장수는 굳게 입을 다문 채 그의 앞에 놓인 명부를 노려보았다.

황제가 죽이라 명한 이들이다.

그중에는 그의 상관도 있었고, 또 다른 군영의 동료들도 있

었다. 따르지 않으면 역적이 되고, 따른다 해도 성공을 장담할
수 없다.

쉽지 않은 선택이다.

장수는 밤이 깊도록 고민을 떨치지 못했다. 그리고 그 사이,
회의는 다른 장수들을 찾아갔다. 서로 다른 이름이 적힌 명부
를 그들에게 쥐어 주며 선택을 강요했다. 그것들은 모두 황군
이 서로가 서로를 향해 창칼을 겨누도록 종용하는 명부였다.

* * *

"전하였느냐."

"예. 스승님."

오랜만에 되찾은 옥좌에 앉은 황제의 물음에 회의는 고개
를 숙이며 답했다.

"혼란스럽겠군."

"그렇게 보였습니다."

"그래. 그렇겠지. 이제 준비는 끝났으니 돌을 던지면 되겠구
나. 허면, 잠잠했던 호수에도 파도가 일 테지."

황제는 흡족해 했다.

부러 스스로 황제의 자리에서 물러났고, 또 스스로 황제의
자리를 되찾았다. 그리하여 이름뿐인 황제가 되었고, 죄 있는

신하들을 만들었다.

절대 권력을 가져서는 안 된다. 이름뿐인 황제가 되어야 했다. 그래야만 고심하고, 혼란해한다. 서로 다른 선택을 할 것이고, 그것이 또 다른 혼란을 만들어 낸다.

"지금도 하루에 수천의 상소가 올라온다. 파도가 들이닥치면 그땐 또 얼마나 많은 상소가 올라올지 궁금하구나."

북방 지역은 이미 외적의 침입으로 혼란스러워진 지 오래다.

그 침임을 주도하는 것은 황제의 조각들이다.

누군가는 오랑캐의 장수로, 또 누군가는 지도자, 영적 주술사, 그리고 족장의 여인으로.

이 모든 상황을 주도하고 있다.

스스로의 정체를 아는 자도 있고, 모르는 이들도 있다.

상관없다.

중요한 것은 결과였으니까.

"수백 번의 환생을 거듭하며 나는 이 땅을 몰락시키기 위해 노력하였다. 허나, 모두 소용없는 짓."

여인으로 태어나 황제를 홀리고 나라를 망국으로 이끌었다. 하지만, 곧 역모가 일어나고 새로운 황제가 탄생했을 뿐이다. 아니면, 새로운 국가가 탄생하거나.

황제가 되어 나라를 망국으로 이끌어도 마찬가지다.

오랑캐의 수장을 부추겨 이 땅을 휩쓸고 차지해도 마찬가지였다. 북방의 오랑캐 또한 이 땅의 국가가 되어 흥망하였을 뿐이다.

무림을 뒤흔들기도 했다. 그러나 그 또한 그리 오래가지 못했다. 무수한 실패를 맛보았다.

그리고 깨달았다.

무엇 하나만으로는 이 땅을 파멸로 이끌 수 없다.

"만인과 싸우고, 만인을 경계하게 만들어야 한다. 누구도 믿지 못하게 해야 할 것이고, 누구도 마음 놓게 해서는 안 된다. 진실도 거짓도 알지 못한 채 스스로 싸우고 분열하고 자멸하여야 한다."

만인이 만인의 적이 된다. 고대로부터 이 중원의 땅이 타국을 짓밟고, 탐욕을 드러내지 못하였던 적은 단 한 번뿐이다.

분열. 이 거대한 땅이 조각조각 찢어져 서로를 헐뜯고 싸우는 데에만 집중하던 때. 그때는 외부로 탐욕을 드러내지 못했다. 그러니 그렇게 만들어야 했다. 영원토록 하나가 되지 못한 채 분열하도록 말이다.

오랑캐의 침입도, 국가의 몰락도, 무림과의 싸움, 무림 간의 싸움까지. 그것이 황제가 오랫동안 실패를 거듭하며 준비해 온 계획이었다.

그리고 이제 준비가 끝났다.

"그 아이는…… 아직도 못 찾았느냐?"

그러나 그 전에 신경 쓰이는 것이 있었다.

황제의 물음에 회의는 고개를 숙였다.

"해적들의 배를 타고 도주했음을 확인했습니다."

황제가 묻는 이는 이현이었다.

이현은 지금껏 황제가 구상해 왔던 모든 판을 만들어 주었다. 하지만, 끝끝내 그는 복종을 거부했고 사명을 외면했다.

"쓸 수 없다면…… 폐기해야겠지. 굳이 후환을 남겨 둘 필요는 없으니."

황제가 말했다.

"곧 손쓰도록 하겠습니다."

그 말에 회의가 움직였다.

*　　　*　　　*

"이게…… 무슨!"

도왕은 황망해 중얼거렸다.

"……그러게 말이오."

산적왕 양자호도 황망하긴 마찬가지다. 곁에서 고개를 끄덕이는 그의 얼굴에는 웃지도 울지도 못할 그의 감정이 고스란히 남아 있었다.

"죽어!"

"죽어라! 이 원수!"

눈앞에 한바탕 싸움이 일어나고 있었다. 칼 든 무인들이 서로를 향해 살기를 내뿜는다. 피가 튀고 살이 튄다.

기어이 벌어졌다.

자중지란. 눈앞의 황군을 두고도 원한을 참지 못하고 결국 싸움이 벌어졌다. 시작이 누구였는지는 도왕도 기억나지 않았다. 그저 누군가의 비명성이 울리는가 싶더니, 이내 무인들은 기다렸다는 듯 저마다 칼을 뽑아 들고 서로를 향해 겨누었다. 그리고 싸웠다.

어쩌면 예견된 일이었다.

지금 여기에 모인 무림인 대부분이 무림을 공격하기 시작한 황군에 맞서기 위해 집결한 이들이었다. 그리고 그만큼 무림연합은 급조된 결합이었으니까.

시작부터 서로 간의 원한과 해묵은 감정들을 안고 있었다.

다만, 그것을 이현이라는 대적 불가의 절대자가 힘으로 찍어 눌렀다. 그러고도 모자라 정파는 도왕이, 사파는 산적왕이 이끄는 것으로 결정되고 나서야 갈등은 어느 정도 완화될 수 있었다. 그마저도 눈앞의 황군이란 거대한 적이 있었기에 표면적인 문제로 드러나지 않았을 뿐이다.

하지만 그 이현이 황제의 배신에 의해 패배했다. 황제의 추격을 피해 도망치고 있다는 소식은 이미 모르는 이들이 없다.

거기에.

간저패에서 보내온 밝혀지지 않고 있었던 원한이 더해졌다. 그 원한은 단순히 정사 간의 원한이 아닌, 사파와 사파 간의, 정파와 정파 간의 원한 역시 복잡하게 얽힌 것들이다.

복잡하게 얽힌 원한이 단순한 정사마의 대립에서 그치지 않게 된 순간.

정파를 이끄는 이가 도왕이고, 사파를 이끄는 이가 산적왕이라는 사실은 더 이상 갈등 완화에 어떠한 도움도 될 수 없었다.

그러니 자중지란이야 이상할 것도 없다. 도왕 또한 개인적인 원한을 억누르면서도, 이 사태를 예견했으니까.

다만, 황군을 앞에 두고 이런 자중지란이 일어났다는 것에 안타까울 뿐이었고, 불행할 뿐이다.

"허……! 이걸 무어라 해야 할지 모르겠네."

헌데도 도왕이 황망하다 못해 황당함을 느끼고 있는 것은.

"그러게 말이오. 우리야 그렇다 치지만……."

무림의 자중지란은 곧 황군의 기회다.

조직적인 대응도, 명령 체계도 소용없어진 무림 측 진영은, 황군에게 그야말로 손쉬운 사냥감에 불과했으니까.

실제로 자중지란이 벌어지는 순간 도왕은 두 눈을 질끈 감았다. 황군이 이 기회를 놓칠 리 없었으니까. 곧 닥쳐올 황군의 총공격을 예상했다.

헌데.

"저것들은 대체 왜 싸우는 것이오?"

"낸들 알겠는가."

양자호의 물음처럼 결정적인 기회를 맞이한 황군은 도왕이 예상했던 총공격은커녕, 자기들끼리 치고받기 바쁘다.

하나로 똘똘 뭉쳐 군진을 짜고 있던 황군은 저마다 갈라진 채 서로를 향해 창칼을 겨눈다.

이렇게 되니 졸지에 무림 측 진영은 결정적인 약점을 드러내고도 꿰다 놓은 보릿자루 신세가 되어 버렸다.

양자호와 팽호세가 지금 이 상황에 울지도 웃지도 못하고 있는 이유이기도 했다.

"아깝구만그래."

도왕은 고개를 절레절레 저었다.

이럴 줄 알았으면. 아니, 무림 측 진영에 자중지란이 조금만 더 늦게 일어났었더라면, 결과는 달라졌을 것이다.

어쩌면 이 기회에 그들을 압박했던 황군을 향해 제대로 한 방 먹여 줄 수 있었을지도 몰랐다. 하지만 이미 자중지란은 일어났고, 상황은 돌이킬 수 없는 지경으로 번져 갔다.

팽호세가 몸을 돌렸다.

"어쩌시려는 것이오?"

양자호가 물었다.

그 또한 이미 상황이 그의 힘으로 어떻게 할 수 없는 지경임을 인지하고 있었다.

"이제 내가 할 수 있는 일이 없지 않은가."

도왕 또한 그가 할 수 있는 일이 더 이상 남아 있지 않음을 알고 있었다.

"내가 신마의 제의를 거절치 못하고 이 자리에 앉은 것은 명예욕 때문이 아니었어. 그저 황군을 향한 복수와, 정도의 무인들을 지키기 위해서였네. 헌데, 이젠 다 부질없는 일이 되어 버렸잖은가."

황군은 스스로 싸운다. 그렇다고 도왕이 그들을 공격할 수 있는 환경이라고는 할 수 없다. 지금 그가 팽가의 식솔들을 이끌고 황군을 향해 달려드는 것은, 거대한 바다에 조약돌 하나 던지는 것과 다를 바 없다. 파도에 휩쓸려 어디로 갔는지, 흔적도 없이 파묻혀 버릴 것이다.

그렇다고 남아서 정파의 무인들을 지킬 수도 없다. 어차피 지금은 그들끼리 얽힌 은원으로 싸우고 있는 마당이다.

도왕이 개입하여 중재할 수 있는 상황이 아니다. 그럴 만한 힘도 없다.

"여길 떠나려 하네."

도왕은 이미 다음을 예견하고 있었다.

언제고 이 자중지란은 끝날 것이다. 그럼에도 은원은 새롭게 엮일 것이고, 그것은 황군 또한 마찬가지다.

서로 누가 적인지 아군인지 모를 아비규환 속에서 그저 발버둥 칠 것이다. 황군과 무림이 싸우고, 황군은 황군과 싸운다. 무림은 또 무림끼리 싸울 것이다. 그야말로 명확한 적도 아군도 없는 아비규환이다. 설혹, 마지막까지 살아남는다 해도 그 끝은 상처만 남아 있을 것이다.

그러니 떠나기로 했다. 더 이상 이 혼란에 휩쓸리기 싫다. 사실상, 무림 연합은 와해된 것이나 다름없었으니까.

미련 없이 떠나겠다고 밝힌 도왕의 모습에 양자호의 눈이 흔들렸다.

"도왕께서도 이 자리에 은원이 있는 것 아니었소?"

양자호가 간저패의 서찰을 받았듯, 도왕 또한 간저패의 서찰을 받았다.

지금 이 자리에 일어난 자중지란의 원인처럼.

도왕이 받은 서찰 안에도 은원이 가득할 것이다.

그런데도 미련 없이 이곳을 떠나겠다는 도왕의 결정은 양자호에게 적지 않은 충격이었다.

이미 누가 적이고, 아군인지 분간할 수 없는 이 상황은 오히려 도왕 개인에게는 이득이었다. 도왕이라 불릴 만큼 무위를 갖춘, 그리고 팽가라는 강력한 식솔들을 이끄는 팽호세에게 있어 은원을 풀기에 지금 만큼 좋은 자리는 없었으니까.

그 물음에.

"살아 있으면 언제고 갚지 않겠는가."

도왕은 웃었다.

더불어 흘깃 눈앞에서 얽혀 싸우고 있는 무림인들을 향해 시선을 던지며 고개를 저었다.

"그리고 지금은 굳이 내가 나서 은원을 풀 필요도 없을 것 같군그래."

어차피 서로가 서로를 향해 칼을 겨누고 있는 실정이다. 그 속에는 팽가와 은원이 얽힌 이들도 있다.

그러니 굳이 아비규환 속으로 뛰어들 필요는 없다.

양자호는 다시 물었다.

"허면…… 어디로 가실 생각이시오?"

도왕은 스스로 은원에서 한발 물러서고 떠나기로 했다.

그것이 단순히 이 아비규환 속으로 뛰어들기 싫다는 이유에서만은 아닐 것이다.

"다음을 생각해야 하지 않겠는가. 진정한 의미의 은원을 해결하기 위해서는 말일세."

그런 양자호의 짐작이 틀리지 않았음을 도왕은 담담한 목소리로 밝히고 있었다.

도왕의 시선이 동쪽으로 향했다.

"신마를 찾아갈 생각일세. 결국 은원의 끝은 그에게 있을 테니."

도왕이 듣기로 이현은 해적들의 배를 타고 도주 중이라고 했다. 어디가 그 목적지인지는 모른다. 그러나 찾아갈 생각이었다.

자식의 죽음도, 가문에 얽힌 은원도. 결국 그 진정한 끝을 판가름하는 열쇠는 이현에게 있다는 것이 도왕의 생각이었다.

다만, 그럼에도 걱정되는 것이 있다면…….

'간저패는 어찌하여 이 소란을 자처한 것인가!'

예상치 못한 간저패의 행동 때문이었다.

은원이라는 화약고 위에 결성된 무림 연합이다. 그리고 간저패는 고작 서찰 하나로 무림 연합 아래에 묻어 둔 화약고에 불을 붙였다.

이현의 직속 정보 단체로, 이현의 비호 아래에서 급성장해 온 간저패이니만큼 그 충성심이 얼마나 강한지는 팽호세도 능히 짐작할 수 있을 정도다.

그런데 그들이 왜 이런 결과를 초래할 행동을 한 것인지 팽호세는 좀처럼 납득할 수 없었다.

'혹, 신마도 이것을 원했던가.'

잠깐 의심도 들었다.

하지만 이내 웃으며 고개를 저어 의심을 털어 냈다.

"그럴 리야 없지 않은가."

이현은 도왕에게 항상 온전한 적도, 온전한 아군도 아니었다. 어쩌면 둘은 항상 가장 애매하고 가장 위험한 관계로 엮여 있었다.

어쩌면 그래서 가장 믿을 수 있는지도 몰랐다.

애매하고 위험한 관계.

그렇기에 더욱 촉각을 곤두세우고 지켜보아야 했던 이현이다.

그리고 도왕이 그렇게 지켜봐 온 이현은.

그럴 사람이 아니었다.

적이면 적이고, 아군이면 아군이다. 세상에서 이현만큼 적아의 구분이 확실한 사람도 찾기 어려울 지경이었으니까.

'헌데 어찌하여.'

그럼에도 여전히 풀리지 않는 의문은, 역시나 무림 연합의 와해를 초래한 간저패의 행동이었다.

*　　　*　　　*

어려서부터 학문에 뜻을 두었다. 기울어 가는 가세를 다시 일으켜 세우기 위해서는 학문을 익히고, 과거를 통해 관리가 되는 것이 가장 확실한 것이라 믿어 왔으니까.

그러나 끝끝내 과거를 통과하지 못했다.

가산은 탕진했고, 그 하나만 보고 모든 것을 희생해 온 가족들을 볼 면목이 없었다.

차마 발걸음이 떨어지지 않아 집으로 돌아가지 못했다.

사람의 인생이란 얄궂은 것이었다. 면목 없어 집도 돌아가지 못하는 낙방 학사가, 졸지에 흑도에 발을 들이게 되었다.

누구도 알아주지 않는 낙방 학사의 아둔한 머리를, 공명의 재림이라도 되는 듯 인정해 주는 이를 상관으로 두었다.

그 상관이 인근을 손에 쥔 흑도패의 두목이었다. 얼결에 흑도패의 이인자가 되어 버렸다. 그것도 모자라, 얄궂은 인생은 이제 그 흑도패를 천하에서 세 손가락에 꼽히는 거대한 조직으로, 그를 그 거대한 조직의 이인자로 만들었다.

낙방 학사가 중원 삼대 왈패의 이인자라니, 어디 가서 자랑도 못 할 이야기다. 하지만, 과거처럼 어디 가서 무시당할 만한 입장도 아니다.

"……."

푸드드득!

네 마리 전서구가 저마다 다리에 붉은 색 서찰을 매단 채 하늘을 날았다.

탁.

문을 닫은 대두는 잠시 머릿속을 떠도는 상념을 접었다.

화륵.

그리고 그의 탁자 위에 있는 모든 서류를 불태웠다. 미리 준
비해 둔 화로의 불길은 탐욕스럽게 서류 뭉치를 집어삼켰다.

이제 모든 준비는 끝났다. 아니, 그가 할 수 있는 모든 일은
끝이 났다고 말하는 편이 나을지도 몰랐다.

그렇게 모든 서류를 불태운 대두는 그제야 그의 집무실을
나섰다.

그가 향한 곳은 그의 수장. 한낱 낙방 학사를 공명의 재림
이라 믿고 이인자의 자리를 내준 간저의 집무실이었다.

끼이이익!

지하에 자리 잡은 탓인지, 순 사내들만 머무는 곳인 탓인지
명색에 간저패의 대장이라는 간저의 집무실 꼴이 말이 아니다.

문 하나 여는 데 온 신경을 긁어 대는 비명성이 들리는 것을
보면 말이다.

"곧 애들 보고 손보라고 하⋯⋯!"

밑에 있는 애들 닦달해 경첩에 기름칠이나 좀 하라고 시킬
심산이었던 대두는 들어서던 문 앞에서 멈춰 섰다. 말도 멈추
었다.

비명을 지르는 문틈에 선 대두의 시선은 정면을 향하고 있
었다.

"쿨럭! 이씨⋯⋯! 젠장! 뭘 멍하니 보고 있어. 어서 도망⋯⋯

쳐 이 대가리 큰 놈아!"

간저가 그렇게 이야기하고 있었다.

그의 두툼한 뱃살에는 칼이 박혀 있었다. 뱃살을 파고든 검은 기형적으로 크고 두툼했다.

이미 한바탕한 것이 분명했다. 아니, 간저가 이미 한바탕 당한 것이 분명했다. 찔린 복부는 물론, 온몸에 상처가 가득했고 선홍빛 핏물이 간저의 집무실 바닥을 적시고 있었으니까.

그리고 그런 간저의 배를 찌른 범인은.

"⋯⋯장한곤⋯⋯."

장한곤이었다.

"지부는 왜 옮기셨습니까? 덕분에 찾아오는 데 제법 시간이 걸렸습니다."

간저의 복부를 찌른 장한곤은 대두를 바라보며 웃었다.

그리고 그 모습에.

"이, 이건⋯⋯!"

대두의 동공이 굳었다. 혓바닥도 굳어 버렸는지 말도 제대로 나오지 않는다.

공포로 잠시 경직되었던 대두는 이내 소리쳤다.

"야, 약속이 다르지 않습니까! 시키는 대로 하면 대장은 살려 주시기로 하셨잖습니까!"

＊　　＊　　＊

아주 오래전에 이루어진 약속이었다.

그가 간저의 눈에 들어 졸지에 팔자에도 없던 흑도에 발을 들이고 간저패의 이인자로 앉은 지 몇 년이 지나지도 않았을 때.

약속은 그때부터 시작되었다.

복면을 쓴 두 명의 무인과 함께 장한곤이 찾아왔었다. 아니, 대두가 그들에게 납치당했었다.

당시 간저패는 도박장의 일로 인해, 등도촌에서 그리 멀지 않은 무림방파와 갈등이 있었다. 그 집 장남이 간저패가 운영하던 도박장에서 돈을 잃고 강짜를 부리면서 생긴 갈등이었다. 일반적이었다면, 간저패가 먼저 숙이고 들어갔어야 할 일이었다.

하지만.

납치당한 대두는 보았다. 불과 하룻밤 사이에, 문파 하나가 몰살당하는 모습을 말이다. 그것도 고작 장한곤이 대동한 복면을 쓴 무인 둘의 손에 의해서 일어난 일이다.

불과 한 시진. 아니, 어쩌면 그보다 짧았을지도 모른다.

그들은 너무나 쉽게 무림방파 하나를 몰살시켰다.

눈앞에 벌어진 충격적인 참상과, 그들이 보여 준 압도적인 무위에 대두는 위축되었다.

그런 대두에게 장한곤이 말했다.

　안녕하십니까. 장한곤이라 합니다. 이건 선금입니다.
앞으로 제 부탁을 들어주실 분이니 이 정도는 해 드리
겠습니다.

그리고 요구했다.

　무당파에 이현이라는 자가 있습니다. 그를 도우십시
오. 자연스럽게. 이현이라는 자도 스스로 알지 못할 만
큼 은밀하게 말입니다. 아시겠습니까?

대두는 그때 이현이라는 이름을 처음으로 들었다.

　……왜?

당연히 의문이 들었다.

하지만 그 의문은 이내 이어진 장한곤의 말에 막혀야만 했
다.

의문을 갖지 마십시오. 그저 시키는 대로만 하시면 그만입니다. 오늘 이 만남을 누구에게도 발설하셔서는 안 됩니다. 우리끼리만 아는 비밀로 하겠습니다. 그럼…… 살려 드리지요. 당신도, 당신이 따르는 그 간저라는 자도 말입니다.

살려는 주겠다.

일방적인 요구였지만, 대두는 확신했다. 살려 준다는 그 약속 말고는 장한곤에게서 아무것도 얻을 수 없다는 것을.

그 순간 대두는 그저 고개를 끄덕이는 것 말고는 아무것도 할 수 없음을 깨달았다.

그렇게 장한곤이 떠났다.

남겨진 대두는 처음 들어 보는 이현이라는 이름 앞에서 고심해야 했다. 어떻게 은밀하게 이현에게 접근하고, 또 어떤 방식으로 도와야 할지 갈피가 잡히지 않았으니까.

그러나 그 고민은 너무나 쉽게 해결되었다.

이현이 스스로 찾아왔으니까. 이후, 대두는 장한곤이 명령했던 대로 이현을 도왔다. 스스로를 속이고, 모두를 속이면서까지.

그것이 그와 그를 인정해 준 간저를 살리는 길이라 믿었다.

이후에도 장한곤은 몇 번이나 찾아왔다. 때로는 대략적인,

또 때로는 상세한 행동 방향을 지시했다.

무리한 요구도 많았다. 가끔은 정말 간저패의 전부를 걸어도 모자랄 정도였으니까. 그럼에도 따른 것은 순전히 살려 주겠다던 그 약속 때문이었다. 장한곤의 지시를 따라 이현을 곁에서 도우면 도울수록, 장한곤의 요구가 더해지면 더해질수록 알 수 있었다. 장한곤 뒤에 얼마나 거대한 세력이 존재하고 있는지 말이다.

이현이 행하는 말도 안 되는 일들이, 아무렇지도 않게 이루어지는 것은 단순히 이현이라는 한 사람의 능력으로만 이루어지는 것이 아님을 알 수 있었으니까.

장한곤의 존재를 알고, 모든 상황을 한발 뒤에서 지켜본 입장이기에 볼 수 있는 것들이었다. 장한곤의 지시는 마치 미래를 모두 알고 있는 것처럼 보였을 정도니까.

이현이 성장할수록, 장한곤에 대한 두려움이 커진 것은 그 때문이다.

그러나 모두 지난 일들이었다.

결국, 장한곤의 말을 따랐던 결과는 토사구팽이다.

"그래도 그쪽은 살려는 드리겠습니다. 간저패의 새로운 주인이 되십시오. 그럼 대두께서도 손해는 아니지 않습니까?"

선심 쓰듯 말하는 장한곤의 목소리는 귀에 들어오지도 않았다.

"왜요? 아직 쓸 데가 남았나 보지요? 하긴, 신마의 소재를 찾아야 하니, 저까지 죽일 수는 없나 봅니다?"

어차피 달라지는 것은 없음을 알기 때문이다.

결국, 장한곤의 목적은 이현이다. 그러니, 이현을 잡을 때까지 대두를 죽이진 못할 것이다. 아직 사냥이 끝나지 않았으니, 사냥개를 잡아먹을 수는 없을 것이다.

그리고.

만약, 이현이 잡히고 사냥이 끝난다면.

"신마를 잡고 나면, 저도 죽이시겠지요? 약속 따윈 아무런 상관없이. 안 그렇습니까?"

그땐 죽는다.

지금 장한곤의 칼에 배가 뚫린 간저처럼.

대두는 그렇게 확신했다.

"이런, 뭔가 착각하셨나 봅니다."

그러나 장한곤은 고개를 저었다.

"저는 그저 당신을 돕고 있는 것뿐입니다. 일이 틀어졌습니다. 이제 이현을 돕는 상황이 아닌, 추격해야 하는 상황입니다. 부탁하는 입장에서 당신께 이자를 설득하는 수고를 안겨 드릴 수는 없는 노릇 아니겠습니까?"

이현을 놓쳤기에, 이현을 추격해야하기에 간저를 죽인다고 한다.

"그러니 당신이 직접 간저패의 주인이 되십시오. 그리고 이 현을 찾으시면 됩니다. 당장!"

"끄억!"

장한곤이 간저의 배를 꿰뚫은 검을 뽑았다.

간저가 비명과 함께 배를 부여잡았지만, 장한곤의 시선은 이미 그에게서 멀어진 지 오래다.

척.

대신 장한곤의 시선이 대두에게 고정됐다. 장한곤의 거검이 대두를 향했다.

장한곤이 말했다.

"예. 라고 대답하시면 됩니다. 지금까지처럼."

자신만만한 목소리다.

"······."

그 모습에 대두는 입을 다물었다.

믿었다. 믿을 수 있는 건 장한곤의 약속 밖에 없었으니까. 하지만, 그 결과는 절반의 배신.

그러고도 장한곤이 이처럼 자신만만하게 선택을 강요할 수 있는 건 달리 선택의 여지가 없음을 알기 때문이다.

강자이기에 가질 수 있는 여유다.

약자는 강자가 권하는 독이 든 술잔을 거절할 권리가 없음을 알고 있다.

피식.

대두가 웃었다.

"……네. 당신은 세상 참 쉽게 사시는 분이시지요."

인정했다. 황제를 뒷배로 두고 있는 장한곤이다. 세상을 제 손안에 쥐고 흔들었다. 그러니 모든 것이 참 쉽게 느껴질 것이다. 누구는 하루하루 먹고 살기 위해 버티는 것도 버거운 마당에, 눈앞의 장한곤에겐 만사가 손바닥 뒤집듯 손쉬운 것이었으니 어찌 웃음이 나오지 않을까.

더불어.

"헌데, 잘못짚으셨습니다."

그렇게 대단한 사람이 하찮은 것 하나 제대로 알지 못했다는 사실이 우습다.

"왜 제가 제 목숨 때문에 당신이 시키는 대로 했을 거라 생각하셨는지요?"

대두의 얼굴이 차가워졌다.

스윽.

자신을 겨눈 장한곤의 거검을 무시하고 움직였다. 그리고 간저 앞에 섰다.

스륵.

"괜찮으십니까?"

쓰러진 간저를 부축했다.

"너…… 이 자식!"

눈을 부릅뜬 채 대두의 옷깃을 잡아채는 간저의 모습을 보아하니, 아직 살아 있긴 살아 있는 모양이다.

하긴, 간저가 익힌 무공의 기본은 외공에서 비롯된 것이었으니까.

대두는 간저에게 시선을 거두고 다시 장한곤을 노려보았다.

'이러려고 한 안배가 아니었는데.'

토사구팽을 걱정하긴 했다.

그래서 나름 준비를 해 두기도 했었다. 간저의 집무실을 찾기 전 서류를 불태우고, 전서구를 날린 것도 그러한 이유 탓이다.

아니, 애초에 본거지를 여기로 옮긴 것도, 그 전에 확장하는 조직에 맞춰 새로운 체계를 구성할 때부터 했던 모든 것들이 토사구팽을 대비했던 안배였다.

그래 보았자 고작, 그저 토사구팽의 시기를 미루는 안배에 불과했지만.

물론, 그땐 토사구팽의 시기가 이렇게 빨리 들이닥칠 것이라고는 예상도 하지 못했기에 했던 준비였다.

그래도, 그 준비 덕에 한 가닥 희망은 걸 수 있다.

"군자는 자신을 알아주는 자를 위해 뜻을 편다는 말. 들어보신 적 있으십니까?"

애초에 대두는 자신의 목숨을 아까워하지 않았다.

낙방 학사가 되어 집에 돌아갈 염치조차 없어 방황할 때. 그런 그를 알아주고 받아 준 이가 간저다. 세상 누구도 알아주지 않았던 대두의 말을 공명의 화신의 말처럼 믿고 지지해 준 사람 또한 간저다.

비록 군자는 못 되었고, 한낱 흑도 방파의 일원이 되었지만.

그럼에도 대두는 학문에 뜻을 두었던 학사다.

"잘못짚으셨습니다. 나으리."

대두는 장한곤의 강요를 따를 마음이 없었다.

"이런……!"

그 분위기를 읽었음일까.

장한곤의 얼굴이 급변했다. 여유로웠던 얼굴에 다급함이 어렸다. 첫 만남 때부터 항상 예의를 잃지 않았던 말투조차 다급함에 잃어버렸다.

하지만 늦었다.

꽈악!

대두가 간저의 집무실 탁자 모서리를 비틀었다.

파바바밧!

벽면에서 비수가 화살처럼 쏟아져 나온다.

펑!

이윽고 방 안을 가득 채우는 연막이 집무실 바닥에서부터 뿜어져 나왔고, 사방에서 기관진식이 작동을 시작했다.

그것이 대두가 토사구팽을 염려해 준비해 둔 안배다.

그리고.

"도망치십시오!"

시야를 가린 연막 속에서 대두의 목소리가 울려 퍼졌다.

"마음대로 될 것 같습니까!"

장한곤도 가만히 있지 않았다. 비록 사방에서 암기가 쏟아지고 기관진식이 그의 목숨을 노렸지만, 그 와중에도 장한곤의 칼은 움직였다.

퍼억!

파륙음이 들렸다.

장한곤의 손으로 사람을 벤 감각이 고스란히 전해졌다. 그러고도 모자라 혹시나 놓치는 이가 있을까 촉각을 곤두세웠다.

"……."

문소리는 나지 않았다. 외부로 나가는 발소리도 들리지 않았다.

그 사이.

발동한 기관진식은 일순간 모든 것을 쏟아 붓고 나서야 작동을 멈췄다. 시야를 가렸던 뿌연 연막도 희미해진다.

그리고.

"……질긴 구석이 있습니다."

장한곤의 얼굴이 일그러졌다.

그의 칼끝에 사람이 걸려 있다.

목을 반쯤 관통한 칼을 붉은 핏물이 타고 흘렀다. 그럼에도 장한곤의 표정이 좋지 않은 것은.

"크륵! 끈질기지 못하면, 학사가 아니지요."

가래 끓는 소리를 내며 죽어 가고 있는 상대가 대두이기 때문이다. 애초에 기관진식이 작동하는 순간부터 장한곤은 대두를 신경 쓰지 않았다. 간저를 잡는 것이 우선이었으니까.

무공을 익히지 않은 대두야 언제든 죽일 수 있지만, 무공을 익힌 간저가 도망치면 잡기 곤란해질 수밖에 없었다.

그런데 방 안에 간저는 없다.

저벅. 저벅.

장한곤의 걸음이 옮겨졌다.

"여기였군요. 비밀 통로가."

문소리도, 발소리도 들리지 않았는데 간저가 사라졌다.

장한곤은 그 해답을 간저의 집무실 바닥에 숨겨졌던 비밀 통로를 보고서야 찾을 수 있었다.

"추적하면 그만입니다."

죽어 가는 대두를 내려다보며 장한곤은 차분하게 이야기했다.

그리고.

"뭐, 상관없기도 하지요. 어차피 대체재는 많으니까. 일단은, 하오문부터 움직여야겠군요."

강호 흑도의 삼대 조직.

하오문, 흑점. 그리고 간저패.

장한곤이 굳이 간저패만 손안에 넣을 필요는 없었다. 아니, 애초에 이현이 무당파에 있지 않았더라면, 간저패는 신경도 쓰지 않았을 하찮은 문파에 불과했다.

끼이이익. 턱!

죽어 가는 대두를 내버려 둔 채 장한곤이 발견한 비밀 통로 속으로 들어갔다.

그리고.

"……이 미친 자식이!"

잠시 후 탁자 아래에서 간저가 모습을 드러냈다.

처음부터 비밀 통로는 속임수다. 탁자 아래에 또 다른 공간이 숨겨져 있었다. 간저가 몸을 숨겼던 곳은 그곳이다.

간저는 죽어 가는 대두의 멱살을 부여잡고 이를 악물었다.

그리고 대두는.

"련주님께…… 가십시오. 위치는 일러 드렸지요?"

마지막 말을 남기고 숨을 거두었다.

　　　　　*　　　*　　　*

대두의 죽음 며칠 뒤.

각 지방에 방이 붙었다.

황제의 직인이 찍힌 그것이 알리는 것은 명료했다.

역적 무당신마를 잡는 자, 추살하는 자, 신마를 잡는 데 결정적인 제보를 한 자.

이유 불문, 출신 불문.

모든 죄를 사한다. 더불어 원하는 모든 것을 얻을 것이다.

관과 무림. 관과 관. 무림과 무림.

서로를 향해 창칼을 겨누며 반목과 배신을 거듭하던 이들의 시선이 이현을 향하기 시작했다.

그리고 그로부터 얼마의 시일이 지나지 않은 날.

"다녀오겠소. 부인."

"몸 조심히 다녀오세요."

백청발에 푸른 눈을 가진 미남자가 가족의 배웅을 받으며 세상으로 나왔다.

第八章

"사, 살려 주십시오!"

언제고 해적들의 배 위에 있을 수만은 없는 노릇이다. 아사하기 싫으면 보급도 해야 했다. 더불어, 바다 위에만 있었으니 중원에서 어떤 일이 벌어지고 있는지 그 소식조차 전해 듣기 어렵다.

이현을 태운 해적선이 육지로 접안을 해야 하는 이유다.

적지나 다름없는 중원 땅에 배를 대야 하는 처지이니 당연히 배 안의 해적들은 바쁘게 움직이고 있어야 했다.

주위의 시선도 신경 써야 했고, 정박하는 도중 타인의 시선을 끌 만한 사고도 일어나서는 안 됐으니까.

헌데, 해적들은 지금 그와는 조금 다른 이유로 몹시 바빴다. 배를 정박하느라 바빠야 할 이 마당에, 때아닌 얼차려다. 해적들은 강도 높은 얼차려에 정신이 혼미해질 지경이다.

그리고 그들을 고난에 빠트린 주범이야 뻔하다.

"왜 또 심술이십니까? 며칠 잠잠하시더니!"

"모르면 닥쳐 이것아!"

옥분의 핀잔에도 아랑곳하지 않는 몇 안 되는 사람.

이현이다.

"한 번만 더 배신하면 너흰 진짜 뒤진다?"

이현은 해적들을 향해 으름장을 놓았다. 말뿐만이 아니다. 부릅뜨고 노려보는 두 눈에는 살기까지 몽실몽실 피어 올린다. 누가 봐도 진심으로 하는 소리다.

하지만.

"저, 저흰 배신한 적 없는 뎁쇼?"

해적들은 억울했다. 배신한 적 없다. 다 죽어 가는 이현을 태우고 열심히 도망까지 치지 않았던가. 상을 줘도 모자랄 판에 저지르지도 않은 죄를 뒤집어쓰고 얼차려를 받고 있으니 그 야말로 미칠 노릇이다.

"할 거잖아."

"안 하겠습니다!"

이현의 억지에 해적들은 고개를 저었다.

어쩌겠는가. 아무리 억지라도 상대가 이현인 이상 원하는 대로 해 주는 수밖에 달리 방법이 없다.

드드득. 턱!

그 사이 배는 항구에 닿았다.

다리가 내려지고.

"헤헷! 자! 가자!"

청화가 앞장서서 하선하려 했다.

턱.

"응? 왜?"

그러나.

그것을 막은 건 이현이었다.

"넌 내 뒤에 따라와."

어리둥절하는 청화의 물음에 이현은 굳은 얼굴로 앞장섰다.

갑작스러운 이현의 이상행동에 이를 지켜보는 주변인들의 얼굴에는 의문이 가득했다.

"……."

배에서 내렸다.

동시에 이현의 하선을 열렬히 반기는 이들이 마중 나와 있었다.

무림인도 있었고, 관군도 있었다.

"아무래도 다시 배에 타야겠습니다."

분위기를 살핀 옥분이 조심스럽게 자신의 의견을 밝혔지만.

"아니, 기다려."

이현은 이를 거부했다.

그리고.

시선을 쭈욱 돌려 주위를 살핀다.

그 사이 군부의 장수로 보이는 젊은 사내가 앞으로 나왔다.

그리고.

"역적죄인 이현은 오라를 받으라!"

"역적죄인 이현은 오라를 받으라."

젊은 사내의 외침과, 이현의 목소리가 겹친다.

씨익.

이현은 웃었다.

"그래. 황제가 나 죽이라지?"

스릉.

검을 뽑았다.

관과 무림이 이현을 노리고 있는 이 상황을, 이현은 너무나
익숙하게 받아들이고 있었다.

* * *

옥분의 역할에 있어 가장 중요한 것은 정보다. 그러나 그 정보를 얻는 것은 해적들의 배를 타고 황제로부터 도주하는 순간부터 단절되어 있었다. 물 위를 떠다니며 간저패와 긴밀한 정보를 주고받을 수는 없는 상황이었으니까.

그래서 옥분은 작금의 상황이 더욱 곤란하게 다가왔다.

'관과 무림이 손을 잡았단 말인가? 대체 왜?'

황제의 배신으로 이현의 작전이 실패로 돌아갔다. 때문에 옥분은 어렴풋이 관과 무림은 여전히 양립할 수 없는 사이라 짐작했었다. 아니, 무림이 완전히 이 중원에서 사라지는 것은 아닐까 걱정했었다는 말이 더욱 정확할 것이다.

그러나 그런 걱정이 무색할 만큼의 광경이 지금 눈앞에 펼쳐지고 있었다. 황군과 무림인이 함께 이 자리에 있다. 비록 서로 일정 거리를 사이에 둔 채 경계를 나누고 있었지만, 그들의 창칼이 향하고 있는 곳은 서로가 아니다. 이현이다.

의미하는 바는 둘이다.

하나는 단순히 무림의 배신이다. 남은 하나는, 이제 온 중원이 이현의 적으로 돌아섰음을 의미했다.

"그래. 황제가 나 죽이라지?"

거기에 더해 이현의 확신에 찬 그 말이 옥분의 머리를 복잡하게 만들었다. 자연적으로는 될 수 없는 일이다. 이현의 말처럼 황제가 이런 상황을 만들었을 가능성이 가장 높다.

하지만 어떻게.

걸리는 건 그것이다.

'그리 길지 않은 시간이라 생각했는데?'

옥분이 혼절한 이현과 함께 배에 오르고 그로 인해 정보가 단절된 시간. 길다면 길다고 할 수 있다. 하지만, 중원 전체의 판도를 바꾸기에는 짧은 시간이다.

그것만큼은 명백하다.

황제는 대체 무슨 수로 그 짧은 시간에 중원의 판도를 바꾸어 버렸을까.

쉽사리 생각나지 않는다.

해답은 예상치 못한 곳에서 나왔다.

"그런데 어쩌냐? 나한테도 구라 친 황제가, 네놈들하고 한 약속이라고 지킬 것 같진 않은데? 모든 죄를 사한다? 부와 권력을 약속한다? 하! 개 풀 뜯어먹는 소리하고 있네."

이현이다.

자신을 향해 칼을 겨누고 있는 이들에게 한 이현의 그 말이 오히려 옥분에게 해답을 알려 주었다.

무림은 황실을 넘본 죄가 있고, 대부분의 관군은 황제가 아닌 황태자와 야합한 죄가 있다.

그 죄를 사한다.

황제가 단시일 내에 중원의 판도를 뒤바꿀 수 있었던 결정적 열쇠는 바로 그것이었다.

설마, 다른 사람도 아닌 이현이 그 사실을 먼저 파악했다는 것에 옥분은 적지 않은 충격을 받았다.

"……요즘 저 몰래 공부하십니까?"

지금의 위기 상황마저 잊을 만큼 말이다.

옥분의 물음에.

등을 보인 채 가장 선두에서 주위를 포위한 적들을 마주하고 있던 이현이 황당하다는 표정으로 고개를 돌렸다.

"요즘 안 맞았다고 개소리가 막 튀어나오지? 이 와중에 뭔 개소리야? 뭘 해? 공부? 대가리에 칼 맞았냐?"

덕분에 옥분은 시원하게 핀잔 한 다발을 받아야 했다.

"아니, 사람이 안 하던 짓을 하시니까 그런 것 아닙니까."

"입 다물어. 뒈지기 싫으면. 염병! 기껏 분위기 잡아 놨더니."

옥분도 나름 항변을 해 보았지만, 칼까지 뽑아 들고 으르렁 거리는 이현에게는 바늘도 안 들어가는 소리였다. 옥분의 눈에 비치는 이현의 이상한 모습은 그뿐만이 아니었다.

"일단, 저희도 태세를 갖추겠습니다."

어쨌거나 눈앞에 적이 있으니 이를 대비해야 했다. 손 놓고 죽어 줄 수는 없었으니까.

그나마 다행이라는 점은 몰려든 관군과 무림인의 숫자가 그리 많지 않다는 것이었고, 이곳이 정식 항구가 아닌 해적들이 이용하는 곳이라 화포를 걱정할 필요는 없다는 것이다.

그렇다면 해볼 만하다.

더 이상 늦기 전에 태세를 갖추고, 공격을 시작하면 말이다.

하지만.

"아니, 이미 소문 다 났어. 조금만 있으면 인근에 있는 관군이고 무림인이고 다 몰려온다. 너흰 모여서 쥐똥이나 지켜."

이현은 또다시 옥분이 이해할 수 없는 명령을 내렸다.

곧 더 많은 적이 몰려온단다. 그럼 그전에 빨리 이 상황을 끝내고 자리를 피하는 쪽이 났다. 당연히 이현 하나보다는 함께 싸우는 편이 유리했고.

"왜요?"

그러니 옥분으로서는 당연한 질문이었다.

그 물음에.

척.

이현이 칼을 들어 한곳을 가리켰다.

관군이 모여 있는 곳. 정확히 말하면 처음 이현에게 오라를 받으라 했던 말 탄 장수의 뒤편이다.

추확!

그리고 순식간에 거리를 좁히며 피보라를 만들어 냈다.

탁!

옥분의 발치에 화살 하나가 꽂혔다.

"이놈들이 쥐똥을 노렸으니까."

그리고 관군 진형 속에서 이현의 목소리가 들려왔다.

이현의 칼이 활을 든 관군의 목을 잘라 낸 뒤다. 그 주위로 급히 자리를 피하는 궁수들의 모습이 옥분의 눈에도 고스란히 보였다.

앞 열에 도열한 관군들에 가려 보이지 않았던 이들이다.

그들이 비교적 약자인 청화를 노렸을 수도 있다. 하지만, 그들이 정말 청화를 노렸는지 아닌지는 확실치 않다.

그런데 이현은 어떻게 해서 그들이 청화를 노릴 것이라 확신했을까.

단순히 경지에 이른 무인의 감각이었을까.

그렇게 옥분이 의문을 가지는 사이.

추확!

또다시 핏물이 치솟았다.

"자, 장군!"

어느새 사라진 이현의 신형이 이번엔 말 탄 장수의 곁에 나타나 있었다.

처음 이현에게 말을 했던 장수.

일말의 망설임도 없이 그의 목을 쳐 버린 이현은 옥분을 향해 히쭉 웃으며 답했다.

"얘가 시켰거든. 쥐똥 노리라고."

이현은 마치 모든 것을 알고 있다는 듯 행동했다. 그의 몸짓과 말투에는 확신이 가득했다.

이후로도 마찬가지다.

"저것들은 배에 폭약 설치하고 있고."

파아아아앗!

이현이 검을 휘둘렀다. 날아간 검기는 옥분을 비롯한 적조의혈단을 스치듯 지나가며, 그들이 타고 온 해적선 바로 아래, 바다 속으로 빨려 들어갔다. 그리고 붉은 핏물과 함께 넝마가 된 십여 구의 시체가 바다 위로 떠올랐다.

"여긴 또 이딴 함정이나 설치해 뒀지. 이걸로 날 어떻게 잡을 생각인지는 모르겠지만."

관군에게서 뺏은 창으로 바다를 찌르니 장대에 걸린 쇠 그물이 튀어 오른다.

퍽!

이후 그 창을 그대로 허공에 날려 버리니,

"저놈은 숨어서 널 노리고 있네?"

지붕 위에 숨어 있던 무인 하나가 가슴을 관통당한 채 바닥으로 굴러 떨어졌다.

종횡무진이라는 말이 어울리는 모습이다. 하긴 애초에 이현의 싸움에서 종횡무진이라는 말만큼 어울리는 단어는 찾기 어려웠던 게 사실이다.

하지만, 조금 다르다.

상대가 무슨 속셈을 갖고, 무엇을 시도하려 하는지 꿰뚫어 보고 있다. 그래서 아예 시도해 보기도 전에 파괴해 버린다.

옥분을 긴장케 했던 적들이 너무나 무력하게 이현의 손안에서 놀아나고 있다.

"……아."

그 모습을 멀거니 바라보기만 하던 옥분의 입에서는 바람 빠진 감탄만 흘러나올 뿐이다.

그렇게 이현이 날뛰고, 옥분이 감탄할 때였다.

"청화라는 년을 노려라! 그년이 신마의 약점이다!"

"배를 탈취해라! 절대 도망치게 해서는 안 된다!"

이현의 검에 무력하기만 했던 적들이 기습적으로 돌진해 왔다. 청화를 둘러싸고 있는 적조의혈단, 그리고 그들이 타고 온 해적선을 노리고 달려오는 이들이다. 이현을 상대할 수 없으니, 다른 방법으로 돌파구를 찾으려는 모습이다.

그 수가 적지 않다.

멍하니 이현이 날뛰는 모습만 보느라 어느새 풀려 있던 긴장이 다시 팽팽하게 조여졌다.

하지만 그런 노골적인 행동에도.

"너는 청화를 죽였고,"

이현은 날뛰고 있었다.

"넌 또 이 틈에 우리 애들 죽였지? 그리고 네가 입 털어서 저것들이 배신하고?"

적조의혈단을 비롯한 해적선을 노리는 이들의 행동은 눈에 보이지도 않는다는 듯, 그 속에 숨어 있는 상대를 하나하나 찾아 죽이고 있었다.

전혀 이해되지 않는 이유를 대며.

"전원 전투 준비!"

정만이 앞장서서 다가오는 적을 향해 명령을 내렸다.

하지만 상대의 숫자는 많다. 아무리 적조의혈단이라 해도 그 숫자에서 밀리면 답이 없다.

"려, 련주님!"

재빨리 상황을 판단한 옥분이 결국 참지 못하고 이현을 불렀다. 이현이 가세하지 않는다면, 어느 정도의 희생은 필연적이다. 아니, 개중에 집중적으로 청화를 노리는 이들이 있으니 청화의 안전을 장담할 수 없을지도 모른다.

하지만 그런 옥분의 부름에도.

"괜찮아. 걱정 안 해도 돼."

이현은 시큰둥하게 손 한 번 휘저어 보이고는 또 다른 사냥감을 향해 몸을 날리고 있었다.

정말 이쪽은 안중에도 없다는 듯한 모습이다.

"오, 온다!"

그 사이.

적은 코앞까지 들이닥쳤다. 일전을 피할 수 없다. 정만의 외침에 맞춰, 옥분도 칼을 뽑아 들고 신경을 곤두세웠다.

쾅!

충돌했다.

피가 튀었다. 자욱한 피분수 속에서 죽어 가는 이들의 시신이 허공에 떠올랐다. 여기저기서 비명이 터져 나왔고, 떨어져 나간 신체의 일부가 바닥을 굴렀다.

하지만.

"……응?"

정작 옥분은 칼 한번 휘둘러보지 못했다.

"늦어서 미안하오. 오다 만나서 담소 좀 나누느라."

새하얀 빙벽이 정면에 단단하게 버티고 있었다.

그리고 그 뒤에 도를 들고 선 백청발의 미남자가 서 있었다.

"려, 련주. 사도련주?"

전 사도련주다. 이현에 의해 은퇴하고 임신한 그의 부인과 함께 강호를 떠났던.

"목숨은 귀하네. 잃기 싫다면 물러서시게."

그리고 왼편에는 다른 이들이 서 있었다.

하나같이 도를 든 무인들이다. 숫자가 적지도 않다. 그 많은 숫자의 무인들이 모두 이쪽을 등진 채 덮쳐 오는 적을 도륙 내고 있었다.

그리고 그중에 유독 눈에 뛰는 사람이 있었다.

"도, 도왕께서 여긴 어떻게?"

도왕이었다.

팽가의 식솔들을 이끌고 적조의혈단의 좌측을 공략하는 적을 막아 내며 물러서라 말한 그는 당황한 옥분의 목소리에 두툼한 손으로 머리를 긁적였다.

"그러게 말일세. 내 도제가 이리도 진솔한 사람인지는 여태 몰랐구만. 덕분에 늦을 뻔했어."

그리고.

"젠장! 똑바로 안 하냐? 저쪽은 저렇게 놀고 있는데, 나는 왜 너희랑 같이 나서야 하는 거냔 말이다! 나도 명색에 천하십대고수인데, 너희 총표파자 이렇게 모양 빠지게 할 테냐!"

오른쪽엔 산적왕이 있었다.

긴 창을 휘두르며 그의 수하들과 함께 다가오는 적을 무찌르는 그의 얼굴에는 불만이 가득했다.

여유롭게 뒷짐 진 채 서 있는 도왕, 도제와 달리, 직접 일선에 나서서 싸워야 하는 스스로의 처지가 마음에 들지 않는 모양이다.

"여긴 어떻게 오셨습니까? 아니, 우리 련주님이랑은 미리 말씀이 되신 것입니까?"

옥분은 전혀 예상하지 못했던 순간 합류한 이들이다.

적조의혈단의 위험에도 이현이 전혀 신경 쓰지 않았던 이유가 이들이라면, 이현이 대체 어떻게 그것을 알았느냐는 게 옥분의 의문이었다.

사실상 싸움은 끝난 것이나 다름없었다.

"별것도 아닌 것들이 사람 귀찮게 만들어. 뒤질라고!"

도망칠 이들은 도망쳤고, 죽을 이들은 죽었다.

전면을 가렸던 얼음방벽이 사라지자 짜증을 부리며 걸어오는 이현의 모습이 선명히 보였다.

"련주님? 사전에 이야기된 겁니까?"

옥분이 이현에게 다시 질문을 던졌다.

하지만.

"……"

이현은 질문을 던진 옥분이 아닌, 그가 걸어왔던 곳을 향해 돌아 서 있었다.

시선이 먼 곳을 향한다. 그리고 그건 도왕과 전직 사도련주인 빙혈도제, 산적왕도 마찬가지다.

"많소."

"그러게. 오늘 밤에 잠 설칠 일은 없겠구만. 이 정도로 날뛰면 누구라도 곯아떨어질 수밖에 없을 테지."

"이번엔 공평하게 다 같이 나서는 거요? 괜히 아까처럼 나

혼자 괜히 모양 빠지게 하지 마시고들?"

저마다 이현과 같이 먼 곳을 주시하며 이야기를 주고받는다.

두두두두.

옥분이 그들이 나눈 대화의 정체를 알게 된 것은 그로부터 잠깐 뒤였다.

바닥을 울리는 진동.

신강의 마적으로 살아왔던 옥분은 이 바닥의 진동이 무엇을 뜻하는 것인지 너무나 잘 알고 있었다.

"대, 대군! 대군이 몰려옵니다! 전부 전투 준비를……!"

대군이 몰려오고 있다는 신호다.

후퇴하기에는 늦었다. 그들이 타고 온 배에 팽가의 무인과, 산적왕의 식구들을 모두 수용할 순 없다.

어쩔 수 없이 싸워야 한다.

그러니 저들이 들이닥치기 전에 채비를 끝마쳐야 했다.

하지만, 그런 옥분의 말을 이현이 끊었다.

"아니야, 그럴 필요 없어. 올 사람 다 왔어. 정면으로 싸우면 한둘 죽는 것도 아니고."

이현의 고개가 해적선을 향했다.

"야! 배신자들!"

"……저희 배신 안 했습니다만?"

배신자란 이현의 호칭에 해적들은 불만을 드러냈지만, 정작 이현은 전혀 신경 쓰지 않는 눈치였다.

"화포 있지? 오면 쏴."

저 멀리.

시커멓게 달려오는 적군이 보였다.

펑! 퍼퍼퍼펑!

그리고 이현이 타고 온 해적선이 불을 뿜기 시작했다.

*　　*　　*

해적선의 화포가 불을 뿜기 시작하면서 이미 모든 상황은 끝난 것이나 다름없었다. 몰려들던 적은 이렇다 할 대응도 하지 못하고 지리멸렬했다. 그나마 얼마 남지 않은 적도, 이어진 반격으로 손쉽게 정리할 수 있었다.

그렇게 일방적인 전투를 끝낸 뒤.

앞으로의 행보가 정해졌다. 이현은 우선 해적과의 이별을 선택했다. 상대의 추격에 혼선을 주기 위함이기도 했고, 언제까지고 바다에만 머물러 있을 수는 없기 때문이기도 했다.

무엇보다 바다는 위험하다.

황군은 대함대를 거느리고 있다. 그들이 보유하고 있는 군함은 해적들의 해적선보다 선고(船高)도, 선폭(船幅)도 앞선다. 탑재된 화포의 숫자 또한 비교할 수 없는 수준이다.

망망대해 위에서 그들과 맞서 싸운다는 것은 자살행위다.

바다라는 전장은, 각각의 장비가 승패를 가르는 중요한 요인으로 작용하는 곳이었으니까. 그러니 서로를 위해서도 이현과 해적들은 여기서 헤어지는 편이 나았다.

해적들과의 이별을 결정한 뒤의 계획도 문제없다.

빙혈도제. 전직 사도련주가 있었으니까.

그는 이미 오래전부터 많은 안가를 확보해 두고 있었다. 사도련의 주인이라는 자리가 가지는 위험을 잘 알고 있는 데다가, 그에게는 제 목숨보다 끔찍이 여기는 부인까지 있다. 그러니 비상시를 대비한 안가를 확보하는 일은 빙혈도제에게 중요한 일일 수밖에 없었다.

그 안가들 중 한 곳으로 이동하기로 했다.

외부의 접근이 어렵고 기밀을 유지하기 쉬운 곳, 또한 그리 멀지 않은 곳 중에서 엄선해 고른 곳이다.

남은 것은 안가로 이동하는 일이었다. 적지 않은 숫자다. 전 중원의 표적이 되어 버린 지금의 상황에서 피해 없이 적의 추격을 뿌리치고 안가로 숨어든다는 것은 쉬운 일이 아니었다. 추격을 당하는 순간 안가는 안가로서의 의미가 사라지는 것이나 다름없었으니까.

하지만 그 또한 그리 어렵지 않게 해결되었다.

어차피 황제가 노리는 건 이현이다. 중원의 이목 또한 이현에게만 집중되어 있는 상태였고.

일단 이현을 필두로 안가와는 전혀 상관없는 방향으로 길을 잡았다. 그리고 조금씩 이탈자를 만들어 안가로 이동시켰다. 가장 먼저 무리에서 떨어져 안가로 이동하는 대상으로는 청화를 비롯해 전투에 큰 도움이 되지 않는 이들로 구성되었다. 이후 순차적으로 하나둘 이현에게서 떨어져 나와 안가로 자리를 옮겼다.

이때에도 이현의 능력은 빛을 발했다. 수백 리 밖에 있는 적의 존재를 알아차리고 길을 바꾸기도 하고, 숨은 함정을 누구보다 먼저 확인하고 대처하기도 했다. 그것은 경이적이라고 밖에 말할 수 없을 만큼 대단한 능력이었다.

이제 이현의 곁에 남은 사람은 옥분뿐이다.

부득불 우겨 끝까지 곁에 남았던 옥분은 모든 것이 순조롭게 풀려 가는 와중에도 안색이 어둡기만 했다.

옥분은 좀 전에 덤벼들었던 십여 명의 부나방들을 제거하고 개울가에서 묻은 피를 닦아 내고 있는 이현을 복잡한 눈으로 응시했다.

그때.

"말해."

무심히 몸에 묻은 핏물을 닦아 내던 이현이 불쑥 입을 열었다. 여전히 옥분에게는 시선조차 주지 않고 있는 이현이었지만, 지금 이 자리에 있는 사람은 이현과 옥분 둘뿐이다.

결국, 이현이 말한 상대는 옥분일 수밖에 없다.

그의 허락에 옥분은 어렵게 입을 열었다.

"……대체 뭡니까, 이거? 어떻게 된 거죠?"

"뭐를? 어떻게 되긴 뭐가 어떻게 돼?"

능청을 떠는 이현의 반응에 옥분의 목소리가 높아졌다.

"저 몰래, 따로 정보망이라도 구축하셨습니까? 아니면, 이건 말이 안 되지 않습니까!"

배에서 내린 이후 내내 가슴에 품어 왔던 의문이다.

"사전에 주고받은 연락은 아무것도 없었습니다. 헌데, 사도련주. 아니, 빙혈도제와 호협도왕, 산적왕까지 그 자리, 그 시간에 모일 것이라 어떻게 아셨습니까."

옥분이 확인한 바로 그들과 이현은 사전에 어떤 연락도 주고받은 바가 없다. 그럼에도 그날 이현이 보여 준 모든 행동들은 그들의 합류를 알지 못하면 절대 할 수 없는 것들이었다.

이후로도 마찬가지다.

이현은 적이 언제 어디서 어떻게 들이닥칠지 미리 알고 있었다. 그들이 어떤 함정을 준비하고 있는지, 어떤 속셈을 가지고 있는지도 모두 예견했다. 그리고 그 예견은 단 한 번도 빗나가지 않았다. 심지어 그 와중에 간저패에서는 어떠한 연락도 온 것이 없다.

"말씀해 주시죠. 그래야 저도 앞으로 무얼 할지 정할 수 있
잖습니까. 따로 정보망이 있으십니까? 간저패 말고?"

옥분의 역할은 이현의 지낭이다. 전투적인 임무도 겸하고
있긴 하지만, 현재로서는 그것이 옥분의 주된 역할임은 부정
할 수 없다. 그러니 알아야 했다. 그래야만 계속해서 이현을
곁에서 도울 수 있다.

"없어. 그런 건."

그런 옥분의 물음에 이현은 고개를 저었다. 그리고 그 대답
에 옥분의 눈썹이 치솟았다.

화가 난 것이다.

"아니면 말이 되지 않지 않습니까! 왜요? 이제 저는 못 믿겠
다는 겁니까? 그래서 알려 주시지 않으시는 겁니까?"

자존심 강한 옥분이다.

아무리 이현에게 두드려 맞고 박대받아도, 옥분은 끝까지
그의 곁을 지켰다. 그리고 항상 최선을 다해 이현을 도왔다.

비록 처음에는 어쩔 수 없이 이현을 따라야 했던 옥분이었
지만, 결국 그를 주군으로 인정했기에 그랬던 것이다.

그리고 이후에도 수 번씩 상황이 나빠져도, 위기가 찾아와
도 그의 곁을 지켰던 것은 옥분의 자존심 때문이다.

주군으로 정했으니 끝까지 함께하겠다는 자존심.

그런 옥분인 만큼 지금의 상황은 더욱 납득할 수 없었다. 아니, 분했다. 더 이상 그가 이현에게 필요하지 않은 존재인 것 같아서, 더는 이현이 그를 신뢰하지 않는 것 같아서.

스윽.

그런 옥분의 고성에 이현은 몸에 묻은 피를 닦아 내던 행동을 멈추고 고개를 들어 옥분을 바라보았다.

옥분은 그 시선을 피하지 않았다.

잠시간의 침묵이 감돈 뒤.

먼저 입을 연 이는 이현이었다.

"그날 넌 세 번 죽었다. 정만이는 다섯 번. 청화는 일곱 번. 오늘은 팔이 잘렸었고, 그저께는 발목이 나갔었지."

갑작스러운 말이다.

전혀 알아들을 수 없는 말이기도 했다.

"예? 그게 무슨 소리……."

하지만, 옥분의 물음은 이내 이현에게 가로채여 끊겨 버렸다.

"그리고 그날. 나는 열 번 미쳐서 날뛰었다. 넌 세 번의 죽음 중에 한 번은 내 손에 죽었다."

"……."

진지하다.

시선을 피하지 않은 이현의 표정에는 장난기라고는 전혀 깃들지 않았다.

그 모습에 옥분은 쉽사리 입을 열 수 없었다.

그리고.

"……설마?…… 아, 아니죠? 그건 말도 안 되지 않습니까!"

짚이는 것이 있었다.

그건 어처구니없을 만큼 말도 안 되는 것이었다.

*　　*　　*

혈천신마가 이현이 되었다. 그것도 수십 년의 세월을 거슬러 올라가서.

그 말도 안 되는 일의 시작은 결국 혜광이다.

무당신검은 혜광이 저술한 술법서를 읽었었다. 그리고 그가 혈천신마의 검에 죽는 순간 시간은 되돌려졌다.

혜광이 죽기 전 이현에게 심어 준 기운의 정체도 이제 와 생각해 보면 간단했다.

시간을 되돌리는 능력이다. 죽음을 매개로 한.

스스로 죽든가, 같은 조각을 죽이면 시간을 되돌릴 수 있다. 그것이 끊임없이 환생을 거듭하는 황제를 상대하기 위해 혜광이 찾은 방법이었다.

혜광의 말처럼 이현도 황제의 검에 심장이 꿰뚫리는 순간

이를 깨달았다.

이후. 해적선에서 하선할 때에도, 안가의 위치를 숨기기 위해 이동을 할 때에도 끊임없이 시간을 되돌렸다.

짧게는 한 식경. 길게는 반나절까지.

그 횟수는 이현이 헤아릴 수 없을 정도다.

적이 어디서 어떻게 오는지, 무슨 함정을 준비하고, 무슨 술수를 숨기고 있는지 알 수 있었던 것도 모두 그 때문이다. 빙혈도제를 비롯한 다른 이들의 합류를 미리 알고 있었던 것도 그러한 이유에서였다.

이현은 이를 옥분에게 솔직히 밝혔다. 물론, 혈천신마나 무당신검에 대한 이야기는 제외한 채로 말이다.

그만큼 옥분을 믿었기에 가능한 일이었다.

"……련주님께서 황제의 검을 다 피하고 심장에 칼까지 꽂았다고 정만이 이야기했습니다. 그런데 오히려 상흔은 련주님께 남아 있었죠. 그것도 그 때문입니까?"

의외로 옥분은 놀라기는 했어도, 의심하지는 않았다.

순순히 이현의 말을 진실로 받아들이는 모습이었다.

"……맞아. 다른 건 시간 되돌리면 되돌아오는데, 그놈 칼에 맞은 건 안 되더라. 염병! 아니었으면, 나도 몇 번이나 시간되돌릴 필욘 없었지."

황제의 검에 의해 당한 상처. 그것이 내외상으로 이현을 괴롭혔다. 대부분의 상처는 회복되었지만, 이미 깊게 자리 잡은 그것들은 좀처럼 쉽게 치유되지 않았다.

이를 수습하려면 시간이 필요하다. 이현이 현재 가진 바 모든 무위를 발휘하기 어려운 이유이기도 했다.

"⋯⋯흠!"

고개를 끄덕이며 설명을 더하는 이현의 대답에 옥분은 턱을 긁적였다.

그리고 전혀 의외의 말을 꺼내 놓았다.

"혈천신마시죠? 련주님께서!"

"⋯⋯."

순간 대답을 찾을 수 없었다.

그런 반응에 옥분은 대수롭지 않다는 듯 웃었다.

"에이! 누굴 등신으로 아십니까? 애초에 과거 이야기도, 혈천신마 이야기도 모두 처음 만났을 때 제게 하시지 않으셨습니까? 지금까지 상황도 대충 끼워 맞춰 보면 딱 맞고."

이현의 몸으로 처음 신강을 갔을 때.

옥분의 머리를 빌려 야율한을 찾기 위해 어느 정도 이야기한 바는 있었다. 다만, 그때도 절대 이현 스스로 자신이 혈천신마였었다고 밝히지는 않았다.

그런데 알아맞혔다.

마음이 복잡하다. 무거웠다. 알려져도 상관없지만, 알려지길 바라지 않았던 사실이다. 그 사실을 옥분이 알았다. 그리고, 사실을 안 옥분의 반응도 걱정되었다.

하지만 기우다.

"상관없습니다. 련주님이 누구시든지. 다른 분들께는……비밀로 해 드리겠습니다. 특히 선자님께는요. 제게 중요한 건 련주님은 여전히 제 주군이시라는 것이잖습니까. 지금도. 제가 기억하지 못하는 과거에도."

옥분은 애초에 선악을 따져서 이현을 따랐던 것이 아니다. 그저 상황에 떠밀려 따랐고, 이후에 주군으로 인정했을 뿐이다.

그러니 달라지는 건 없다.

아니,

"오히려 전 좋네요. 그때나 지금이나 제가 그만큼 필요한 사람이란 뜻이잖습니까? 하여간 제가 난 놈이긴 난 놈인가 봅니다."

옥분은 좋아하고 있었다.

씰룩씰룩 자꾸만 올라가는 입가는 그의 심정을 숨기지 못한 채 고스란히 드러내고 있었다.

마음이 놓였다. 안심이 됐다.

이현의 입가에도 편안한 웃음이 맺혀 갔다.

"이제 가라, 먼저. 난 닷새 뒤에 가마."

이제 잠시 헤어져야 할 때다. 그것이 애초에 그들이 사전에 이야기했던 계획이었으니까.

*　　*　　*

옥분은 먼저 안가로 보냈다.

홀로 남은 이현은 사흘을 더 세인의 이목을 끌며 이동했다.

"에이씨! 몸만 멀쩡했으면 이딴 짓도 안 하는데, 괜히 경로를 바꿔서는……! 대충 이쯤이면 올 때가 됐을 텐데?"

사흘 동안 다섯 번의 전투를 더 치른 이현은 바위에 걸터앉아 투덜거렸다.

칼날에 묻은 피를 닦아 내는 이현은 연신 전방을 바라보았다.

씨익.

그러다 웃었다.

"왔네."

산언덕 아래에서 누군가 걸어 올라온다. 비대한 체구로 산을 올라오는 모습이 마치 뒤뚱거리는 오리 같다.

"련주님……!"

그가 이현을 발견하고 소리쳤다.

"오랜만이다. 간저."

간저였다. 지난날 경로를 바꾸지 않았더라면 열흘 전에는 마주쳤어야 할 이다.

그리고 그로부터 하루 뒤.

"늦었다."

이현은 또 다른 이와 마주했다.

큰 키에 단단한 근육질 체구. 선 굵은 얼굴. 그리고 그와 어울리지 않게 단정한 옷차림과 걸음걸이.

찾아온 이는 참 지긋지긋할 만큼 익숙한 이였다.

"신검."

무당신검. 야율한의 몸을 한 그는 신강에서 여기까지 이현을 찾아왔다.

중간에 경로를 바꾸지 않았더라면, 나흘 전에 마주쳤어야 했을 것이다.

이제 모일 사람은 다 모였다.

더는 이목을 끌 필요도, 덤벼드는 놈들을 상대할 필요도 없다.

"가지."

이현은 안가로 방향을 돌렸다.

第九章

안가에서의 생활은 평화로웠다.

바깥을 혼란에 빠트리고 있는 전란과 자중지란은 이곳에 없었다.

중원 안에 위치한 안가였지만, 분위기만 보면 안가는 중원과는 전혀 연관되지 않은 다른 세계에 존재하는 것만 같았다.

그 속에서 저마다 할 일을 찾아 했다. 도왕 팽호세의 식솔들을 비롯한, 산적왕 양자호의 식솔들, 그리고 적조의혈단은 수련을 시작했다. 그중에서도 정만의 주도로 수련이 이루어지는 적조의혈단이 가장 열성적이었다.

황제와 이현의 싸움에서 큰 도움이 되지 못했다는 사실이,

정만의 수련욕을 자극했음이 분명했다.

그리고 그런 강력한 정만의 수련욕이, 반대로 팽가의 무인들과 산적왕의 식솔들에게도 자극으로 작용했다.

마치 경쟁하듯 세 단체는 수련에 힘을 쏟았다.

전직 사도련주. 빙혈도제도 마냥 놀고만 있지는 않았다. 그는 안가의 주인이었고, 이 환란 속에서도 한 발자국 떨어진 사람이다. 안가에서의 생활에 필요한 기본적인 생필품을 비롯한, 자급할 수 없는 물품들의 수급을 담당했다.

뒤늦게 합류한 간저는 수시로 밖을 오가며 간저패의 정보 조직을 수습했다. 대두가 이미 이런 사태를 대비해 조직 체계를 구축한 탓에, 간저의 노력은 서서히 탄력을 받고 있었다.

이제 천천히 바깥소식이 전해지기 시작했다.

언급되지 않은 다른 이들도 마찬가지다. 저마다 자신들이 할 수 있는 일을 담당했다.

안가에서의 생활은 의외로 할 만했다. 아니, 계속된 전투로 지친 그들의 심신을 보듬어 주고 있었다.

이현은 그러한 분위기 속에서.

"……."

몸을 회복했다.

가부좌를 틀고 내부를 관조한다. 지치지도 않는지 아직도 서로 으르렁거리는 태극무해심공의 기운과, 혼원살신공의 기운을 조화시키고, 내상을 다스렸다.

황제와의 싸움으로 생긴 피해가 적지 않았다. 내력이 들끓고 뒤틀린 탓에 적지 않은 내상을 입었다. 그마저도 곧바로 수습하지 못하고 혼절한 탓에 내상을 키웠고, 이후에도 이를 제대로 수습할 상황이 아니었다.

사실상 악화 일로를 걷던 몸 상태를 수습하기 시작한 것은 안가에 도착한 이후부터였다. 시간이 제법 되었다. 덕분에 생각할 시간도 많았다.

안가에서의 시간은 사실 이현에게 가장 필요했던 것이었다.

다행히 모두들 이를 아는 탓에, 이현이 몸을 수습하는 동안 누구 하나 먼저 말을 걸어 심기를 어지럽히지 않았다.

덕분에 회복은 빠르게 이루어지고 있었다.

하지만, 언제까지 신선 노름이나 하면서 지낼 수는 없는 노릇이다.

"다녀왔냐?"

"회복은? 다 된 것이오?"

이현이 가장 먼저 말을 붙인 상대는 빙혈도제였다.

전직 사도련주다. 이현에 의해 무림을 떠나 은거했으니, 이제는 무림에 관심을 두지 않아도 될 사람이다. 굳이 이 혼란 속에 뛰어들지 않아도 되는 이가 나서서 이현을 도왔다.

"왜 다시 나왔냐? 나한테 뭘 원해?"

그러니 그 이유가 궁금했다.

그는 이 안가에서 유일하게 편안하고 안락한 생활을 미뤄 두고 스스로 혼란 속으로 걸어 들어온 사람이었으니까.

그런 이현의 물음에.

"그저 당당하고 싶었을 뿐이오. 태어날 내 자식에게 은혜를 모르는 금수만도 못한 아비가 될 수는 없었을 뿐이오."

그는 웃어 넘겼다.

"굳이 원하는 것을 찾자면 하나뿐이오. 꼭 황제를 죽여 주시오. 그가 바라는 세상은 내 자식에겐 좋은 세상이 아닐 테니."

그저 황제를 죽여 달란다. 그마저도 태어날 자식이 살아갈 세상을 위해서다. 그 대답에 이현은 피식 웃음이 나왔다.

"굳이 그럴 가치가 있나?"

황제가 득세한 세상이다. 그 속에서 이현의 편을 든다는 건, 그 자체만으로도 커다란 위험이다. 아무리 자식에게 부끄럽지 않은 아비가 되고 싶고, 자식이 살아갈 세상을 위해서라지만, 굳이 그 위험을 감수할 가치가 있는가 묻고 있는 것이다.

사도련주는 고개를 끄덕였다.

"물론이오."

사도련주는 한 치의 망설임도 없이 간단하게 답했다.

그것으로 끝이다.

이현은 더는 사도련주에게 궁금한 것도, 묻고 싶은 것도 없었다.

이후 이현이 찾아가 대화를 건 상대는 간저였다.

"대두는 죽었냐?"

대뜸 그렇게 물었다.

그 단도직입적인 물음에 막 외부에서 돌아온 간저의 눈동자가 흔들렸다.

"……예. 장한곤 그 자식이……!"

간저가 힘겹게 대답했다.

그러나, 정작 이현은 대수롭지 않게 고개를 끄덕였다.

"알아. 배신했지."

몇 번이나 시간을 되돌렸지만, 대두는 오지 않았다. 그리고 이미 그렇게 시간을 되돌리기 전에 간저에게 확인하기도 했었다.

장한곤이 배신했다. 이현이 간저패를 알기 전에도 대두는 장한곤과 모종의 거래 관계를 가졌다. 정작 간저패의 주인이었던 간저는 모르는 사이에 말이다. 사실 장한곤의 배신은 예상했던 바다. 처음 황제와 엮였을 때부터 그 사이에 장한곤이 끼어 있었으니까. 그저 짐작이 확신으로 바뀌었을 뿐이다.

물론, 이현은 그를 조각이라고 생각하지는 않았다.

'조각이었으면 혜광 그 노인네가 알아보지 못했을 리 없지.'

혜광은 장한곤을 직접 만난 바 있다. 이현이 조각임을 알아본 혜광이다. 장한곤이 조각이었다면, 혜광이 이를 알아보지 못했을 리 없다.

흑사신마는 아직 살아 있다. 명심하거라.

무엇보다 혜광은 흑사신마는 하나가 아니라고 했다. 때려 맞춘 것이긴 하지만, 이런 의미가 아닌가 싶었다.

혜광은 조각이 아니었으나 황제를 도왔다. 흑사신마라 불렸던 것도 그 때문이다. 그렇다면, 혜광은 조각이 아님에도 황제에게 조력하는 이를 흑사신마라 표현했는지 모른다.

그러니 장한곤의 배신도, 그의 정체도 그다지 놀라울 사실은 아니다. 다만, 그런 장한곤의 손길이 대두에게까지 뻗어 있었던 것은 의외였지만.

"말해. 넌 어디까지 알고 있는지."

이어 이현이 말했다.

장한곤과 대두가 모종의 관계를 맺고 있었고, 이후 일이 틀어졌다. 간저야 그 사실을 몰랐겠지만, 어쨌든 장한곤의 정체가 드러난 지금은 다를 것이다. 더욱이, 장한곤의 손에서 간저를 지켜 낸 대두라면 당연히 나름의 대책을 세워 놓았을 것이 분명했고.

그런 이현의 물음에.

"이것 좀 보시겠습니까?"

간저는 품 안에서 두툼한 책자를 하나 꺼내 건넸다.

"뭔데 이건?"

이현이 그것을 받아 살피는 사이 간저가 답했다.

"대두가 제게 남긴 것입니다. 그 안에 장한곤이 그간 저질러 온 일들이 모두 적혀 있습니다. 특히, 꾸준히 강호에 일어났던 사건들 중에……."

"흠……!"

간저의 설명에 책자를 넘기던 이현은 신음했다.

장한곤이 이현 몰래 뒤에서 해 왔던 수작들. 그리고 또 전혀 상관없어 보이는 일들까지. 그 안에 다 적혀 있었다. 어쩌면, 이보다 많을지도 모른다. 그중 가장 이현의 관심을 끈 것은 강호에서 꾸준히 일어나며 미결로 남았던 비슷한 유형의 사건 들에 장한곤이 엮여 있었다는 사실이다.

한 문파가 하루아침에 몰락당하고, 이를 조사해 보면 그 문 파의 관계자 중 누군가가 근자에 절세의 비급이나 영약, 혹은 신병이기를 습득했었다는 이야기.

이제 강호에는 특별할 것도 없이 흔해진 이야기다.

그 일에 장한곤이 엮여 있었다.

어떤 것은 장한곤이 주도적으로 비급을 흘려 문파를 몰락시키기도 했고, 또 어떤 것은 반대로 비급을 습득한 문파를 몰락시키며 이를 회수했다는 내용이다.

왜 그랬을까.

답은 쉽게 나왔다.

'모은 비급과, 영약, 신병이기는 황제에게 갔겠지.'

황제가 오래전 실전되었던, 그리고 이현이 혈천신마였을 때는 전혀 다른 주인이 익혔던 무공을 펼치는 모습은 이미 두 눈으로 확인한 바 있다. 이미 혜광에게 한번 패해 죽은 적이 있던 황제이니, 일신의 무위를 높이는 일은 그만큼 중요할 수밖에 없었다. 그가 원하는 모든 것들이 혜광을 죽이지 않고는 이루어질 수 없는 것들이었으니까.

'일부러 조장한 혼란은…… 세력 조절쯤 될 테고.'

무림이 강성해서는 안 된다. 적당히 강하고, 적당히 약해야 한다. 그의 계획은 그러한 배경 위에서 꽃피울 수 있는 것이었을 테니까. 그것이 아니라면, 굳이 황제가 혜광을 흑사신마라는 이름으로 앞세워 당시 구대문파를 쓰러트릴 필요는 없었을 것이다.

처음 황제가 계획에 이용할 말은 천마였을 것이다. 그리고 혈천신마가 등장하고 다시 시간이 과거로 거슬러 올라간 뒤로는 이현이 되었을 테고.

대충 알아야 할 것은 다 알았다.

이현은 질문을 달리했다.

"원하는 게 뭐야?"

대두가 장한곤에게 죽고, 간저 역시 목숨을 위협받았다. 그 와중에도 악착같이 이현을 찾아온 간저다.

그러니 원하는 것이 있을 것이다.

그런 이현의 물음에.

"복수해 주십시오!"

간저는 두 눈에 독기를 드러내며 답했다.

"복수해 주시게나. 염치없는 부탁임을 알고 있으나, 그것 말고는 바라는 것이 없네."

"황제를 죽여 주십시오! 이 판국에 우리가 영업을 어떻게 합니까!"

이후 도왕과 산적왕에게도 같은 질문을 했다.

무엇을 원하느냐.

그리고 그들은 하나같이 복수. 혹은, 황제의 죽음을 원한다고 답했다. 말만 다를 뿐 결과적으로 그들이 원하는 것은 모두 같다. 그리고 그건 이현을 찾아온 무당신검이라고 해서 다를 바가 없다.

"원하는 게 뭐야?"

이현의 물음에 신검은 웃었다.

그리고.

"황제를 죽여 주시겠습니까? 조각이 부족하시다면 저를 죽여 채우시지요. 신강이 혼란합니다. 저로서는 그 혼란을 피해 제 부모님을 숨기는 것 말고는 할 수 있는 일이 없더군요. 그마저도 얼마나 버틸 수 있을지 장담할 수 없는 일이지요."

스스로의 무능함을 절감하고 있는 탓인지 신검의 입가에 머문 웃음은 씁쓸하기 짝이 없었다.

"지랄, 누가 보면 그 인간들이 진짜 부모인줄 알겠네."

그 모습에 이현이 빈정거렸다.

야율한. 원래 이현의 몸이었다. 그러니 그 부모 또한 원래 이현의 부모여야 맞다.

이현의 지적에 신검은 머리를 긁적였다.

"그러게나 말입니다. 헌데 어찌하겠습니까. 머리로는 알고 있으나, 마음으로는 그렇지 않은 것을요. 이유가 어찌 되었든, 이제 그분들은 제겐 부모님이십니다. 부정할 수 없는!"

신검의 목소리에 힘이 들어갔다.

어떻게 보면 이현의 입장에서 그런 신검의 모습은 염치없어 보일 수도 있다. 신검도 알 것이다. 그럼에도 신검은 당당했고, 흔들림이 없었다.

그 모습에 이현은 그냥 피식 웃어넘겨 버렸다.

마지막으로.

이현이 질문을 던진 상대는 청화였다.

"원하는 게 뭐냐?"

"응? 없는데?"

이현의 물음에 청화는 눈을 동그랗게 뜨고 고개를 휘휘 저었다.

그러다가.

"아!"

불현듯 생각났다는 듯 목소리를 높였다.

청화가 말했다.

"있다! 내가 원하는 거! 난 너 황제랑 싸우는 거 싫어."

지금까지 이현이 들어 왔던 대답과는 너무나 반대되는 대답이었다.

그 대답에 이현이 물었다.

"왜? 복수 안 해? 그 자식 때문에 죽은 사람이 몇 명인데. 네 사형들은? 무당파 식구들은? 다 그 자식이 죽였어. 인마!"

이현만큼이나. 아니, 어쩌면 그보다 많이.

황제의 죽음을 바라야 할 이유가 많은 청화다. 그런데 정작 그런 청화는 이현이 황제와 싸우는 것을 싫다고 한다.

이현으로서는 좀처럼 이해가 되지 않는 대답이다.

그런 이현의 물음에 청화가 답했다.

"그치만 황제랑 싸우면 네가 다치잖아. 아프고, 힘들고…… 또 위험하잖아. 황제는 밉지만…… 난 네가 다치는 건 싫어."

처음이었다.

이현에게 누군가를 죽여 달라고만 대답하는 사람들 사이에서, 오히려 이현을 걱정해 주는 사람은.

아니, 처음이 아니다.

처음 이현의 몸으로 깨어나 참회동에 갇혔었던 그날에도 청화는 그랬었다.

청화는 여전했다.

피식!

웃음이 나왔다.

"죽여야겠네. 황제 그 자식!"

검을 들고 일어섰다. 내상을 치유했으니, 이제 황제와 싸우기 위한 몸을 만들어야 할 때다.

"이씨! 이럴 거면 왜 물어봤어? 난 네가 황제랑 싸우는 게 싫다니까!"

등 뒤로 뿔난 청화의 항의가 들려왔지만,

"내가 언제 네 말 듣는 거 봤냐?"

이현은 깔끔하게 무시했다.

청화가 싸우지 말라고 하니, 더욱 싸우고 싶어졌다.

*　　*　　*

본디 강호에서 타인의 무공 수련을 지켜보는 것은 금기로 통한다. 수련 과정에서 드러나는 초식과 동작들을 바탕으로 파훼법이 나올 수 있기에 그럴 수밖에 없다. 더욱이 파훼법이 나온다는 것은 곧 목숨과 직결되는 문제이지 않은가.

그러니 모두가 수련을 하는 순간만큼은 민감할 수밖에 없었고, 최대한 타인의 눈에 닿지 않도록 신경 쓴다. 그리고 스스로도 상대의 수련 과정을 엿보지 않도록 신경 써 주는 것이 일반적인 관례다.

물론, 박 터지게 싸우자고 시비 걸 작정이라면, 얼마든지 무시할 수 있는 금기이기는 했다. 아니, 적극 권장할 만한 시비 방법이다. 상대의 약점을 파악하기도 쉽고, 시비도 손쉽게 걸 수 있으니까.

어쨌든 싸울 작정이 아니면 상대의 수련 모습을 보는 것은 금기다.

팽호세도 이현과 싸우고 싶은 생각은 털끝만큼도 없다. 이미 무림맹에서부터 시원하게 깨져 본 전적이 있는 데다가, 이 팔청춘도 아니고 설욕전을 펼치고 싶은 마음도 없었으니까.

무엇보다, 설욕전을 하기에는 이현이 강해도 너무 강했다. 팽호세는 현실을 정확히 인지할 줄 아는 사람이다.

"젊음이 좋기는 좋아. 지치지도 않는구만!"

그런 팽호세였건만, 지금 그는 이현의 수련 모습을 보고 있었다.

팽호세 뿐만 아니었다.

"벌써 닷새째 잠도 안자고 저러십니다."

정만은 물론, 산적왕 양자호까지 자기들끼리 하던 수련을 멈추고 이현의 수련 모습을 지켜보고 있었다.

그들 또한 팽호세처럼 이현과 싸우고 싶은 생각은 절대 없었다.

그럼에도 그들이 바위 밑에 나란히 앉아 이현의 수련 모습을 지켜볼 수 있었던 것은 특별한 이유가 있어서는 아니다.

그저 이현이 수련 모습을 숨기지 않았기 때문이다.

수련을 시작한 첫날부터 다짜고짜 칼을 뽑고 시산혈해를 펼친 이현이다. 당연히 인근의 나무란 나무는 죄다 밑동이 잘린 채 쓰러졌고, 이현의 수련 모습은 훤히 드러날 수밖에 없었다. 거기다가 쉬지도 않고 칼질을 하기 시작하니, 누구라도 자연히 눈길이 갈 수밖에 없었다.

아닌 말로, 이현 같은 고수의 수련 모습은 무림인들이라면 돈 주고라도 볼 수 있길 소원하는 것이기도 했고.

이현의 동작 하나하나에 깨달음이 묻어 있을 테고, 그중 하나만 얻는다 해도 비약적인 무위 상승을 이룩할 수 있을 테니까.

물론, 처음엔 그들도 망설였다.

하지만, 힐끔힐끔 쳐다보기 시작해도 정작 이현에서는 아무
런 반응도 없자 어느새 대놓고 감상하는 지경에까지 이른 것
이다.

그러나 좋은 구경도 하루 이틀이다.

자지도, 먹지도, 쉬지도 않고 닷새 동안 멈추지 않는 이현의
수련 모습도 이제는 서서히 익숙해져 갔다.

아니, 지루해져 갈 지경이었다.

단순히 익숙해져서 만은 아니었다.

가장 먼저 그 변화를 알아차린 것은 팽호세였다.

"아직 신마께서 내상을 모두 수습하지 못 했나 보군."

"예? 그게 무슨 말씀이십니까? 우리 련주님이 아직도 내상
을 수습하지 못하셨다니요? 그럼 지금 우리 련주님이 무리해
서 수련을 하고 계시다는 뜻입니까?"

불쑥 내뱉은 그 말에 가장 먼저 반응한 것은 정만이었다.

눈을 부릅뜬 정만의 시선은 팽호세의 얼굴을 뚫어 버릴 듯
강렬했다.

그러나 대답은 다른 곳에서 나왔다.

"에이! 설마 련주가 어떤 사람인데. 그냥 지쳤나 보지. 닷새
동안 저러고 있는데 아무리 련주라도 지칠 만하지 않소."

양자호다. 그런 양자호의 말에 정만이 안심하려는 찰나, 반
론이 나왔다.

"글쎄? 그런 것치고는 너무 눈에 보이는 것 같은데?"

팽호세였다.

"무슨 소리요? 대체?"

기껏 수그러들려던 정만의 걱정이 다시 치솟았다.

당장 멱살이라도 움켜쥘 기세로 얼굴을 들이미는 정만의 물음에, 팽호세는 담담히 입을 열었다. 시선은 여전히 이현을 향한 채였다.

"단순히 체력 저하라면, 저처럼 빨리 변하진 않았을 걸세. 신마 같은 고수라면 닷새 정도 쉬지 않고 검을 휘둘렀다고 지칠 체력도 아닐 테고. 보이는가?"

팽호세가 손가락을 들어 이현을 가리켰다.

이현은 여전히 검에 몰두한 상태였다.

"처음 신마가 검을 뽑았을 때. 나는 단지 그 기세만으로도 모골이 송연해지는 기분이 들었어. 솜털이 쭈뼛 섰지. 부끄럽지만, 그 순간만큼은 나도 모르게 뒷걸음질 칠 정도였네. 이후, 휘두르는 검 하나하나도 그 속에 담긴 치명적인 위력이 느껴질 정도였고 말이야."

팽호세는 단지 그 순간을 떠올리는 것만으로도 다시 머리가 쭈뼛 서는 것 같았다. 여전히 목 언저리가 서늘하다.

그만큼 처음 검을 뽑아 든 이현의 모습은 강렬했다. 폭풍처럼 휘몰아쳐 나오는 기세는 지켜보고 있는 것만으로도 정신이 아득해질 정도였고, 휘두르는 검초 하나하나가 강렬했으며 뿜어져 나오는 강기와 검기는 치명적이었다. 바라만 보아도 마음이 베어져 나가는 것만 같은 착각이 들 정도였다.

그만큼 강했던 이현이다.

"하지만, 지금은 어때 보이는가?"

처음 검을 뽑고 수련을 시작한 지 이제 닷새가 흘렀다.

이현의 검에서는 더 이상 어떠한 강렬함도 담겨 있지 않았다. 쉴 틈 없이 쏟아져 나오던 강기나 검기도 찾아볼 수 없었고, 동작은 거칠고 투박했다. 그마저도 치명적이었던 처음의 느낌은 찾아볼 수 없다. 하다못해 폭풍처럼 휘몰아쳐 나오던 기세마저도 더는 보이지 않는다.

단순히 체력 저하의 문제로 보이는 현상이라고 하기에는 그 변화가 너무 극명하다.

팽호세의 시선은 냉정했다.

"오히려 지금 내 눈에 보이는 신마의 모습은…… 그저 삼류잡배. 아니, 시골 파락호의 검 놀림만도 못해 보이는군그래."

제대로 검을 배우지 못한, 그저 어깨너머로 훔쳐 배운. 그마저도 전심을 다해 익힌 적 없는 검이 오히려 지금 이현의 검보다는 위협적일 테다.

그만큼이나 지금 이현이 보이고 있는 검무는 형편없었다.

"장담하네. 지금의 신마라면, 나는 도를 들지 않아도 충분히 제압할 수 있을 것이야."

팽호세의 목소리에는 확신이 가득했다.

그리고 그것은 이현을 맹목적으로 믿어 온 정만에게는 적지 않은 충격으로 다가왔다.

"그럴 리가……."

정만의 걱정스러운 시선이 이현을 향했다.

그러거나 말거나.

이현의 검은 멈추지 않는다.

*　　*　　*

팽호세와 정만. 그리고 양자호가 무슨 말을 주고받는지 이현은 관심이 없었다. 아니, 들리지도 않는다.

이현의 정신은 온전히 검 하나에 집중돼 있었다.

검을 휘두르면서, 잡념도 함께 뽑어낸다.

사실, 두렵다.

황궁에서 펼쳤던 황제와의 마지막 일전에서 그 두려움은 이현을 번번이 집어삼켰다.

황제는 거대한 산과 같았고, 넘을 수 없는 벽과 같았다.

영혼의 주인. 그리고 조각이라는 한계 때문이었는지도 모른다.

하지만 중요한 것은 하나다.

지금의 그로서는 황제를 죽일 수 없다.

무수히 시간을 되돌리며 시도한 모든 공격들을 황제는 너무나 쉽게 무위로 되돌렸다. 반대로, 그 무수한 시간 속에서 이현은 수십 번을 죽었고, 또 수백 번을 광기에 잡아먹힌 채 미쳐 날뛰었다. 그 와중에 정만이 몇 번이나 그의 손에 죽고 되살아났는지는 헤아릴 수도 없다.

그렇게 무수한 실패와 헤아릴 수 없는 시간의 되돌림 속에서 황제의 심장에 칼을 꽂았을 때.

깨달았다.

이것으로 끝이 아니다.

칼날을 비틀어 심장을 반으로 가르고 터트린다고 한들, 황제를 죽일 수는 없다. 아니, 설혹 죽인다 한들 황제는 다시 나타난다. 그는 전생을 반복하는 자였으니까.

처음으로 마음이 약해졌다.

굳이 이렇게 싸워야 할 이유가 있는지 의문을 가졌다. 한 번만 눈을 감고 모른 척한다면, 한 번만 무릎 꿇으면 모든 것이 편해지지 않을까 하는 생각이 들었다.

아니, 핑계다.

그냥 허무였다.

혈천신마 때부터 무당신마에 이르기까지.

피 터지게 싸우고, 살아남고, 살아온 모든 것들이 그저 누군가의 의도 하에 이루어진 인위였다면.

이루고, 잃고, 얻었던 모든 것들이 거짓에 불과했다면.

무엇을 위해 싸워야 하는가.

왜 죽음을 반복하고, 무수히 거슬러진 시간 속에서 영혼을 갉아 먹고 나 자신을 버리고 희생해야 하는가.

무서웠고, 억울했다.

그래서 도망쳤다.

황제에 맞설 용기를 내지 못하고.

이후 도망친 뒤에도 황제에 맞서야 할 이유를 찾지 못했다. 그저 내키지 않는 의무감만 남아 있을 뿐이다.

하지만 이제 아니다.

두려움을 털어 내고, 의문을 털어 냈다.

이유를 찾았다.

모든 것이 거짓이라도, 거짓이 아닌 건 있다. 무엇도 내 것이 아니라도, 내 것은 있다.

거기에는 누군가의 의도 하에 이루어진 인과고, 인연 같은 건 상관없었다.

난 네가 다치는 건 싫어.

가짜를 진짜라 믿고 걱정해 주는 사람이 있지 않은가.

거짓 속에서도 그것은 진실이다. 인위로 만들어진 인연이었지만, 그 감정만은 진짜다.

무당신검이 제 부모 아닌 부모를 가족으로 받아들였듯, 이현도 사고 아닌 사고를 사고로 받아들였다.

그러니 싸운다.

설혹 모든 것을 잃고, 더는 되찾을 수 없다 해도.

한 번쯤은 나 아닌 이유로 싸울 수도 있잖아.

지금껏 스스로를 위해 싸우고 죽이고 빼앗았지만, 한 번은 다른 이를 위해 싸울 수도 있을 것이다.

아니, 그 또한 자신을 위해서다.

싸우고 싶어졌으니까. 그러니까 황제와 싸운다. 다른 이유도, 다른 고민도 더는 필요치 않았다.

텅.

검이 멈춘다.

손안에 느껴지는 찌르르한 고통이 이현의 정신을 일깨웠다.

휘둘렀던 검이 나무 밑동을 관통하지 못한 채 볼썽사나운 모습으로 박혀 있었다.

온몸의 근육이 비명을 지르고, 절대 마르지 않을 것 같았던 단전의 공력은 바닥을 보였다.

씨익.

"됐다."

이현은 웃었다.

검을 회수했다. 몸을 돌렸다. 그리고.

"신검 불러와."

무당신검을 찾았다.

이제 하나둘 준비를 갖춰 가고 있었다.

*　　　*　　　*

작은 방 안에 무당신검과 이현이 마주 보고 앉았다.

이현이 신검을 찾은 이유는 간단했다.

"만약, 내가 돌아오지 않으면…… 그땐 청화를 좀 부탁한다."

청화가 처음 마음을 연 상대는 지금의 그가 아니라, 눈앞의 무당신검이었다.

지금의 그가 청화를 만난 건 청화가 이현이라는 이에게 마음을 연 뒤의 일이었으니까.

그러니 만약 일이 잘못되었을 때 청화를 부탁해야 할 사람은 신검일 수밖에 없다. 또, 신검이라면 이 혼란 속에 빠진 세상에서도 청화를 잘 숨길 수 있는 능력을 가진 사람이기도 했고.

그런 이현의 부탁에.

"황제를…… 죽이실 수 있으시겠습니까?"

신검이 물었다.

이현이 청화를 부탁한 의미가 무엇인지 신검은 이미 알고 있었다.

만약의 사태를 대비하기 위함이다.

그 물음에.

이현은 히쭉 웃으며 답했다.

"지금은 못 이겨."

냉정하지만 사실이다. 이현은 그 사실을 외면할 생각이 없었다.

하지만 무작정 죽으러 갈 생각도 없었다.

"하지만, 언젠간 이기겠지."

"……!"

그 말에 신검의 얼굴이 굳었다.

"결국…… 그 수를 쓰시려는 겁니까?"

"달리 방법이 없으니까. 너한테는 미안하게 됐다."

이현이 사과했다.

"괜찮겠어?"

그러고는 물었다.

그 물음에 신검은 도리어 웃었다.

"행복했습니다. 무당파에 갇혀 본성을 거세당하며 살아온 세월 이상으로 행복했지요. 그것이면 되지 않습니까?"

신검은 이현이 무엇을 하려 하는지 정확히 알고 있었다.

이현이 황제를 죽이는 데 성공하면, 신검은 죽는다. 아니, 사라진다.

존재의 소멸. 아니, 존재 자체가 없었던 것이 되어 버린다. 그것을 알면서도 신검은 이를 받아들였다.

그 사이.

"이제 오네."

이현이 흘깃 방문을 바라보며 중얼거렸다.

벌컥!

문이 열렸다.

"아이참! 바빠 죽겠는데 왜 불렀어?"

청화였다. 무얼 하고 왔는지 양 소매를 걷어 붙이고, 앞치마까지 차려입은 모습이다. 얼굴에는 시커먼 그을음이 여기저기 묻어 있는 모습이다.

"들어와."

"응? 왜?"

이현의 말에 청화는 고개를 갸웃거리면서도 순순히 방 안으로 들어왔다.

진지함을 잃지 않은 이현의 모습 때문이다.

그렇게 청화가 이현과 나란히 앉았다.

"혹 무슨 일 생기면 앞으로 이 인간이랑 같이 살아."

그리고 이현이 신검을 가리키며 청화에게 말했다.

이미 신검과 끝낸 이야기를 청화에게 전해 주는 것이다. 그 편이 나중을 위해서도 좋을 테니까.

그런데.

"응? 이분이랑? 싫은데?"

싫단다.

"왜? 왜 싫은데?"

갑작스러운 거부에 이현은 당황했다. 그런 이현의 물음에 청화가 한 치의 망설임도 없이 답했다.

"못생겼어."

싫은 이유가 못생겨서란다.

"이 썩을 년이?"

기껏 분위기 잡고 있던 이현의 얼굴이 한순간에 찌그러지듯 일그러졌다.

＊　　　＊　　　＊

"쥐똥 같은 년! 썩을 년! 굼벵이 같은 년!"

한바탕 난리를 쳤음에도 이현의 기분은 좀처럼 나아지지 않았다.

거칠게 방문을 열어젖힌 그의 얼굴은 붉게 상기되어 있었다.

"저게 얼마나 잘 생긴 얼굴인데!"

아직도 상처 입은 자존심은 좀처럼 회복되질 않는다.

"다 튀어나와!"

성난 이현이 소리쳤다.

그 외침에.

"무, 무슨 일이십니까?"

정만이 가장 먼저 달려왔다.

이현은 살기로 번들거리는 눈으로 정만을 향해 으르렁거렸다.

"도제, 도왕, 산적왕, 옥분이 그리고 너. 당장 저 앞으로 집합."

안가 내에서 싸움 좀 한다는 인간들은 죄다 집합시켰다.

그리고 잠시 뒤.

때아닌 이현의 횡포에 불려 나온 다섯 사람을 앞에 두고.

스릉.

이현은 검을 뽑았다.

"다 덤벼. 뒈지기 싫으면 전력으로."

청화에게 상처 입은 자존심을 회복하기 위함인지, 아니면 수련의 성과를 확인하기 위함인지는 알 수 없다.

아무튼 이현의 기세는 거칠었다.

*   *   *

반 식경이다.

때아닌 이현의 집합으로 시작된 비무는 짧은 시간 안에 끝이 났다.

툭.

부러진 도가 바닥을 굴렀다.

하나가 아니다. 정확히 다섯. 부러진 병장기의 숫자다.

정만을 비롯해 옥분과 산적왕, 그리고 도왕.

넝마가 된 채 혼절한 그들의 육체는 바닥을 뒹굴고 있었다.

"……."

그러나 그곳 어디에도 이현의 모습은 찾아볼 수 없었다.

당연했다.

이현은 이미 그곳에 없었으니까.

"이씨! 이현 이 나쁜 놈 어디 있어? 치사하게 사람을 왜 기절시키고 그래!"

모옥에서 들려오는 청화의 외침에.

"허허허허."

그나마 혼절하지 않고 부러진 팔을 맞추던 빙혈도제가 너털웃음을 지었다.

"하여간, 솔직하지 못한 분이시오."

빙혈도제의 시선이 산 아래를 향한다.

*　　*　　*

청화와 도왕. 그리고 정만과 옥분. 양자호까지.

이현이 그들을 기절시킨 것에 달리 복잡한 이유가 있었던 것은 아니다.

황제를 죽이러 나서는 길이다.

그들이 그 사실을 알면 가만히 있을 리 없다. 따라나서려 할 것이다. 괜히 발목 붙잡고 찌질거리면 그것만큼 골치 아픈 일도 없다.

그래서 기절시켰다.

아마 간저가 정보를 얻기 위해 안가를 비우지 않았더라면, 그도 기절시켰을 것이다.

그리고 사도련주는…….

안 따라나설 것임을 알았으니까.

처자식과 알콩달콩 살기도 바쁠 사도련주가 굳이 황제를 찾아가 목을 들이밀며 자살 시위할 이유는 없었다.

그래서 사도련주는 적당히 상대해 줬다. 신검은 이미 내막을 알고 있으니 굳이 기절시킬 이유도 없고. 아니, 이왕이면 만약의 사태를 대비해서라도 신검만큼은 몸 성히 내버려 둬야 했다.

어찌 되었든.

그렇게 그들을 기절시킨 틈에 안가를 빠져나왔다.

차림은 간단했다. 그저 비상식량이 든 봇짐 하나에 허리에 찬 달랑거리는 검 하나. 도는 두고 왔다. 무거워서 먼 길 가는 데 귀찮기만 할 뿐이다.

그리고 또 하나.

이현이 챙겨 나온 것이 있었다.

당과다. 물론, 그것을 당과라고 명명할 수 있다면.

당과라고는 했지만, 아직 꿀에 제대로 절여지지 않은 흔적이 고스란히 남아 있었다. 또 무슨 수작을 부렸는지, 과일은 시커멓게 타 있었고.

어디로 보나 실패작이다.

술 좋아하면 좋아했지, 당과 같은 군것질은 즐기지 않는 이현이 황제를 죽이러 가는 이 비장한 순간 당과를 챙겨 온 이유는 순전히 전직 사도련주. 빙혈도제 때문이다.

안가를 나서는 이현에게 사도련주가 당과 다발을 내밀었
다.

　　선자께서 그대에게 주겠다고 요리하시던 것이오. 미
　완이지만…… 그래도 챙겨 가는 것이 낫지 않겠소?

어쩐지.

이현이 불렀을 때 앞치마까지 하고 얼굴에 그을음을 잔뜩
묻히고 있긴 했다.

뭘 하다 왔나 싶었는데 당과를 만들던 와중에 불려 온 것이
분명했다.

어쨌든, 비상식량에 무기. 거기에 당과까지.

챙겨야 할 것은 다 챙겼다.

와그작.

"더럽게 맛없네!"

당과를 한 입 베어 문 이현이 투덜거렸다.

이제 황제를 만나러 가야 할 때다.

이현은 황궁이 있는 북쪽이 아닌, 서쪽으로 방향을 잡았다.

第十章

　중원은 이미 황제의 손안에 놀아나고 있었다. 거기에는 관과 무림의 경계가 없다. 황제가 원하는 대로 싸우고, 황제가 조장하는 분란대로 휩쓸린다.

　당연히 안가를 나서 다시 모습을 드러낸 이현의 행보는 황제의 귀에 들어갈 수밖에 없다.

　그럼에도 이현은 개의치 않았다.

　그러라고 부러 모습을 드러낸 것이었으니까.

　'어차피 황제만 죽으면 모두 끝날 일이다.'

　회의, 장한곤. 그리고 이현이 파악하지 못한 조각들과 황제의 조력자들.

복수할 대상은 많다.

하지만, 그 복수는 황제를 죽이는 것으로 자연스럽게 이루어진다. 그러니 황제를 죽이는 일에 집중하면 된다.

아니, 현실적으로 황제를 제외한 다른 이들을 일일이 찾아가 상대할 만한 육체적, 정신적 여력도 없었다.

이현이 황제를 상대하기 위해 황도가 있는 북쪽이 아닌, 서쪽으로 길을 잡은 것 또한 그런 이유에서였다. 대군의 호위를 받으며 황궁에 틀어박혀 있는 황제를 불러내기 위함이었다.

황제는 이현이 원하는 대로 움직일 수밖에 없을 것이다.

이현이 향하는 서쪽 땅.

그곳은 황제의 역린이 있는 곳이었으니까.

그런 이현의 짐작은 틀리지 않았다.

이현의 발걸음이 사천의 서쪽 끝자락에 다다랐을 무렵.

그의 앞을 막아서는 무리가 모습을 드러냈다.

"다시 보네. 황제!"

씨익.

이현이 웃었다.

*　　　*　　　*

본디 황제는 태양과 같은 밝음에서 뻗어 나온 어둠.

모든 음양오행이 그러하듯, 어둠은 빛이 있어야만 어둠으로 존재할 수 있다. 그리고 그 빛은 서쪽에 있었다. 전란과 혼란에 빠진 중원과는 다르게, 평화를 지키고 있는 땅.

그건 결코 우연이 아니다. 황제가 원했기에 중원의 전란과 혼란이 그곳을 빗겨 나갈 수 있었다. 그곳에 황제의 근원이 존재했으니까. 그리고 그 땅이 황제가 무수한 전생을 거듭하면서 이 중원을 혼란에 빠트리고 전란 속에 자멸하도록 애쓰는 이유였으니까.

스스로 모습을 드러낸 채 서쪽으로 이동하던 이현의 행동은 그런 황제를 향한 협박이었다.

막아서지 않으면, 그의 근원을 파괴하겠다는 의미의.

그리고 그 협박은 제대로 먹혔다.

"급하긴 급하셨나 봐? 몸소 여기까지 행차하시고?"

눈앞에 황제가 서 있다는 것이 바로 그 증거다.

"그런데 괜찮겠냐? 밑에 애들 없어도?"

이현은 쉬지 않고 이죽거렸다.

손짓 한번으로 수만의 대군을 움직일 수 있는 황제다. 그러나 정작 지금 이현의 앞을 막아서고 있는 것은 황제뿐이다.

이렇게 되면 황제가 움직일 수 있는 수만의 병사들은 없는 것이나 진배없다.

아니, 황제는 회의도 장한곤도 대동하지 않은 채였다.

황제가 답했다.

"대계를 위한 밑거름이 될 아이들이다. 열심히 일하는 이들을 군이 귀찮게 할 필요는 없지. 그들이 있고 없고가 결과를 바꾸지는 않을 테니 말이다."

숫자가 많아지면 그만큼 이동 속도는 느려지기 마련이다.

그것이 황제가 수하들을 대동하지 않고 홀로 이현의 앞을 막아선 첫 번째 이유였다.

그리고 두 번째 이유.

오랜 세월 무수한 전생을 거듭하며 많은 것들을 준비하고 계획해 온 황제다. 황제의 수하들은 그런 황제의 계획안에 저마다의 역할을 담당하고 있다. 이미 한 번 이현을 패퇴시킨 바 있는 황제가 군이 자신의 계획을 수정하면서까지 수하들을 대동할 이유는 없었다. 닭 잡는 데 소 잡는 칼을 쓰는 격이다.

황제는 지금 그 말을 하고 있었다.

"지랄하네. 고작 한 번 이겨 놓고, 너무 잘난 척하는 것 아니냐?"

이현의 자존심상 이를 못들은 척 넘어갈 리가 없다.

대번에 말투가 날카로워진다.

"……"

하지만 황제는 그런 이현의 날선 말투에도 반응하지 않았다.

이현 따위는 안중에도 없다는 듯 시선을 돌려 그의 등 뒤.

서쪽 먼 곳을 응시했다.

"……그 아이가 준 것이 단지 시간을 되돌리는 것만은 아니었나 보구나."

"누구 혜광?"

"그래. 너희는 그 아이를 그리 부르더군."

황제가 고개를 끄덕였다.

"그 아이가 어디까지 보여 주었느냐?"

그리고 물었다.

무심으로 가득 찬 두 눈은 무저갱보다 깊고 어두웠다.

"말하라."

두근!

또 망할 심장이 요동친다. 크고 거칠게 두근거리는 맥동에 맞춰 피가 빠르게 돌아간다. 순간, 황제의 모습이 태산보다 크게 비쳐졌다.

거역할 수 없는 절대적인 무언가.

전체와 일부. 어쩔 수 없는 태생적인 한계가 또다시 이현을 덮치고 들어왔다.

"어디까지 알고 있지?"

황제의 재촉은 계속되었다.

그럴수록 이현의 얼굴은 흉신악살처럼 일그러졌다.

극복했다고 여겼던. 아니, 그래도 이제는 참아 낼 수 있으리라 여겼던 그것이 착각이었음을 깨달았다. 기분이 유쾌하다면 그것이 거짓말이리라.

빠득.

이현은 이를 악물고 정신을 붙잡았다.

"염병! 그 노인네가 보여 주긴 뭘 보여 줘! 다 내가 찾아서 본 것이지. 다 보았다. 네놈이 어디서 왔는지, 뭘 했는지. 그 영감탱이랑은 또 어떻게 엮였었는지. 모두!"

두 눈을 부릅뜬 이현의 대답에 황제는 고개를 주억거렸다.

"역시…… 그냥 죽였어야 했다."

"누굴?"

"그 아이를…… 그 아이가 끝까지 허튼짓을 벌여 놓았구나."

무당산에서 혜광이 이현과 조우하기 전에. 그전에 죽였어야 했다. 그랬더라면 이현이 황제의 정체를 아는 것도, 이렇게 서쪽으로 방향을 잡아 협박하는 일도 없었을 것이다. 아니, 그 전에 황제의 손에서 도망치는 것조차 불가능했을 것이다.

황제는 이 모든 것이 무당산에서 혜광이 이현의 손에 죽으면서 전해 준 '무언가' 때문임을 확실히 인지하고 있었다.

그리고 물었다.

"이미 모든 것을 보았음에도…… 그럼에도 너는 나를 막으려 하느냐. 내가 무엇 때문에 영원에 가까운 시간 속에서 전생을 거듭하였는지, 무엇을 지키기 위해 그토록 애써 왔는지 알면서도 나를 막으려 하는 것이냐. 나의 근원을 위협하면서까지."

"그래."

황제의 물음에 이현은 쉽게 고개를 끄덕였다.

이미 보았다. 황제의 시작이 어디에서부터였는지, 계기가 무엇이었는지. 그리고 그 단편적인 몇몇 과정까지 모두.

영혼에 각인된 기억들을 통해서 보았고, 혜광의 술법을 통해서 보았다.

"그런데 그게 왜?"

하지만 그것이 황제의 뜻에 굴복해야 할 이유는 아니었다.

적어도 이현은 그렇게 생각했다.

꿈틀!

그런 이현의 태도에 황제의 눈 밑이 꿈틀거렸다.

"보았음에도 나를 막으려 한단 말이냐! 저 땅의 백성들이 앞으로 얼마나 많은 시련과 굴욕 속에 살아가야 하는지 보았음에도! 스스로 제 몸을 불태우며 자유를 갈구하고, 온갖 멸시와 박해 속에서도 스스로의 정신을 지키기 위해 발버둥치는 그들을 보았음에도! 이 저주받은 대륙의 풍족하지 않은 환경 속에서도 인간성을 잃지 않았던 그들을, 서로를 물어뜯는 아귀로 만들어 버릴 것임을 알면서도…… 그럼에도 나를 막으려 한단 말이더냐!"

황제의 목소리는 거칠었다.

지금껏 내내 무심하고 무감했던 그가 보인 가장 강렬한 감정의 소용돌이었다.

안다. 이현도.

황제는 어둠이다. 하지만, 그 어둠은 연민에서부터 뻗어 나온 어둠이다.

이 중원이란 거대한 땅이 서쪽의 작은 땅을 집어삼키며 일어날 비극이 안타까워 어둠이 되었고, 그들을 지키고, 중원의 탐욕을 막기 위해 어둠으로 살아갔다. 무수한 역사와, 실패의 기록들이 황제의 그런 시작이 망상은 아님을 증명했다.

중원이란 거대한 땅은.

황금기를 맞이할 때면 항상 약소국을, 주변의 대지를 침범하고 짓밟았다. 아귀처럼 끊임없이 집어삼키고자 했다. 그 와중에 생겨난 무고한 희생자와, 그들이 흘린 피. 그리고 눈물은 중원의 거대함에 짓눌려 하찮은 것들이 되어 버렸다. 그는 어둠이지만 악이 아니다. 아니, 오히려 선을 지키고자 한다. 다만, 그 선의 균형이 극단적으로 한쪽에 치우쳐 있었을 뿐이다.

이현은 그것들을 모두 보았다. 황제가 느꼈던 감정도 고스란히 느꼈다.

하지만.

"그런데? 그게 나랑 무슨 상관인데?"

이현은 안중에 두지 않았다.

"네 영혼의 근원이 그곳에 있음을 알았음에도?"

"관심 없어. 내 영혼이고 나발이고. 난 나다. 혈천신마였고, 지금은 무당신마다. 그건 네 일이지, 내 일은 아니야."

황제의 반문에도 이현의 대답은 매몰차기 그지없었다.

당당했다.

"어차피 너와 내가 하는 짓은 같아."

이현은 황제가 영원에 가까운 시간 속에서 환생을 거듭하며 이루고자 했던 이상의 가치가, 이현의 추구하는 목표의 가치와 다를 바 없다고 보았다.

척.

이현은 손가락으로 황제의 뒤편을 가리켰다.

"네놈은 저 땅의 사람들이 소중하다 판단했다. 그들을 위해 이 땅을 어지럽히고, 피로 물들였다. 그리고 난."

이현은 잠시 말을 멈추었다. 그러고는 품속을 뒤적거리며 채 끝마치지 못한 말을 이었다.

"난 내 사람이 더 소중해. 네가 원하는 세상은 내게 소중한 사람이 살기에는 그리 좋은 세상이 아니거든. 그래서 막으려는 것뿐이야. 네 목표가 뭐든, 저 땅의 사람들이 맞이할 비극이 어떻든. 내겐 전혀 중요하지 않으니까."

와그작.

품속에서 얼마 남지 않은 당과를 꺼내 베어 물었다.

이현의 얼굴이 일그러졌다.

"염병! 더럽게 맛없네!"

분명 당과라 함은 과일을 꿀에 절인 것을 말할 텐데, 어째서 청화가 만들다 만 당과는 소태맛이 나는지 도통 이해할 수 없는 노릇이다. 버리기 아까워서 먹기는 먹는데, 참 먹을 맛 안 나는 맛이었다.

그렇게 이현이 투덜거리고 있을 때.

"하……! 하하하하하!"

황제는 돌연 파안대소를 터트렸다.

"그래! 그렇군. 너는 나와 다르지 않다. 그렇다. 어차피 생명의 무게는 저마다 다른 법."

결국 서로가 생각한 생명의 무게가 다를 뿐이다.

이현이 황제를 죽여야 할 이유도, 황제가 이현을 죽여야 할 이유도.

스릉.

황제가 검을 뽑았다.

"허면, 나는 너를 반드시 죽여야 한다."

이로써 대화는 끝났다.

남은 것은 서로의 목숨을 노리고 싸우는 것뿐이다.

"염병? 누가 죽어 준대?"

이현도 물러서지 않았다.

마주 검을 뽑았다. 온 신경을 검에 집중했다. 검신을 타고 흘러가는 바람의 감촉이 간지럽게 느껴졌다.

살짝 반개한 채 검에 집중한 이현의 모습은 서서히 검과 일체가 되어 가고 있었다.

그리고.

쾅!

먼저 움직였다.

강력한 진각에 대지가 요동치며 치솟아 오른다. 반작용으로 이현은 긴 잔상을 그리며 순식간에 황제의 코앞까지 치달았다.

곧게 세운 검.

스화아아악!

그 검첨이 하늘과 맞닿은 것일까.

검 끝을 따라 하늘이 갈라지기 시작했다. 아니, 검이 지나간 자리의 모든 것이 갈라지고 있었다.

이현은 이 순간 확신했다. 강기도, 화려한 초식도 없는 이 검은 세상 무엇이라도 갈라 버릴 수 있는 가장 강력한 검이다.

그리고 그 검이 황제를 가르기 위해 나아갔다.

그 순간.

"멈춰라."

황제가 말했다.

두근!

억눌렀던 광증이 다시 치솟는다. 동공이 확장되고 심장이 요동친다. 온몸의 근육이 나무토막처럼 뻣뻣하게 굳었다.

스확.

"흡……!"

그리고 이현의 목이 바닥을 뒹굴었다.

지독한 고통에 정신을 잠식했던 황제의 심언은 밀려났지만, 바닥을 구르는 이현의 눈에는 확실히 보였다.

머리가 떨어진 채 쓰러져 내리고 있는 자신의 몸뚱이가. 몸뚱이는 이현이 아무리 움직이려 애써도 전혀 반응하지 않았다.

당연했다.

목이 떨어졌으니 움직일 수 있을 리 없다.

이현은 인상을 찡그렸다.

급속도로 고통이 희석되고 의식이 멀어진다.

그리고.

"염병! 다시……!"

죽음의 문턱이 코앞까지 다가와 있음을 인지했다.

＊　　　＊　　　＊

"멈춰……!"

황제의 말이 끝나기도 전에.

콰직!

이현은 혀를 깨물었다.

"……라!"

극심한 고통이 밀려드는 찰나, 황제의 말이 끝났다.

심혼을 파고드는 황제의 심언은 고통에 희석됐다.

스확!

그 사이 이현의 검이 황제의 허벅지를 스치고 지나갔다.

붉은 핏줄기가 치솟았다.

'좋아!'

싸움을 시작한 이래 처음으로 황제의 몸에 생채기를 냈다.

하지만.

"……큽!"

서걱!

좋아하기도 전에 목이 떨어져 나갔다.

"하아…… 다시!"

이현은 두 눈을 질끈 감으며 입술을 깨물었다.

까아앙!

이현은 급히 검로를 바꾸어 황제의 검을 받아쳤다. 손안이 찢어질 듯한 충격과 함께 이현의 신형이 뒤로 쭉 밀렸다.

팡!

그마저도 기회를 놓치지 않고 달려드는 황제를 떨어트리기 위해 각법을 펼치면서 균형이 흐트러져 버렸다.

쿠당탕탕!

볼썽사납게 흙바닥을 구르고 일어서서야 겨우 신형을 수습할 수 있었다.

어쨌든 덕분에 잠깐의 여유를 가질 수 있게 되었다.

"지루하군. 언제까지 계속할 작정인가?"

황제가 권태를 드러냈다.

"염병! 이거 아무리 해도 내가 손해 보는 장사 같은데?"

그에 반해, 이현은 거친 숨을 몰아쉬었다.

실제로 몸을 움직인 건 그리 많지 않다. 고작해야 몇 합을 주고받았을 뿐이다. 이현 같은 고수가 이 정도의 움직임에 체력적인 한계를 느낀다는 건 말도 안 되는 일이다.

하지만 그것이 체력적인 한계가 아니라면.

이야기는 달라진다.

주고받은 것은 고작해야 몇 합. 하지만, 그것을 수십 수백 번 반복했다면 그건 고작 몇 합을 주고받은 것이라 칭할 수 없었으니까.

혜광이 이현에게 심어 준 능력.

시간을 되돌리는 법.

이현은 그 능력을 십분 활용해 끊임없이 시간을 되돌렸다. 그 말은 곧, 이현이 시간을 되돌린 횟수만큼 죽음을 경험했다는 걸 의미한다. 그러니 육체적인 손해는 없다. 하지만, 정신적인 피해는 막심하다. 죽는 순간 느껴야 하는 고통. 목이 잘리고 심장이 터져 나가는 그 고통을 끝없이 감내해야 했으니까.

하지만 이현을 더욱 짜증 나게 하는 것은 따로 있었다.

"기껏 피 좀 보나 싶었더니, 시간 되돌리면 너도 멀쩡해지잖아! 이거 반칙 아니냐?"

목이 잘려서 죽었다. 심장을 꿰뚫려서 죽었고, 과다 출혈로도 죽었다. 몇 번은 혼자 미쳐서 날뛰다가 스스로 목에 칼을 꽂아 넣었다.

시간을 되풀이하며 황제의 움직임을 읽고, 그의 다음을 읽었다. 이현은 거기에 맞춰 움직임을 바꾸고, 다음을 정했다.

그럼에도 언제나 승자는 황제다.

황제는 한 번도 같은 무공을 다시 펼쳐 보인 적이 없었다. 매번 다른 움직임으로, 다른 방법으로 죽음을 선사했다.

그 속에서도 이현은 악착같이 황제에게 상처를 냈다.

하지만, 그럼 뭐하겠는가. 결국 죽으면 다시 시간을 되돌려야 하고, 되돌려진 시간은 공평했는데.

이현이 시간을 되돌려 잘린 목을 붙였듯, 황제 또한 상처를 회복했다. 아니, 처음부터 이현은 목이 잘리지 않고, 황제는 상처 입지 않은 상태로 돌아갔을 뿐이다.

결국 죽는 것도, 고생도 이현 혼자 다 한 셈이니 그의 입장에서는 억울할 수밖에 없는 상황이었다. 하긴, 황궁에서 황제의 심장에 칼을 꽂아 넣을 때는 이보다 더하면 더했지 덜하지 않았으니, 그때에 비하면 낫다면 나은 상황이다.

물론, 이현은 전혀 기쁘지 않았다.

그리고 문제는 그뿐만이 아니었다.

"시간을 되돌리는 것은 그저 내 발을 묶는 것일 뿐임을 아직 깨닫지 못한 것이냐? 네가 사라진 과거를 기억하듯, 나 또한 기억한다. 그것이 혜광. 그 아이가 놓친 맹점이지."

혜광은 이현에게 시간을 되돌리는 능력을 주었다.

그건 분명 무수히 전생을 거듭하는 황제의 능력을 붙잡을 수 있는 절호의 한 수였다.

하지만.

혈천신마였던 이현이 과거로 되돌아왔음을 기억하고, 나머지 조각들이 기억하듯. 황제도 이를 기억한다.

이현이 무수히 짧은 순간순간을 되돌려 황제의 검초, 동작, 습관들을 기억했듯. 황제 또한 이현의 정보를 습득했다. 굳이 약간의 이점이 있다면, 이현이 시간을 되돌리는 시점이 황제가 인지하는 시점보다 아주 찰나의 시간을 앞선다는 것뿐.

그마저도 아주 미미한 이점이니 없는 것이나 다름없다.

지금껏 이현이 무수히 죽음과 시간의 되돌림을 반복했음에도, 황제가 이를 어렵지 않게 상대해 온 것도 그러한 이유 탓이다.

황제가 말하는 맹점이 바로 그것이었다.

"그럼 장난은 이쯤으로 끝내자꾸나."

척.

황제가 검을 뽑는다.

황제는 이미 이현의 패배를 기정사실화하고 있었다.

헛되이 되돌려지는 시간, 그리고 그 시간 속에 붙잡혀 있는 것을 황제는 원치 않았다.

기세가 바뀌었다.

"낙성환우(落星喚雨)"

뻗은 검으로 하늘을 가리켰다.

"……염병?"

밝은 대낮에 별이 빛난다. 별은 유성우가 되어 긴 꼬리를 그리며 머리 위로 떨어져 내리고 있었다.

이번엔 황제의 검이 땅을 향했다.

"노토재란(怒土災亂)"

땅이 갈라지고 치솟는다. 붉은 불길이 땅속에서부터 치솟아
오른다.

"황룡출해(黃龍出海), 흑풍탈명(黑風奪命), 벽라(碧羅), 낙
일(落日), 천재(天災), 단혼(斷魂)."

그의 입이 달싹일 때마다, 그의 검은 무공을 쏟아 낸다.

재해다.

하늘에선 별이 떨어지고, 땅은 뒤집혀 일어난다. 황룡이 눈
앞에서 춤을 추고, 검은 모래 폭풍이 휘몰아쳤다. 사위가 어둠
에 잠기고 푸른 검기가 사방을 뒤덮었다. 재앙이 밀려든다. 그
속에서 무형의 기운이 이현을 노리며 숨죽이고 있었다.

술법인지, 무공인지 구분도 없다.

이현이 아는 무공도 있었고, 모르는 무공도 있었다.

이 모든 것들을 쏟아 내고 있는 황제의 얼굴은 평온하기만
했다. 대체 황제의 공력이 얼마나 되는지 헤아리는 것조차 불
가능했다.

다만 확실한 것은.

'실책!'

애초에 공간을 주지 말았어야 했다. 계속된 죽음과 시간의
회귀 속에서 지친 심신을 바로잡기 위해 거리를 벌렸다.

하지만, 그것이 오히려 독으로 작용했다.

황제는 그 공간적 여유를 십분 활용했다. 무수히 시간을 되

356 무당신마

돌려 되살아나는 이현에게 이토록 많은 무공을 쏟아 붓는 이유는 하나다. 적어도 이 시점 안에서 만큼은 몇 번을 되살아나도 상관없는 완전한 죽음을 내리려는 것이다.

시간을 되돌리려면 거리를 벌리기 전의 상태까지 시간을 되돌려야한다.

서로의 간극이 없는 상태.

황제로서는 나쁠 것이 없다. 이현의 심신은 하염없이 지쳐갈 수밖에 없고, 황제는 또다시 지금과 같은 상황을 만들어 내면 그만이다.

그러다 만약 이현이 죽는 순간 정신을 놓치기라도 하면.

시간은 되돌려지지 않는다.

'결국 필패!'

이대로 오는 모든 공격을 받아 낼 수는 없다. 공력이 바닥날 것이다. 아니, 그 전에 몸이 견뎌 내질 못할 것이다.

결국 이현이 할 수 있는 것은 하나.

싸워야 한다.

저벅.

걸었다. 쏟아지는 무수한 공격 속에서 오히려 이현은 속도를 높이지 않았다.

반개하듯 뜬 두 눈은 손에 쥔 검을 향했다.

정신을 집중한다. 마음을 모은다. 검에 담았다.

이현이 처음에 펼쳤던 그 검이었다. 비록, 제대로 휘둘러 보지도 못한 채 무위로 돌아가야 했던 검이지만.

검이 움직이고,

깡!

그 검은 황제의 검에 가로막혔다.

그 순간.

스확!

발끝에서부터 하늘 끝까지.

모든 것이 갈라졌다.

하늘을 가득 채웠던 유성우가 반으로 갈라졌고, 내렸던 어둠이 갈라졌다. 황룡도, 모래 폭풍도 푸른 검기도. 존재하고 존재하지 않는 모든 것들이 양분되었다.

그 속에서.

검을 맞댄 이현이 황제에게 말했다.

"인정할게. 이런 식으로는 난 널 못 이기겠다."

무수한 전생을 거듭하며 얻은 깨달음, 그리고 그가 모으고 익혀 온 무공. 경험들. 두 번의 생을 보냈지만, 고작 한 세기도 안 되는 시간을 살았을 뿐인 이현이 앞서는 것은 없다.

그러니 이런 식으로 싸워 황제를 이길 수는 없다.

그렇다면.

획.

검을 놓아 버렸다.

와락!

그리고 이현은 황제의 머리채를 움켜쥐었다.

"무슨 짓이냐!"

갑작스러운 그 행동에 당황한 황제가 눈을 부릅떴지만, 오히려 이현의 두 눈은 초승달처럼 휘어졌다.

"그럼 이제 내 식대로 싸워 보자고."

빠악!

이현의 머리가 황제의 안면에 틀어박혔다.

*   *   *

그래도 혹시나 했다. 시간을 되돌리고 되돌리다 보면, 언젠가는 황제를 죽일 수 있지 않을까.

하지만 이런 식의 방법으로는 불가능하다.

황제는 그가 살아온 세월, 무수히 반복한 전생의 숫자만큼 많은 깨달음과 무공을 가지고 있다. 그리고, 그것을 차치하더라도 두 사람에게는 치명적인 간극이 존재했다.

전부와 일부의 차이.

그래서 바꾸었다.

"고상하신 우리 황제 폐하께서는 흙바닥 뒹구는 싸움 해 보셨나 몰라?"

"놓아라!"

콱!

"싫은데?"

황제가 심언으로 명령을 내렸지만, 이현은 혀를 깨물어 일으킨 고통으로 이를 희석했다. 도리어 명령과 달리 더욱 억세게 황제 머리채를 끌어 잡았다.

빠아아악!

또다시 이현의 머리가 황제의 얼굴에 틀어박혔다가 나왔다.

"큭……!"

황제의 입에서 신음이 흘러나온다.

"아프냐? 나도 아파 이 자식아!"

그야말로 개싸움이다.

이현이. 아니, 야율한이. 신강의 어린 고아 소년이 혼원살신공을 얻기 전. 살아남기 위해 발버둥 칠 때.

그땐 이렇게 싸웠다.

무공을 알지도 못했고, 누가 싸우는 법을 가르쳐 주지도 않았으니까. 그저 본능에 몸을 내맡기고, 악으로 깡으로 살아가던 시절 그가 할 수 있는 모든 것.

그러니 제대로 된 공격도, 제대로 된 방어도 없다.

때린 사람도 아프고, 맞은 사람도 아프다. 한데 얽혀 흙바닥 뒹굴다 재수 없게 돌부리에 머리라도 찍는 날이면 이기던 싸움도 한순간에 지는 싸움으로 바뀐다.

확실함도, 효율, 강렬함도 무엇도 없는 싸움이다.

혼원살신공을 얻고, 실전 경험을 통해 스스로 무위를 갈고 닦은 뒤로는 이런 식으로 이렇게까지 싸워 본 적은 단 한 번도 없다.

하지만, 이현은 군이 황제에게 이런 식의 싸움을 걸었다.

"처음이지? 이런 찌질한 싸움! 기껏해야 어느 귀족의 딸! 그것도 아니면 아비가 부호. 뭐 이딴 것만 골라 살아온 네가 이런 싸움을 해 봤을까?"

황제가 얼마나 많은 환생을 반복했는지 보았다.

그리고 그 속 어디에도 황제가 거지로, 뒷골목 흑도패로 환생하는 것은 보지 못했다.

황제는 전생할 대상을 지정할 수 있다.

비록, 그것이 직접 대면한 이의 직계 혈족이어야 한다는 단서가 붙지만. 어쨌든, 원하는 신분으로 환생할 수 있다.

그리고 황제는 중원의 혼란. 자멸을 원했다.

군이 흑도 파락호, 거지, 창기와 같은 빈민으로 전생할 이유는 전혀 없었다.

쿵.

얼굴을 맞고 쓰러지는 황제의 가슴에 어깨를 들이받았다.

그 충격에 황제의 신형이 뒤로 밀려났다.

황제는 단 한 번도 어린 시절 이현이 신강에서 경험했던 그 처절한 생존을 위한 투쟁을 직접 겪어 본 적이 없다.

"떨어져라!"

황제는 오히려 항상 남 위에 군림하며 익혀 온 그 힘을 이용해 이현과 거리를 벌리려 했다.

조금의 거리라도 주어진다면.

다시 승기는 황제에게 갈 것이니까.

스확!

황제가 자신의 머리채를 잡은 이현의 손을 떨쳐 내기 위해 검을 휘둘렀다.

하지만.

휘릭!

이현의 손은 원을 그리며 검을 피한 후,

"사람은 칼 찔리면 죽어. 그러니 웬만하면 친절하게 칼 맞아 줄 생각 없어."

황제의 소매를 붙잡았다.

혜광의 가르침이다. 황제에게는 전혀 통용되지 않는 말이었지만, 이현을 비롯한 보통의 사람은 모두 벗어 날 수 없는 법칙이다. 칼 맞으면 죽는다. 그러니 곱게 칼 맞아 주는 사람은 흔치 않다.

이현도 그랬다.

황제를 붙잡고 개싸움을 벌였으나, 한시도 황제가 쥔 검을 간과하지 않았다. 이후 이현은 그대로 붙잡은 황제의 소매를 어깨 너머로 잡아당기며, 허리를 숙였다.

꽈앙!

황제의 머리가 바닥에 처박혔다.

"띵하지? 이래서 사람은 두 발 딛고 서서 살아가는 거다. 대가리로 땅 딛고 걸을 수는 없잖아."

바닥에 머리를 처박은 황제를 향해 이죽거린 이현은 이어 몸을 움직였다. 이현의 팔을 떨치려는 황제의 손길을 도리어 잡아당기며, 뒤로 몸을 굴렸다.

두 사람이 한데 엉켜 땅바닥을 구른다.

"큭……!"

그러나 정작 신음을 토해 낸 것은 황제였다.

"왜? 허리 결리냐? 보통 사람들은 의외의 요소 때문에 승패가 갈리기도 하지. 억울하지만, 그것이 현실이다."

이미 구르기 전에 바닥을 봐 두었다.

돌부리의 위치, 크기 등.

이현은 이를 십분 이용했다.

꽈앙!

뒤이어 몸을 일으키는가 싶던 이현은 다시 황제의 다리를 걸어 땅바닥에 꽂아 버렸다.

황제의 머리가 또다시 땅바닥에 부딪쳤다.

"그리고 맞은 데 또 맞으면 더럽게 아프지."

모두.

혜광이 죽기 전. 그날의 싸움에서 배운 가르침이다.

혜광도 다를 바 없다. 황제의 밑에서 키워지고 훈련받았지만, 그는 고귀함과는 멀었다. 절세의 무공, 희대의 영약을 통해 무공을 발전시키고, 내공을 키워 왔지만. 그럼에도 그는 미완성이었다. 그리고 그 미완성의 시절에도 그는 황제의 명을 이행하기 위해 갖은 싸움을 겪어야 했다.

물론, 그 가르침이 지금 이현에게 고스란히 반영되었다고는 할 수 없다. 그래도 혜광의 가르침은 지금 이현의 적용법에 비하면, 훨씬 고급스럽고 점잖았으니까.

이현은 혜광의 가르침을 더욱 밑바닥까지 끌어내렸다.

혜광은 그가 살아온 방식을 통해 터득한 깨달음을 전해 주었으니까. 그리고 이현은 이현이 살며 얻은 경험을 토대로 전해 받은 깨달음을 재해석했을 뿐이고.

당기고, 밀친다. 붙잡고, 때린다. 때로는 흘려 내고, 때로는 맞받아친다. 투박하다 못해, 열 살 꼬맹이 같은 유치한 싸움.

그러나 그 속에 하나둘 녹아들고 있었다.

태극구공. 태극혜검. 혼원살신공.

결국 투박하고 유치한 그 싸움에도 묘리는 숨어 있었다.

아니, 어쩌면 이것이야말로 살아남기 위해 생겨난 무공의 근원에 가장 근접한 모습일지도 몰랐다.

"이제 마지막……!"

황제가 전혀 경험해 보지 못한 방식의 싸움으로 승기를 얻어 가던 이현이 마지막 일격을 준비했다.

정신을 집중시킨다.

탓.

"얕은 수를 쓰는구나!"

황제도 그냥 보고만 있지는 않았다. 애초에 강함은 그가 훨씬 앞섰다. 전혀 접해 보지 못한 생소한 싸움에 당황해 대응하지 못하였을 뿐. 이미 몇 번 당해 본 그도 이제 어느 정도 이 상황에 적응하고 있었다.

아니, 오히려 무수히 시간을 되돌려 살아나는 이현을 죽일 수 있는 해결책까지 찾아냈다.

탓.

황제가 이현의 손을 떨쳐 냈다.

거리를 벌린다.

빠르게 뒷걸음질 치며 연신 검을 휘둘러 이현의 접근을 차단한다.

그리고 마침내 충분한 거리가 만들어졌을 때.

손에 쥔 검을 뒤로 바짝 잡아당겼다.

그 모습이 시위에 장전된 활 같다.

"끝내자꾸나."

일격필살.

황제의 검신에 황금빛 빛 무리가 소용돌이쳤다.

"죽음의 순간을 놓치면, 결국 너도 한낱 필멸자(必滅者)일 뿐."

사람은 목이 떨어지고도 잠시간의 의식을 가질 수 있다. 순식간에 일어난 죽음을 인식하기 전 찰나의 시간.

이현이 지금껏 시간이 되돌릴 수 있었던 것도 그 때문이다.

하지만, 온몸이 수천 갈래로 찢어진다면.

그때도 생각이라는 것을 할 수 있을까.

황제는 자신했다. 절대 그럴 수 없다. 이미 과거 그의 죽음 중 몇 번의 경험이 이를 증명해 주고 있었으니까.

황제는 단 일격에 이현을 천 갈래 만 갈래로 찢어 죽일 심산이었다.

"……."

하지만 이현은 대꾸하지 않았다.

오로지 온 신경을 그의 손과, 죽여야 할 황제에 집중했다.

황제에겐 검이 있다.

하지만, 이현은 검이 없다. 가진 것이라고는 두 손 뿐이다.

혜광이 전해 준 가장 강력한 깨달음인 검신합일을 펼칠 수
도 없다.

그럼에도.

'상관없다.'

이현은 개의치 않았다.

탓.

검을 겨눈 황제를 향해 달려 나갔다.

그 순간.

달려 나가는 이현은 검 하나 쥐지 않았음에도, 그 자체로 검
처럼 빛나고 있었다.

푸확!

두 사람이 포개졌다.

"쿨럭! 안 뚫릴 줄 알았는데."

이현의 등 뒤로 황제의 검이 삐죽 튀어나와 있었다.

심장을 관통당했다. 그나마 온몸이 찢겨 나가는 참사만은
겨우 면했다.

"······그 아이와 같은 검을 쓰는구나."

반면 황제의 등 뒤에도 무언가 삐죽 솟아 있었다.

검이다.

혜광이 허공을 붙잡아 존재하지 않았던 검을 존재하게 만
든 것처럼.

이현 또한 황제와의 마지막 일격을 펼치기 직전.

허공을 붙잡아 검을 만들어 냈다.

"큭! 굳이 말하자면 심검(心劍)인가?"

"몰라 그딴 거."

웃음 섞인 황제의 물음에, 이현의 대답은 신경질적이었다.

황제는 여전히 여유로웠다.

"심장을 꿰뚫려도, 나는 죽지 않는다는 것을 알 텐데?"

"알지…… 더럽게도 잘!"

심장을 꿰뚫려도. 치솟는 화염 속에서 백골만 남아도.

황제는 살아난다.

그것이 그가 익힌 무공 중 하나였으니까.

이현도 안다.

그것을 알기에 도망쳤던 것이다.

아니, 설혹 죽인다 한들 황제는 다시 전생하여 새로운 모습으로 더욱 강한 힘을 갖고 나타날 것이다.

모든 것이 무소용이다.

"헌데 너는 어쩌려 하느냐"

쩌저저적!

이현의 등에 균열이 일어났다.

"죽음의 순간. 내 검이 네 의식을 찢는 것이 먼저일까. 아니면, 네 의식이 시간을 되돌리는 것이 먼저일까?"

신검합일. 혜광의 그것을 완벽히 재현했으니, 꿰뚫리지 않으리라 생각했다. 하지만 황제의 검에 심장을 관통당했다. 그리고 애초 한순간 이현을 찢어 버리겠다던 황제의 목적은 그저 시일이 미루어졌을 뿐 지금도 진행 중이다. 이를 저지하고 있는 이현의 공력은 서서히 황제의 공력에 잠식당하고 있었다.

"너는 결코 나를 이길 수 없다."

황제가 피를 머금고 붉어진 이를 드러내며 말했다.

그리고.

"그래. 처음부터 알고 있었어. 난 널 이길 수 없다."

이현은 이를 부정하지 않았다.

황궁에서 황제의 심장을 꿰뚫는 그 순간부터 이미 깨닫고 있는 진실이었다.

하지만 이현의 얼굴엔 전혀 아쉬움이 남아 있지 않았다.

와그작.

심장을 관통당한 그 와중에도 이현은 품을 뒤져 챙겨온 당과 하나를 꺼내 베어 물었다.

마지막 당과다. 소태처럼 더럽게 맛없는 당과를 으적거리며 이현은 씩 웃음을 지어 보였다.

"지금은. 지금은 그렇지."

"……!"

순간 황제의 동공이 팽창했다.

"너……!"

이현이 무엇을 하고자 하는지 이제야 황제도 알아차렸다.

"그런다고 날 막을 수 있으리라 생각하느냐!"

황제의 음성이 다급해졌다.

"네 존재가 사라질지도 모른다. 네가 말한 그 소중한 사람들은? 그들에게 넌 없는 존재가 된다. 그럼에도 나는 무수히 전생할 것이고, 네가 나를 죽일 수 있으리란 기약은 없다."

애초에 지금까지의 모든 싸움이 지금 이 순간을 위한 이현의 설계였음을 깨달은 황제는, 이현이 멈출 만한 이유들을 쏟아 내었다.

"멈추어라. 난 고작 이번 생(生)일 뿐이다. 멈추지 않으면…… 난 네 소중한 것들을 모두 지워 버리리라! 결코 쉽게 죽지도 못하게 할 것이고, 단 한순간도 희망을 품지 못하게 할 것이다. 그들은 너 때문에 영원한 좌절 속에서 죽어 갈 것이다. 그럼에도 넌……!"

황제가 잠시 말을 멈추었다. 그리고 채 끝마치지 못한 뒷말을 잇는 입술은 무겁게 움직였다.

"그럼에도 넌…… 모든 것을 무로 돌리려는 것이냐."

이현은 시간을 되돌리려고 한다. 짧은 순간이 아닌, 세월이라 칭할 만한 시간을. 처음 혈천신마가 이현이 되었고, 무당신검이 야율한이 되었던 것과 같이.

그럼 이현은 모든 것을 잃는다. 황제에게는 무수히 반복되었던 전생 중 하나에 불과했지만, 이현에게는 그 생이 전부였다. 그 모든 것들이 사라진다. 이현은 그 모든 것들을 스스로 버려야 한다.

그럼에도 이현은.

"응!"

너무나 쉽게 고개를 끄덕였다.

"그것도 나쁘진 않겠네."

청수진인의 죽음. 초희의 죽음. 그리고 무당과 사형제들의 죽음까지.

어쩌면 그 모든 아픔은 이현이라는 본인의 존재에서부터 비롯되었는지도 모른다.

그러니 모두 없던 것으로 만들면 된다.

아픔도. 청화에게 이현이라는 성질 더러운 사질도.

"대체…… 대체……! 무엇을 위해."

황제가 떨리는 목소리로 물었다.

그 물음에.

"넌 너 아픈 거 싫다는 애 있냐? 그거 싫어서 복수도 뭐도 다 포기하게 만든 사람 있어?"

이현이 답했다.

그리고 선언했다.

"넌 내가 죽여. 지금이 안 되면, 다음에. 다음이 안 되면 그
다음에. 전생을 하든, 되살아나든 할 테면 해 봐. 난 죽일 테니
까."

꽈악!

이현의 손에 힘이 들어갔다.

"안 돼에에에!"

황제가 소리치며 필사적으로 이현을 꿰뚫은 검에 공력을 불
어넣었다. 이현이 허튼짓을 벌이기 전에 그의 육신을 찢어 버릴
심산이다.

그럼에도 이현은.

히쭉.

"돼!"

푸확!

황제의 심장을 뽑아냈다.

뒤이어 이현의 등이 갈라지며 금빛 빛무리가 뿜어져 나왔다.

폭주한 금빛 기운이 삽시간에 주위를 휩쓸었다.

시간이 되돌려진다. 아주 긴 시간을. 끊임없이 되감긴다.

終章

　황제폐하 만세!

　젊은 황제의 즉위에 문무백관이 고개를 조아리며 예를 취한
다.

　역대 가장 강력한 권력을 가진 황제.

　본디 셋째였으나, 무수한 정적의 견제를 이겨 내고 황좌를
차지한 절대군주.

　그러나.

　"어디 있소."

　만인이 고개를 조아리는 대상인 새로운 황제는 즉위식을
마치자마자 다급해하며 바삐 걸음을 옮기고 있었다.

황제는 절대 뛰어서는 안 된다는 황궁의 법도마저 잃을 만큼 그는 서두르고 있었다.

졸지에 그를 안내해야 하는 태감을 비롯한 내관과 궁녀들은 죽을 맛이었지만, 황제는 그런 것 따위는 안중에도 없었다.

"끝났냐?"

"아……!"

그런 황제의 달음박질을 멈추게 한 것은 잔뜩 건방진 목소리였다.

황제의 시선이 돌아갔다.

담벼락에 아직은 앳된 기가 남아 있는 사내가 비스듬한 자세로 앉아 있었다.

"가, 가려는가?"

황제는 사내의 행장을 확인하고 놀라 물었다.

그 물음에 사내가 고개를 끄덕였다.

"물론. 내가 시킨 거나 잘해라. 뒈지기 싫으면."

그리고 감히 한 나라의 주인에게 협박을 가했다.

그럼에도 놀라운 것은.

"……걱정 말거라. 헌데, 돌아오긴 할 건가?"

정작 황제는 그런 사내의 협박에도 전혀 분노를 표현하지 않는다는 것이다.

황제의 물음에 사내는 고개를 저었다.

"아니."

그리고 그 신형은 눈앞에서 허상처럼 사라졌다.

"잘…… 가시게."

황제가 보이지 않는 사내의 흔적을 쫓으며 읊조렸다.

"아우……!"

*　　　*　　　*

새로운 황제가 즉위한 직후.

황제는 도교를 국교로 받아들이고, 무당의 장문인을 황사의 자리에 앉혔다.

이로 인해 무당파의 위상이 높아지면서, 권문세족의 관심이 집중되기 시작했다. 또한, 황제는 사비를 털어 무당파에 새로운 전각을 세우기도 했다.

그렇게 전성기를 맞이하고 있는 무당파였지만.

정작 그 안에서 수련하는 도인들은 그저 평소와 다를 바 없는 생활의 연속이었다.

"허허! 감기 걸릴까 겁나는구나. 조심하거라."

"헤헷! 예!"

나이 많은 사형을 둔 소녀도 마찬가지다.

너무 많은 나이 차 때문에 할아버지라 불러도 모자람이 없는 사형의 염려에도 불구하고, 그 나이 때의 소녀가 으레 그렇듯 그녀도 호기심이 많고 한 군데 진득하게 붙어 있을 만한 성정이 되질 못했다.

"와아! 예쁘다!"

눈 내린 무당산의 설경을 감상하며 가벼운 걸음으로 경내를 돌아다니기 바빴다.

그때.

툭.

소녀의 앞으로 책 하나가 떨어졌다.

"응? 뭐지?"

먹물도 채 마르지 않은 책은, 유사시에 무기 대용으로 써도 될 만큼 제법 두툼한 부피를 자랑하고 있었다.

소녀는 책 겉면의 적힌 제목을 읽었다.

"지렁이도 할 수 있는 태극혜검?"

참으로 모양 빠지는 제목이다.

심지어.

사락.

속지 젤 첫 머리에 적힌 머리글도 소녀가 보아 온 다른 비급서와는 전혀 딴판이었다.

앞서 제목에서 밝힌 바와 같이 이 비급서는 태극혜

검을 지렁이도 펼칠 수 있을 만큼 쉽고 간결하게 기술하였다. 이에, 저자와 같은 천재라면 사흘 안에 태극혜검은 물론, 뒤편에 기술한 쌍 태극혜검을 어렵지 않게 펼칠 수 있을 것이다. 허나, 간혹 지렁이만도 못한 반사 신경과 운동 능력을 갖춘 주제에 쓸데없이 고집만 강한 쥐똥만 한 계집이 있어 태극구공을 함께 기술하였으니, 자신이 그 쥐똥 같은 년이라 생각된다면 태극구공을 먼저 익혀야 할 것이다. 우선 태극구공은……

보면 볼수록 황당해서 웃음만 나올 지경이다.

사흘 만에 펼칠 수 있는 태극혜검도 믿기지 않은데, 심지어 들어 본 적도 없는 쌍 태극혜검까지 나온다.

"치! 뭐야. 이건?"

신기한 장난감을 발견한 듯 눈을 반짝였던 소녀의 얼굴에 실망이 어렸다.

그때.

바스락.

눈 떨어지는 소리가 들렸다.

"응?"

소녀의 고개가 돌아갔다. 허나, 소녀의 시선이 닿은 곳에는 눈 덮인 용마루만 덩그러니 있을 뿐이었다.

그리고 후일.

소녀는 그 웃기지도 않는 비급서를 통해 검후라는 별호로 불리었다.

시간이 흘러.

소녀가 여인이 되고, 검후가 되었을 때.

그녀는 한 편의 서찰을 통해 오래전 헤어졌던 어미의 소식을 전해 들었다. 다급히 어미를 찾아간 그녀는 우뚝 걸음을 멈추었다.

"감사합니다. 감사합니다."

"염병! 감사는 개뿔!"

조그마한 초가집. 그 마루에는 병색이 완연한 여인이 한 사내에게 연신 고개를 조아리고 있었다.

그녀는 한눈에 그 여인이 오래전 헤어진 어미임을 알아보았다. 한 번도 잊은 적이 없었으니까.

그녀에게 온 서찰에도 어미의 그 병증 탓에 소녀와 헤어질 수밖에 없었다고 그 이유가 적혀 있었었다.

꿈에도 그리던 어미가 눈앞에 있었건만.

소녀는 선뜻 다가서지 못했다.

그때였다.

"아! 왔네. 전 이만 가 봅니다."

어미와 담소를 나누던 사내와 눈이 마주쳤다. 사내는 일어서 그녀의 곁을 스치고 지나갔다.

그 순간이었다.

멈칫.

사내의 걸음이 잠깐 멈춰졌다. 그리고 웃음기 섞인 작은 목소리가 그녀의 귓가로 전해졌다.

"아직도 당과 좋아하냐. 쥐똥?"

"......?"

갑작스러운 그 말에 그녀의 얼굴에 의문이 떠오른 것도 잠시.

"잘 살아라."

사내가 대답도 듣지 않고 그냥 지나쳐 가 버렸다.

그리고 그순간.

덥석.

그녀가 사내의 손을 붙잡았다.

"......이씨! 쥐똥이라고 하지 말라니까?"

그녀는 소녀처럼 활짝 웃었다.

*   *   *

그리고 무수히 반복된 시간의 파편 속.

어쩌면 일어났을지도 모르는 이야기.

전성기를 구가하기 시작한 무당파 산문에는 사람들로 인산 인해를 이루고 있었다.

그리고 그 한쪽.

근처 등도촌 꼬마들부터 시작해, 무당파의 어린 소동들, 그리고 방문한 꼬마 참배객들까지. 모두 한곳에 모여 있었다.

좌판이다.

조잡하게 만들어진 좌판 위에는 제법 멀끔한 간판이 걸려 있었다.

천하제일 당과점.

광오한 이름의 간판이다. 하지만 정작 꼬마 손님들의 발길을 붙잡은 것은 그 광오한 이름의 간판 때문이 아니었다.

꿀이 요동친다.

사내가 손을 움직일 때마다 꿀물이 긴 꼬리를 그리며 마치 용처럼 허공을 꿈틀거렸다. 당과는 손에 닿지 않았는데도 저절로 허공에 머무른 채 회전하고 있었다.

태극구공.

강호에 적을 둔 이라면 어렵지 않게 알아챌 무공의 묘리가 사내의 손짓에 담겨 있었다.

"우와아아아!"

아이들은 신기해서 좋아라 한다.

"시꺼! 안 살 거면 가! 인마!"

사내는 그런 아이들의 반응에 입가를 히쭉거리면서도 괜히 마음에 없는 소리를 해 댔다.

사내는 그렇게 태극구공을 이용해 잘 버무린 당과를 곁에 있는 소녀에게 주었다.

"자."

그리고 소녀는.

"윽! 맛없어."

너무 솔직했다.

"뭐 이년아?"

사내라고 가만히 있을 리 없다. 이미 예비 꼬마 손님들에게 보였던 그 까칠한 말투는 노골적으로 본색을 드러냈다.

하지만 소녀도 지지 않았다.

"하지만 진짜 맛없는걸! 이러다가 오늘도 하나도 못 파는 것 아니야?"

"시끄러워! 이게 다 네가 하자고 해서 이렇게 된 것 아니야! 내가 몸값이 얼만데 여기서 이딴 거나 하고 있어!"

"치! 네가 한다며! 해 주겠다면서! 당과 잘 만든다고 막 자랑해 놓고는?"

졸지에 모든 이들이 보는 앞에서 사내와 소녀가 투닥거리며 유치한 말싸움을 벌이게 되었다.

그리고 그 옆에.

"……."

누런 개 한 마리가 한심하다는 눈빛으로 그런 두 사람을 올려다보고 있었다.

—아직도 욕심 못 버렸냐?

누런 개의 귓가로 심어가 들려왔다.

"……."

그러나 개는 반응이 없다.

피식.

일순 사내는 웃음을 지으며 누런 개를 응시했다.

—하고 싶어도 나 있는 동안은 참아라. 피차 서로 엮이면 피곤하기만 한 것 서로 잘 알잖아.

하지만 사내가 개에게 눈길을 준 건 아주 잠시다.

"아 집어쳐! 안 해! 내가 이 쥐똥만 한 년이랑 하긴 뭘 하겠다고 이딴 같지도 않은……!"

"이씨! 쥐똥이라고 하지 말라니까!"

또다시 이어진 건 두 남녀 간의 유치한 투닥거림이었다.

〈완결〉